ハヤカワ文庫 SF

〈SF2080〉

アトランティス・ジーン2

人類再生戦線

〔上〕

A・G・リドル

友廣　純訳

早川書房

7808

THE ATLANTIS PLAGUE
by
A.G. Riddle

Translated by
Jun Tomohiro
First published 2016 in Japan by
HAYAKAWA PUBLISHING, INC.
This book is published in Japan by
direct arrangement with
RIDDLE INC.
c/o THE GRAYHAWK AGENCY.

無名の作家に賭けてくれる勇敢な人々へ

目次

〔下巻目次〕

人類再生戦線

〔上〕

登場人物

デヴィッド・ヴェイル…………対テロリズム組織の元工作員
キャサリン
　（ケイト）・ワーナー………遺伝学の研究者
マーティン・グレイ……………ケイトの養父。イマリ評議会の元幹部
アディ
スーリヤ　}……………………特殊な能力を持つ自閉症の少年
アダム・ショー…………………イギリス陸軍特殊空挺部隊（SAS）のメンバー
ドリアン・スローン……………イマリ評議会の幹部。本名はディーター・ケイン
アレグザンダー・ルーキン………セウタのイマリ作戦基地の責任者
カマウ……………………………セウタのイマリ作戦基地の兵士。デヴィッドの元仕事仲間
ドクタ・シェン・チャン…………イマリ総合研究所の研究者
ドクタ・アーサー・ヤヌス………進化生物学とウイルス学の研究者
ドクタ・ポール・ブレンナー……疾病対策センター（CDC）の研究者

プロローグ

七万年まえ
現在のソマリア付近

科学者は目を開け、意識を揺り起こすように頭を振った。船が急速に彼女を目覚めさせようとしている。何かあったのだろうか？　通常ならば、覚醒プロセスはもっと時間をかけて段階的に実行される。だが、もし何かあったとすれば……。チューブに厚く立ちこめた霧がわずかに動き、その切れ間から壁で点滅する赤い光が見えた――警報ランプだ。

チューブが開くと、一気に流れ込んできた冷気が彼女の肌を刺して残りの霧を吹き払った。ひんやりした金属の床に足を踏み出し、よたよたと操作盤のもとへ行った。青や白の火花がパネルから舞い上がり、まるで色鮮やかなホタルの噴水のように光の波が彼女の手を包み込んだ。指先を動かすと壁のディスプレイが反応した。やはりそうだ――一万年間の休眠が五百年ほど早く終了している。空《から》の二本のチューブを振り返り、続いてパートナーが眠る三本目に目をやった。こちらもすでに覚醒作業を開始している。プロセスを中断すべく急いで指を弾いたが、間に合わなかった。

彼のチューブが軽やかな音を立てて開いた。「何があった？」

「まだわからないの」

彼女は世界地図と統計データを呼び出した。「人工変動警報《ポピュレーション・アラート》だわ。絶滅に繋がる事態が発生したようね」

「発生源は？」

地図を拡大し、巨大な黒煙に包まれた小さな島を映し出した。「赤道近くの大火山よ。地球全域で急激に気温が低下しているわ」

「影響がある種は？」パートナーがチューブを出て、脚を引きずりながら操作盤に近づいてきた。

「一種だけ。８４７２ね。中央の大陸に棲息している種よ」

「残念だな」彼が言った。「かなり期待できそうな種だったんだが」

「ええ、本当に」科学者は操作盤を押してからだを起こした。ようやく脚に力が戻っていた。「ちょっと調べてみたいわ」

パートナーが、どういうことだという顔をした。

「いくつかサンプルを採るだけよ」

四時間後、科学者たちは巨大な船を前進させ、その小さな世界を半分ほど移動していた。船内の減圧室でスーツのバックルを留め、ヘルメットを固定すると、女性科学者はドアの前に立ってそれが開くのを待った。

彼女はヘルメットのスピーカーを作動させた。「音声確認」

「音声、確認した」パートナーが応答した。「映像も届いている。出発準備完了」

扉が分かれ、白っぽい砂地の海岸が現われた。浜辺は一面に分厚い灰が積もっており、それが六メートルほど先の岩山まで続いていた。

科学者は火山灰に覆われた暗い空に目をやった。いずれは大気中の灰も落下して日差しが戻ってくるのだろうが、それまでに亜種8472を含め、この惑星に棲む数々の生物が死に絶えてしまうだろう。

重い足を動かして岩山の稜線に登り、黒い大型船を振り返った。それはまるで、浜に乗り上げてしまった大きな機械仕掛けのクジラのように見えた。世界は闇と静寂に包まれていた。これまで調査してきた、いまだ生命が誕生しない数多《あまた》の惑星と同じように。

「最後のライフ・サインが記録されたのは、その岩山のすぐ先、二十五度の方角だ」

「了解」科学者はわずかにからだの向きを変え、足に力を込めて先を急いだ。

前方に大きな洞窟が見えてきた。周囲の岩場には海岸よりも厚く灰が降り積もっている。まっすぐそちらを目指したものの、歩みは遅くなっていた。羽毛を敷き詰めたガラス板を進んでいるかのように、ブーツの底が灰と岩肌の上で滑るのだ。

もうすぐ洞窟の入口に着くというところで、灰でも岩でもない何かを踏んだ。肉と骨の感触。脚だ。一歩退がり、ヘルメットのディスプレイを調整した。

「見えている?」彼女は訊いた。

「ああ。画質を上げよう」

焦点が合い、全景が映し出された。それは何ダースもの死体だった——洞窟の入口まで幾重にも折り重なって続いている。痩せこけた黒い死体は、一見しただけでは岩と見分けがつかず、灰に覆われてでこぼこと波打つ様は地表に隆起した大木の根を思い起こさせた。

意外なのは、死体が無傷だということだった。「驚いたわ、共食いの痕跡がないなんて。彼らは仲間だったのね。倫理規範を共有するひとつの部族を構成していたのかもしれない。たぶん、避難場所と食糧を求めて集団でこの海岸へ移動してきたのよ」

彼女の仲間がディスプレイを赤外線モードに切り替え、全員の死亡を確認した。彼のメッセージは明らかだった。作業を進めろと言っているのだ。

しゃがみ込んで小さなシリンダーを一本取り出した。「サンプルを採るわ」そう言うと、手近な死体にシリンダーを押し当て、DNAの検体が採取されるのを待った。終わったところで立ち上がり、口調を改めて報告した。「アルファ・ランダー、科学調査日誌、公式記録。予備探査の結果、亜種8472が絶滅レベルにあることを確認。原因は大火山の噴火とそれに付随する火山性の冬だと推察される。当該種は、現地時間に換算し、この記録のおよそ十三万年まえに誕生した種である。これより最後に確認された生存者のサンプル採取を試みる」

洞窟の方へ向き直り、その入口を抜けた。ヘルメットの両側面のライトが内部を照らし出す。壁沿いに死体が集まっていたが、赤外線の表示を見る限り生命反応はどこにもなかった。奥へ向かうと、数メートル先で死体が途絶えた。床に目を落とした。足跡がある。最近のものだろうか？　さらに奥へと歩みを進めた。

ヘルメットのディスプレイに、岩壁から覗く細い深紅の線が映し出された。ライフ・サインだ。角を曲がると暗い赤が急速に明るさを増し、琥珀とオレンジ、それに青と緑の光が広がった。生存者がいる。

急いで腕の操作パネルを叩き、視界を通常モードに切り替えた。生存者は女性だった。あばら骨が不自然なほど突出し、浅い呼吸をするたびに黒い皮膚が引き裂けそうになっている。だが、意外にもその下の腹部はそれほど深く沈み込まなかった。ふたたび赤外線を作動させたところで、疑いが確信に変わった。この女性は妊娠している。

科学者はサンプル用シリンダーに手を伸ばし、そこでふと動きを止めた。背後で物音がしたのだ——足音。岩の上で足を引きずっているような、重い音がする。

振り返った直後、その狭い空間に巨体をふらつかせた男性生存者が入ってきた。彼はこれまで見た男性死亡者の平均より二割ほど背が高く、肩幅も広かった。部族の首長だろうか？　あばら骨が異様に浮き出ており、女性よりも一段と痩せているように見える。彼はヘルメットのライトを遮るように片腕を上げ、ふらふらと科学者の方へ近づいてきた。手に何かもっているようだ。高圧電流バトンを探りながらあとずさり、女から離れたが、大柄な男は足を止めなかった。バトンのスウィッチを入れて身構えた。と、男は目の前へ来たところで急に進路を変え、壁にもたれてずるずると女の隣に坐り込んだ。彼がその手に握っていたものを女に渡した——まだらの模様がある、腐りかけた何かの肉のようだ。彼女がそれにかぶりつくと、男は岩壁に頭を預けて目を閉じた。

科学者は息を静めようとした。

ヘルメットのなかで緊迫したパートナーの声が響いた。「アルファ・ランダー・ワン、生体信号に異常が見られる。緊急事態か？」

慌てて腕の操作パネルを叩き、スーツのセンサーと映像の送信機能を停止した。「いいえ、アルファ・ランダー・ツー」そこで少し間を置いた。「たぶんスーツの故障よ。これから亜種８４７２最終生存者のサンプルを採取するわ」

シリンダーを出して男の傍らにひざまずき、右腕の内側にそれを押しつけた。シリンダーが触れたとたん、男がもう一方の腕を伸ばしてきた。こちらの腕を摑んでそっと握り締めている。死にゆくからだから精いっぱいの力を振り絞っているのだろう。隣では、おそらく最後の食事になるはずの腐肉を食べ終えた女が、生気を失った目でこちらを見つめていた。

シリンダーがブザーを鳴らして満杯になったことを告げ、もう一度ブザーを響かせたが、科学者はそれを引き抜かなかった。彼女はその場に凍りついていた。彼女のなかで何かが起きていた。やがて、男の手が腕から滑り落ち、彼の頭が岩肌を打って傾いた。自分でもわけがわからぬまま、気づくと科学者は男を抱えて担《かつ》ぎ上げ、もう一方の肩に女を乗せていた。スーツの外殻のおかげで重さは苦にならなかったが、洞窟から灰の岩場に出るとバランスを保つのが難しくなった。

彼女が浜辺を横切って船の扉を開けたのは、それから十分後のことだった。乗船すると二台のストレッチャーに彼らを寝かせ、スーツを脱いでから急いで施術室に生存者を運んだ。一度、肩越しに振り返り、それから端末装置に向かった。いくつかシミュレーションを実行し、アルゴリズムを調整しはじめた。

背後で大きな声がした。「何をしてるんだ？」

彼女ははっとして振り返った。ドアが開いた音にまったく気づかなかった。戸口にパートナーが立ち、室内を見まわしている。怪訝そうな表情をしているが、次の瞬間にはその顔に警戒の色が広がった。「まさか——」

「その……」彼女は必死で頭を回転させた。そして、言えることだけを口にした。「実験しているの」

Ⅰ　秘密

1

スペイン　マルベーリャ――オーキッド管轄区

ドクタ・ケイト・ワーナーが見つめる前で、簡易施術台の女性は拘束ベルトを引きちぎらんばかりにからだをのけぞらせた。痙攣はみるみる激しくなっていき、彼女の口や耳から血が溢れ出した。

この女性にしてやれることは何もない。ケイトにとってはそれが何よりつらかった。医学生時代にも専門実習医時代にも、患者の死に立ち会うことはあったが、いつまで経っても慣れるということはなかった。この先も慣れっこになどなりたくないが。

台に近づいて女性の左手を取り、震えが止まるまでそれを握りつづけた。最後の息が漏れ、彼女の頭が横を向いた。

静寂が訪れ、聞こえるのはポタポタと床のビニールに垂れて飛び散る血の音だけになった。部屋は厚いビニール・シートですっぽりと覆われていた。そこは、このリゾートでもっとも手術室に近い空間、スパのマッサージ・ルームだった。ケイトはその部屋で、ほんの三カ月まえには裕福な観光客が寝そべっていた寝台を使い、いまだ正体のわからない実験をさせられていた。

低い電気モーターの音が静寂を破り、頭上のビデオカメラが女性からケイトにレンズを向けた。報告しろと催促しているのだ。

マスクを引き下ろし、女性の手をそっと腹部に乗せた。「アトランティス病、治験番号アルファ四九三。患者死亡。被験者、マルベーリャ二九一八号」ケイトは名前を決めようと女性に目を向けた。被験者に名前をつけることは止められているが、ケイトはこれまで全員にちゃんとした名前を考えてきた。そのせいで罰せられたことはない。おそらく彼らは、名前などないほうがケイトの気が楽になると考えているのだろう。だが、それは見当違いというものだった。誰だって、ただの番号と化すことも、無名のまま死ぬことも望みはしないはずだ。

ケイトは咳払いをした。「被験者氏名、マリア・ロメロ。死亡時刻は現地時間の午後三時十四分。推定される死因は……死因は、この施術台に乗ったこれまでの三十人と同じ」

乱暴にゴム手袋を引き抜き、ビニールの床で大きくなっていく血だまりの脇にそれを放った。そしてすべてに背を向け、ドアに手を伸ばした。

天井のスピーカーが耳障りな音とともに息を吹き返した。

「まだ検死が済んでいない」

ケイトはカメラを睨《にら》みつけた。「あなたたちですればいいじゃない」

「頼む、ケイト」

彼らはありとあらゆる情報を隠していたが、ケイトにもひとつだけわかることがあった。彼らにはケイトが必要だということだ。アトランティス病に耐性をもっている彼女は、彼らの治験を担当するにはうってつけの人材なのだ。養父のマーティン・グレイにここへ連れてこられてから、もう数週間が経とうとしている。そのあいだに訊きたいことは増えていったが、彼らはいつも約束するばかりでけっして答えようとしなかった。

ケイトはまた咳払いをし、声に力を込めた。「今日の作業は終わりよ」そう言い捨ててドアを開けた。

「待て。おまえが事情を知りたがっていることはわかっている。だが、まずはサンプルを採ってくれ。話はそれからだ」

ケイトは、過去三十回とまったく同じ状態で廊下に置かれている金属製のカートを眺めた。ある考えが脳裏をよぎった——武器になるものはないか。採血器具を手に取り、マリアのもとへ戻って肘の内側に針を刺した。心臓が止まったあとの採血はいつも時間がかかる。

採血管が一杯になったところで針を抜き、カートへ戻って遠心分離機に管を挿した。管が回転するあいだに数分が経過した。背後のスピーカーが指示を叫んでいるが、聞かなくとも内容はわかっている。遠心分離機が止まるのを見届けると、管を摑んでポケットに押し込み、指示を無視して廊下を歩きはじめた。

いつもなら仕事が終わると子どもたちの様子を見にいくのだが、今日は先にすることがあった。ケイトは狭い自室に戻り、ぐったりとベッドに腰を下ろした。独房と呼ぶほうがふさわしい部屋だった。窓もなければ壁に飾りひとつあるわけでもない。スティールの寝台に載っているのは中世から使っていそうなマットレスだ。もとは清掃員か誰かの寝室だったのかもしれないが、よくもこんな部屋に住まわせていたものだと思う。

前かがみになり、寝台の下の暗がりを手で探った。指先に触れたウォッカのボトルを引っぱり出す。傍らのテーブルから紙コップを取り、埃を吹き飛ばすと、たっぷりひと口ぶんの酒を注いで一気に飲み干した。

ボトルを置いてベッドに横になり、頭上に手を伸ばして古ぼけたラジオのスウィッチを入れた。ケイトが外の状況を知るにはラジオを聴くしかない。だが、そこで流される情報を鵜呑みにする気にもなれなかった。

ラジオによると、世界は奇跡の新薬、〝オーキッド〟によってアトランティス病から救われたということだった。地球規模の大流行が起きた時点で、先進諸国は国境を封鎖して戒厳令を敷いた。疫病によってどれだけの人間が死んだのか、その数は一度も耳にしたことがない。生き残った人々も大勢いるようだが、彼らはみな各地のオーキッド管轄区に集められたという。これは大規模な避難キャンプのようなもので、そこで人々は毎日オーキッド――疫病を根本から治すわけではないが、ぎりぎりのところで食い止める薬――を服用して命を繋いでいるという話だった。

ケイトはこの十年のあいだずっと臨床試験に携わり、最近は自閉症の治療法を見つけることに専念してきた。どれほどカネを注ぎ込み、どれほど急いだとしても、薬というのは一朝一夕に完成するものではないことをよく知っている。オーキッドなどでたらめにちがいなかった。しかし、それが嘘だとすれば、外の世界はいったいどうなっているのか。

ケイトが外界を目にしたのはほんの一瞬だった。三週間まえ、ケイトと彼女の被験者である二人の少年は、ジブラルタル湾の海底に埋まる構造物からマーティンの手で救い出された。ケイトと少年たちがその構造物――いまでは消えたアトランティスの都市だと信じている――にいたのは、南極の氷の下およそ二キロの地点にある、同じ種類の建物からそこへ逃げ込んだからだ。そして、さらにジブラルタルからも逃げようというとき、ケイトの実の父親、パトリック・ピアースが逃亡を援護してくれた。彼は二発の核爆弾を爆発させてその太古の廃墟を吹き飛ばし、土砂や瓦礫で海峡の大半を埋めた。マーティンがケイトたちを近距離用潜水艦で運び出したのは、爆発のほんの数十分まえのことだ。潜水艦は残った燃料でどうにか瓦礫地帯を抜け、スペインのマルベーリャ——ジブラルタルから八十キロメートルほど北上した海辺のリゾート——に辿り着いた。彼らは港で艦を乗り捨て、夜陰に紛れてマルベーリャに入った。そのときマーティンはこう言った。ここには一時的に滞在するだけだ、と。それに、ケイトも周囲の状況に注意を向けなかった。監視つきの建物へ入ったことはわかっていたが、それ以後、ケイトも少年たちもこのスパに閉じ込められることになってしまった。

マーティンは、ここで行われている研究——アトランティス病の治療法の発見——にケイトが貢献できるだろうと言った。だが、ここに来てからというもの、彼を含めて人の姿を見かけることは滅多になかった。会う者といえば食事や作業の指示書を運んでくる係員だけだ。

ケイトは手のなかで採血管を転がした。なぜこれがそんなに重要で、いつこれを取りに来るだろう。そして、いったい誰が来るだろう。

時計に目をやった。もうすぐ午後の放送が始まる。ケイトはニュースを聞き逃したことがなかった。外で何が起きているか知りたいからだ、と自分に言い訳していたが、本音はもっと単純だった。本当に知りたいことはただひとつ、デヴィッド・ヴェイルの消息なのだ。もっとも、これまで彼の情報が流れたことはないし、この先も流れるとは思えなかった。あの南極の穴ぐらから出る道は二つしかない――南極にある氷の扉を抜けるか、ジブラルタルの門《ポータル》を使うかだ。だが、ジブラルタルの出口はケイトの父親が永久に塞いだし、南極のほうはイマリの軍に見張られている。彼らがデヴィッドを生かしておくはずがなかった。ケイトは無理にその考えを追い払い、ラジオから聞こえてきたアナウンサーの声に耳を澄ました。

〝こちらはBBC放送。アトランティス病の発生から七十八日目の今日も、人類の勝利の声をお届けします。この時間は三件の特別レポートをお送りする予定です。ひとつめは海底油田で働いていた技術者四名へのインタビュー。彼らは食糧のない海上で三日間生き延び、無事にテキサス州コーパスクリスティのオーキッド管轄区に収容されました。二つめはヒューゴー・ゴードンによるレポートです。ドイツのドレスデン郊外にあるオーキッドの大規模製薬工場を訪れ、疫病緩解剤の製造速度が落ちているという風説が誤りであることを確認しました。そして、番組の最後には著名な王立学会メンバー四人に登場して頂きます。治療法の確立は数ヵ月先ではなく、数週間以内になると予想している方々ですが、その点について座談会形式で語ってもらいましょう。

ですが、まずはこちらのニュースから。ブラジル南部から勇気と不屈の精神に溢れる報告が届きました。アルゼンチンのイマリ占領地区を拠点とするゲリラ勢力に対し、昨日、自由の戦士が決定的な勝利を収め――〟

2

ジョージア州　アトランタ――疾病対策センター（ＣＤＣ）

ドクタ・ポール・ブレンナーはコンピュータの前でまぶたをこすった。もう二十時間も眠っていない。意識が朦朧とし、仕事にも支障を来していた。頭では休憩が必要だとわかっているのだが、どうしても自分を止めることができないのだ。スクリーンがまた明るくなった。このメールだけ確認し、それから――長くても――一時間の仮眠をとろうと決めた。

一件の新しいメッセージ

マウスを摑み、新たなエネルギーが湧いてくるのを感じながらクリックした。

差出人――マルベーリャ（オーキッド管轄区一〇八）

件名――アルファ四九三の結果（被験者番号MB二九一八）

メールに文章はなく、映像がすぐに再生された。画面に現われたドクタ・ケイト・ワーナーを見て、ポールは椅子の上で小さく姿勢を変えた。彼女は美人だ。彼女を見ているだけで、なぜか落ち着かない気分になる。

〝アトランティス病、治験番号アルファ四九三。患者死亡――〟

ビデオが終わると、ポールは受話器を取り上げた。「会議の準備をしてくれ――全員招集する――ああ、いますぐだ」

十五分後、彼は会議テーブルの端に坐り、世界各地の研究者を映した十二枚のスクリーンを見まわしていた。

ポールは立ち上がった。「つい先ほど、治験番号アルファ四九三の結果が届いた。失敗だ。思うに――」

科学者たちが一斉に疑問や非難の声を上げげた。感染が起きた十一週間まえは、この研究者グループも冷静で分別があり、集中力もあったのだが。

いまや彼らを支配しているのは恐怖心だった。だが、それも無理からぬことなのだ。

3

スペイン　マルベーリャ――オーキッド管轄区

また同じ夢を見ている。それはケイトにとって無上のよろこびだった。いまでは録画した映像のように巻き戻しも再生も自在にできる感覚がある。もはや、夢だけが幸せを感じられる場所だった。

ケイトはベッドに横たわっている。そこはジブラルタルの海岸に建つヴィラの二階だ。ベランダの窓を抜けてくる涼しい風が、真っ白な薄いリネンのカーテンをふわりと押し上げてまた落とす。吹き込んでは去っていく風の動きは、岸辺の波や、ケイトがベッドで繰り返す深く穏やかな呼吸とリズムを合わせているかのようだ。すべてが一体となり、世界が同時にひとつの心臓を脈動させているような、完璧な瞬間。

目を閉じる気になれず、ケイトは仰向けでじっと天井を見つめる。隣ではデヴィッドがうつ伏せで眠っている。彼のたくましい腕がケイトの腹部にゆったりと巻きつき、そこにある大きな傷痕を隠していた。彼の腕に触れたかったが、危険を冒すつもりはなかった——夢を終わらせてしまうような動きは何ひとつしたくないのだ。

彼の腕がかすかに動くのを感じた。とても小さな動きなのに、それが地震のように夢の世界を揺さぶり、壁や天井を粉々に砕いた。部屋がいま一度大きく揺れ、あたりがみるみる暗くなっていく。そこはもう、あの薄暗い窮屈なマルベーリャの〝独房〟だ。柔らかなクイーンサイズのベッドは消え、気づけばケイトは狭い寝台のごつごつとしたマットレスに戻っている。だが……腕はまだそこにあった。デヴィッドの腕ではない。別人の腕だ。それが腹部を横切るように動いている。ケイトは凍りついた。手が腰を探り、ポケットを叩き、ケイトの拳をまさぐってそこに握られている採血管を取ろうとした。ケイトは泥棒の手首を摑んでめいっぱいひねり上げた。

男の悲鳴を無視して起き上がり、照明の鎖を引いてそちらを見下ろした。

マーティンだった。

「そう、連中はあなたを送り込んだのね」

養父が身をよじって立ち上がった。六十はとうに超しているうえ、ここ数カ月の疲労が溜まっているのだろう。げっそりとやつれた顔をしているが、声にはまだ父親らしい優しい響きが残っていた。「まったく、おまえは大げさに騒ぎすぎるところがあるぞ、ケイト」

「でも、私は真っ暗な部屋に忍び込んで人のからだを探ったりしないわ」ケイトは採血管を持ち上げてみせた。「なぜこれが欲しいの？　ここで何が起きているの？」

マーティンは手首をさすり、天井で揺れるたったひとつの電球さえ眩しいというように目を細めた。それからうしろを向いて部屋の隅にあるテーブルから袋を取り、それをケイトに差し出した。「これを被りなさい」

裏返してみると、それは袋ではなかった。くったりした布製の白い日よけ帽だ。たぶんこのリゾートに来た観光客の忘れ物か何かだろう。「なぜ？」ケイトは訊いた。

「黙って私を信じることはできないのか？」

「それは無理ね」ケイトはベッドを指し示した。

マーティンが口調を変え、冷淡に言い放った。「おまえの顔を隠すためだ。この建物の外には監視がいる。見つかれば拘束されるか、最悪の場合はいきなり射殺されるだろう」彼が部屋から出ていった。

ケイトは思わずひるんだが、すぐに帽子を握り締めてあとを追った。「待って。なぜ私が撃たれなければならないの？　それに、どこへ連れていくつもり？」

「真相を知りたいんだろう？」

「ええ」少しためらってから、こう切り出した。「でも、そのまえに子どもたちの様子を見にいかせて」

マーティンが振り返り、ゆっくりと頷いた。

子どもたちがいる狭い部屋のドアを開けると、二人の少年は、起きている時間の九十九パーセントはそれをして過ごすいつもの作業にいそしんでいた。壁に落書きをするのだ。七歳と八歳の少年が描くものといえば、たいていは恐竜やら兵隊やらになるのだが、アディとスーリヤの場合、壁一面をタペストリーのように覆い尽くしているのは何かの方程式や数学の記号だった。

そのインドネシア人の子どもたちは、いまだに多くの面で自閉症を示唆する症状を見せていた。二人とも自分の作業に没頭し、ケイトが入ってきたことにまるで気づいていない。アディは机に載せた椅子の上で腕を伸ばし、壁に残った最後の空白を埋めていた。

そちらに駆け寄って椅子からアディを引っぱり下ろした。彼が鉛筆を振り、ケイトにはわからない言語で抗議した。ケイトは本来あるべき場所に椅子を戻した——机の前であって、けっして上ではない。

アディの前にしゃがみ、両肩を摑んだ。「アディ、言ったはずよ。机や椅子を重ねて上にのぼっちゃいけないの」

「もう書く場所がないんだ」

ケイトはマーティンを振り返った。「何か書けるものをもってきて」

彼が冗談だろうという顔をした。

「本気で頼んでいるの」

マーティンが出ていったので、また子どもたちに顔を向けた。「お腹は空いてない？」

「さっきサンドウィッチを持ってきてくれたよ」

「いっしょうけんめい何を描いてるの？」

「それは教えられないんだ、ケイト」

ケイトは真面目な顔で頷いた。「わかったわ。大事な秘密なのね」

戻ってきたマーティンが黄色いノートを二冊寄こした。ケイトは手を伸ばしてスーリヤの腕を握り、しっかりとこちらに注意を向けさせてからノートを持ち上げた。「これからはこの紙に書くのよ。いい？」

二人が頷いてノートを手に取った。一枚ずつ紙をめくり、汚れなどがないか念入りに調べている。彼らは充分に納得したところでそれぞれの机に引き返し、椅子によじ登って静かに作業を再開した。

ケイトとマーティンはそのまま何も言わずに部屋をあとにした。マーティンが先に立って廊下を進みはじめた。「ずっとあんなことをさせていて大丈夫か？」彼が訊いた。

「顔には出さないけど、二人とも怯えているわ。戸惑ってもいる。数学が楽しいなら思う存分やらせてあげたいの。気が紛れるでしょうから」

「それはそうだが、ちょっと夢中になりすぎじゃないのかね。もっと悪くなるんじゃないのか？」

ケイトは立ち止まった。「何が悪くなるの？」

「いや、ケイト――」

「世の中でいちばん成功してるのは、何かに夢中になってる人ばかりよ――世間から必要とされる何かにね。あの子たちは自分が愛せるもの、役に立つものを見つけたの。とてもいいことだわ」

「その、私が心配してるのは……あの子たちを移すとなったときに、混乱するんじゃないかということさ」

「どこかへ移すの？」

マーティンがため息をついて顔を背けた。「帽子を被りなさい」それだけ言うとまた歩きだし、廊下の突き当たりにあるドアのところでカードキーを滑らせた。彼がドアを開けたとたん、目のくらむような日差しが注ぎ込んだ。ケイトは腕を上げて光を遮り、懸命にマーティンのあとを追った。

徐々に周囲の状況が見えてきた。二人が出てきたのは海沿いに建つ平屋の建物で、このリゾートの端の方に位置していた。右手には青々と茂った熱帯の木々や、以前はきれいに手入れされていたはずの芝生が広がっており、そこに白く塗られた高層ホテルが三棟そびえている。豪華なリゾートホテルには不釣り合いとしか言いようがないが、敷地は高さ六メートルほどの有刺鉄線のフェンスで囲まれていた。明るい昼間に見ると、刑務所に作りかえられた保養地という印象だ。あのフェンスが食い止めているのは侵入なのか、それとも脱走なのか。あるいはその両方なのだろうか。

一歩進むごとに、あたりに漂う臭気が鋭さを増していった。何の臭いだろう？　病の臭い。死の臭い。だが、それ以外にも何か混じっているようだ。出どころを探してホテルの足元に目を走らせた。横長の白いテントがずらりと並び、その下のテーブルで人々がナイフを片手に何かさばいている。魚だ。あれが臭いの原因のひとつなのだろう。

「ここはどこなの？」

「マルベーリャのオーキッド収容所だ」

「オーキッド管轄区のこと？」

「そうだ。なかの人間は収容所と呼んでいるがな」

ケイトは小走りにマーティンのあとを追った。帽子をしっかりと押さえていた。外の様子とフェンスを目の当たりにし、にわかに彼のことばが真実味をもって染み込んできたのだ。

先ほどまでいたスパをちらりと振り返った。壁面も屋根も、鈍く光る灰色の板金で覆われている。見たところ鉛のようだが、それにしても妙な光景だった。ぴかぴかに光る白いホテルの陰に潜むようにして、鉛に包まれた灰色の建物が海を前にうずくまっているのだから。

小道に沿って進むうちに、キャンプの様子がいろいろと見えてきた。どの建物のどの階にもガラスの引き戸の奥に立って外を覗く人々がいたが、バルコニーに出ている者はただのひとりもいなかった。やがて、その理由がわかった。引き戸のフレームに沿って銀色のギザギザが走っている。すべて溶接されているのだ。

「どこへ行くの？」

マーティンが前方にある大きな平屋の建物を指した。「病院だ」病院と呼ばれたそれは、どう見てもリゾートの海岸に建つかつてのレストランだった。

キャンプの反対端、白いホテルの向こうで騒々しい音がした。ディーゼル・トラックが続々とゲートの前に到着している。ケイトは足を止めてそちらを眺めた。どのトラックも古そうで、積み荷は幌骨に掛けられたグリーンの布で覆い隠されていた。先頭の運転手が警備員に何か叫ぶと、金網の門扉が開いてトラックが通された。

ケイトは、門の両側に建つ監視塔に青い旗が垂れていることに気づいた。初めは国連の旗だと思った——明るい青の中央に白い模様が描かれているからだ。だがよく見るとそれは、例のオリーヴの枝に囲まれた地球の図柄ではなかった。あれは蘭《オーキッド》の花だ。白い葉の部分は対称にあしらわれているが、中央の赤い柄は不規則で、日蝕のときに黒い月から覗く太陽光のような線が広がっている。

トラックはゲートを抜けるとすぐに停車し、兵士たちが荷台から人間を引きずり降ろしはじめた――男も女もいるし、少数だが子どもも交じっている。彼らはみな手を縛られており、スペイン語で何かわめきながら抵抗している者も大勢見受けられた。

「ああして生存者《サヴァイヴァー》を集めてくるんだ」遠くの彼らに聞こえるはずはないのだが、マーティンが声を潜めて言った。「外にいるのは違法なんだよ」

「なぜ？」そう訊いてから、ふとべつの疑問が湧いた。「オーキッドを呑まなくても生き残った人たちがいるの？」

「ああ。だが……彼らは我々が予想したような存在ではなかった。おまえもすぐにわかるだろう」彼はケイトを連れてレストランまで行き、警備員と短くことばを交わしてから店内――と言っても、ビニール張りの除染室だが――に入った。天井と側面に並ぶスプリンクラーのノズルが開き、二人の全身に刺激性の液体が吹きつけられた。ケイトは改めて帽子の存在に感謝した。小部屋の隅でミニチュアの信号機が赤から緑に変わると、マーティンがビニールののれんを押して出ていった。彼は敷居のすぐ外で足を止めた。「もう帽子は脱いでいい。ここの者は全員おまえのことを知っている」

帽子をとったケイトは、そこで初めて――かつてはダイニングだった――広い空間の全容を視界に収めた。目の前に広がる光景は、にわかには信じられないものだった。「どういうこと？」

　マーティンが静かに言った。「現実はラジオが語る世界とは違うんだ。これがアトランティス病の真の姿なんだよ」

4

南極大陸——イマリ作戦基地〝プリズム〟の下約二キロメートル

　デヴィッド・ヴェイルは自分の死体に目をやらずにはいられなかった。廊下に転がるそれは、自分が流した血に浸かり、じっと目を開けて天井を凝視している。その向こうにはもうひとつ死体がある——彼を殺した男、ドリアン・スローンだ。スローンのからだは無残に崩れている。デヴィッドが至近距離で放った最後の銃弾に撃ち砕かれたからだ。天井に飛び散る惨殺の名残が、ゆっくりと崩壊するくす玉人形《ピニャータ》のようにときおりぽたりと剝がれ落ちてきた。

　デヴィッドは現場から顔を背けた。彼が入っているガラスのチューブは、幅が一メートル足らずで、立ちこめる白い霧がいっそう内部を狭く感じさせた。広大な部屋の奥へと視線を向けた。どこまでも続くチューブの列が、果ての見えないはるか上方へも延々と積み重なっている。それらのチューブは一段と濃い霧ですっぽりとなかの者を覆い隠していた。唯一見えているのは、正面のチューブに立つ男、スローンだ。彼はデヴィッドのように周囲を見まわしたりはしなかった。その憎しみに満ちた目をひたすらデヴィッドに注ぎ、ときどき顎の筋肉をきつく収縮させる以外、身じろぎすることもなかった。

デヴィッドも自分を睨む殺人者の目をまっすぐ見返したが、すぐにまた、これで百回目になるチューブの観察を始めた。CIA時代にもこんなことは教わらなかった——南極の深さ二キロの氷に埋もれた、二百万年まえの構造物の休眠装置から脱出する方法など。百万年まえの構造物のチューブから抜け出す授業ならあったはずだが、あいにくその日は休んでしまったのだろう……。我ながらくだらないジョークだと、デヴィッドはひとり苦笑を浮かべた。自分が何者であろうと、記憶——あるいは、ユーモアの感覚と言うべきか——は失われていないらしい。だんだんと物思いから覚めるにつれ、スローンの視線があったことを思い出した。霧が隠してくれたことを願いながら、慌てて口元の笑いを消した。

そのとき、こちらを見つめるもう一対の目を感じた。あたりに視線を走らせたが、何も見当たらなかった。だが、たしかに誰かいたはずだ。精いっぱい身を乗り出し、死体が転がる廊下を覗き込んだ。やはり何もない。首を巡らせたとたん、はっとした——スローン。彼がこちらを見ていない。スローンの視線を追って広大な室内に目を向けた。二人のチューブのあいだに、男が立っていた。少なくとも男に見えるものが。外から入ってきたのか、もともと内部にいたのか。彼はアトランティス人なのか。その正体は不明だが、男は背丈が百八十センチ以上あり、軍服にも見えるかっちりとした黒い衣服をまとっていた。肌は透き通るほど白く、髭はきれいに剃られている。唯一ある毛は頭頂部でもじゃもじゃに逆立っている白髪で、からだとのバランスを考えると少々広がりすぎている印象だった。

男はしばらくそこに立ち、デヴィッドとスローンを交互に眺めていた。あたかも大勝負のまえに厩舎を巡り、二頭のサラブレッドを品定めするギャンブラーのように。

静まり返った室内に、ふいに規則的な音が響いた。裸足が金属の床を踏む音だ。出どころを追った目がスローンの姿を捉えた。チューブから出ている。脚を引きずりながらも、まっすぐ死体の方へ——そして、傍らの銃の方へ——向かっている。アトランティス人を振り返った直後、デヴィッドのチューブも開いた。すぐさま外へ転がり出し、反応の鈍い脚を無理矢理立たせて前へ進んだ。スローンはすでに、銃まであと半分というところに行き着いていた。

5

スペイン　マルベーリャ——オーキッド管轄区

仮設の病室は二つのエリアに分かれていた。ケイトは自分がいったい何を目にしているのか呑み込めずにいた。室内には、野戦病院さながらに狭いベッドがびっしり並んでいる。人々はうめき声を漏らして身もだえし、死にかけている者もいれば、混濁した意識のなかをさまよっている者もいた。

マーティンが奥へと進んでいった。「今回の疫病は、一九一八年とは違うようだ」

マーティンが言っているのは、一九一八年に世界中を脅かした最初の大規模感染、いわゆるスペイン風邪のことだった。このときの流行によって死んだ者はおよそ五千万人、感染者は十億人にも上ると言われている。ケイトとデヴィッドは、マーティンの雇用主であるイマリ社が百年近くも隠しつづけてきた秘密を突き止めていた——この疫病の発生源は太古の装置であり、それをジブラルタルに埋まるアトランティスの構造物ごと掘り出したのがケイトの父親だということだ。

頭には様々な疑問が渦巻いていたが、延々と連なるベッドや死にゆく人々を前にしていると、これしか口から出てこなかった。「なぜ死にかけているの？　オーキッドは疫病の進行を止めるはずでしょう？」

「そのとおりだ。だが、この薬は次第に効果がなくなるということもわかってきた。一カ月もすればオーキッドが効く者はいなくなるかもしれない。だからこそ、一部の瀕死状態の患者は自ら治験に志願するんだ。おまえが見てきたのはそういう患者だよ」

ケイトはベッドのひとつに近寄り、患者を見渡しながら訊いた。「オーキッドが効かないとどうなるの？」

「薬の助けがなければ、ここにいる感染者のおよそ九割が七十二時間以内に死亡するだろう」

あり得ない数字だった。何かの間違いではないだろうか。「そんなはずないわ。一九一八年の致死率は――」

「たしかにもっと低かった。そこも今回の疫病が前回とは違う点だ。生存者《サヴァイヴァー》のほうを調べると、相違点はほかにもあることがわかる」マーティンが足を止め、ダイニングルームの壁際に並ぶ半個室の方へ顎をしゃくった。一見したところ、そこにいる人々は健康そうだった。ただ、なぜか彼らの大半がじっと身を寄せ合ってひとところを見つめている。何か深刻な問題があるようだが、どこがどうおかしいのかはわからなかった。そちらへ足を踏み出した。

とたんにマーティンがケイトの腕を握った。「近づかないほうがいい。あの生存者《サヴァイヴァー》たちは、平たく言うと……退化しているんだ。脳の神経回路が混線していると言うべきか。程度の差はあっても、彼らが退行した状態であることは間違いない」

「生存者《サヴァイヴァー》は全員そうなるの？」

「いや。ああした一種の退化を起こすのは半数ぐらいだ」

「あとの半数は？」答えを聞くのが怖いような気がした。

「ついておいで」

マーティンが部屋の奥に立つ警備員に声をかけると、彼が脇へどいて二人を小さめのダイニングルームに通した。こちらのダイニングは窓がすべて板で塞がれており、中央を走る狭い通路を除けば、室内はすべていくつかの大部屋になるように区切られていた。

マーティンはそれ以上先へ進もうとしなかった。「ここにいるのが残りの生存者《サヴァイヴァー》たち——避難キャンプの火種だ」

その息苦しい部屋には百人を超す生存者がいるはずだったが、ひとりとして声を発する者はいなかった。動いている者もいない。誰もがじっと立ったままケイトとマーティンに乾いた冷たい視線を向けていた。

マーティンが声を落として続けた。「肉体的に何か劇的な変化が生じたわけではないんだ。我々が見た限りでは、そうした者はひとりもいない。だが、彼らもやはり脳の回路に異変が起きている。賢くなったんだ。退化した組と同じで程度にばらつきはあるが、一部の者たちは爆発的に問題解決能力が向上した。やや上向いたというぐらいの者もいるが。ただし、変化はそれだけではない。彼らは他者への共感や同情といった感情が弱くなっているのだよ。この点でも個人差はあるが、いずれにしろ、生存者《サヴァイヴァー》たちはみな一様に社会性に問題が生じたと言えるだろう」

まるでタイミングを見計らったように、左右の壁に固まっていた人々が散った。背後から壁に走る赤い文字が現われた。血で書かれているようだ。

〝オーキッドはダーウィンを止められない〟

〝オーキッドは疫病を止められない〟

反対側の壁にはこうも書いてあった。

〝アトランティス病＝進化＝人類のさだめ〟

隣の大部屋の壁にも文字が見えた。

〝進化は必然〟

〝愚か者のみが運命に逆らう〟

「我々が闘っているのは疫病だけではない」マーティンがささやいた。「治癒を望まぬ生《サヴ》存者《アイヴァー》とも闘っているんだ。彼らはこれが人類の次なる段階、あるいは、まったく新しい出発点だと考えているのさ」

何を言えばいいかわからず、ケイトは黙って突っ立っていた。

マーティンがケイトを促して引き返し、メインの病室を横切って次の戸口に向かった。その先は、かつての厨房を利用した研究室だった。六人ほどの研究者がスツールに坐り、金属製のテーブルに並べた実験装置に向かっている。一斉に視線を上げた彼らは次々に作業の手を止め、ぽかんとこちらを見つめたり、何かささやき合ったりしはじめた。マーティンがケイトに腕をまわし、「続けろ」と肩越しに叫んで足早に厨房を抜けた。そして、裏手の狭い廊下にあるドアの前でぴたりと足を止めた。彼が小さなパネルにキー・コードを打ち込むと、そのドアが小さな音を立てて開いた。なかに入ってふたたびドアが閉じたとたん、マーティンが手を出してきた。「サンプルを」

ケイトはポケットに手を入れてプラスティックの管をまさぐった。彼はまだ半分しか説明していない——望みのものを手に入れるために、必要最低限の事実を明かしただけだ。背筋を伸ばしてこう言った。「今回の疫病は何が違うの？　なぜ一九一八年とは発病の仕方が違っているの？」

マーティンが離れていき、古びた木のデスクの椅子に力なく坐り込んだ。そこはレストランの店長室のような部屋だった。小さな窓から芝生が見えている。デスクは見たことのない装置類で覆われていた。壁にかかる六枚のスクリーンが、地図やグラフや、市況速報のように刻々と変化する文字列を映している。

彼はこめかみを揉み、数枚の書類をめくった。「発病の仕方が違うのは、我々のほうが変わったからだ。ゲノムに大きな変化が見られなくても、脳は百年まえとはずいぶん違う働き方をしている。むかしよりも速く情報を処理しているんだ。我々は日々、Eメールを読み、テレビを眺め、インターネットから情報をむさぼり、スマートフォンにかじりついているだろう。遺伝子の発現は、生活スタイルや食生活、ストレスにさえも左右されることが知られている。この遺伝子の発現状況が発病の仕方に直接影響を与えるんだ。アトランティス病を設計したのが誰であろうと、いまの我々はまさにその者が待っていた状態にあると言えるだろう。まるで、この疫病はいまという時のために開発されたかのようだ。人間の脳が充分に成熟し、利用できるようになったいまという時のためにな」

「利用するって、いったい何に使おうというの？」

「そこが問題なんだよ、ケイト。答えはわからないが、手がかりはいくつかある。おまえも見たように、アトランティス病は主に脳の神経回路に作用する。少数ながら、一部の生《サヴ》存者《アイヴァー》は病気によって神経回路が強化された。残りの生存者は混線してしまったが。そのほかの者はみんな死んでしまう——きっと役に立たない存在だからだろう。この疫病は遺伝子レベルで人間を変化させる。つまり、我々人類を望ましい形の生物に作りかえているんだ」

「疫病がターゲットにする遺伝子は判明しているの？」

「それはまだだが、絞り込めてはいる。これは仮説だが、アトランティス病はたんに、アトランティス遺伝子を操作するためのアップデートなのかもしれない。疫病に感染させることで、七万年まえに始まった神経回路の改変——最初の大飛躍——を完成させようとしているんだ。もっとも、その目的は謎に包まれたままだ。これは我々を進化させるための〝第二の大飛躍〟なのか、それとも、人類の進化を逆進させる大いなる後退なのか」

ケイトは頭を整理しようとした。窓から見えるいちばん手前のホテルの芝生で、何やら騒ぎが起きていた。行列がばらばらになり、一部の人間が警備員に飛びかかっている。先ほど運ばれてきた人々のようだったが、確信はなかった。

マーティンがちらりと窓に目をやり、すぐにケイトの方へ視線を戻した。「いつものことだ。とくに新入りがやって来たあとはああして暴動が起きるんだ」そう言うと、彼は手を差し出した。「頼むからそのサンプルを渡してくれ、ケイト」

ケイトは改めて室内を見まわした――デスクの装置、壁のスクリーン、グラフ……。「治験をしているのはあなたね？　スピーカーの声の主もあなたよ。私はあなたのために働かされていたんでしょう？」

「誰のためというような話では――」

「事実を知りたいと言ったはずよ」

「ああ、答えはイエスだ。これは私が手がけている治験だよ」

「なぜ？　なぜ黙っていたの？」ケイトはショックを隠しきれなかった。「言ってくれれば協力したのに」

「わかっている。だが、話せばいろいろと訊かれることになっただろう。私はこの日を恐れていたんだ——おまえに真実を打ち明け、私がしてきたことや、世界の実態を教える日が来ることを。おまえだけは……少しでも長く、現実から遠ざけておきたかったんだよ」

そう言ったマーティンの横顔は、急にいくつも歳をとったように見えた。

「オーキッド。あれも嘘なのよね？」

「いや、オーキッドは本物だ。疫病を食い止める。と言っても時間を稼ぐというだけで、おまけに効かなくなってきている。生産量にも問題があるし、みんな希望を失いはじめているよ」

「でも、こんなに短期間で新薬を開発できるはずがないわ」ケイトは言った。

「そのとおりだ。オーキッドは我々の予備プランだったんだよ——おまえの父親が準備していたのさ。彼はふたたび疫病が広まる可能性を考え、その日のために治療法を見つけるよう指示していたんだ。研究は数十年まえから続けられていたが、まともな進展があったのはヒト免疫不全ウイルス《HIV》の治療法が発見されてからだ」

「待って、ＨＩＶの治療法が見つかったの？」

「そのうちすべて話す、ケイト、約束しよう。だがいまはサンプルを渡してくれ。そのあとおまえは自分の部屋に戻るんだ。明日、イギリスの陸軍特殊空挺部隊《SAS》が迎えにくることになっている。おまえをここより安全なイングランドに運んでくれるだろう」

「何ですって？　私はどこにも行かないわ。ここで協力させてちょうだい」

「もちろん協力してもらう。だが、まずはおまえの安全を確保しなくては」

「何か危険があるの?」ケイトは訊いた。

「イマリだよ。彼らの軍が地中海まで進出してきたんだ」

これまで聴いたラジオのニュースによれば、イマリの勢力は第三世界の各国で敗退しつつづけているはずだった。その報道をとくに疑ったこともなかったのだが。「イマリが脅威になっているの?」

「正真正銘の脅威さ。彼らはすでに南半球の大部分を占領してしまった」

「まさか――」

「本当だ」マーティンが頭を振った。「おまえはまだわかっていないんだ。アトランティス病は、発生からわずか二十四時間で十億人を超す人間に広まった。どうにか生き残った政府も戒厳令を発令した。そして、その後すぐにイマリが世界の制圧に乗り出したんだ。彼らは過激な解決策を掲げた。生存者《サヴァイヴァー》だけで作る社会だ――もっとも、これは急速に進化した者だけが対象で、彼らが言うところの〝選ばれし者〟の社会だがな。彼らはまず、南半球の、南極大陸に近い人口の多い国々を掌中に収めた。アルゼンチン、チリ、南アフリカ。ほかにも数多くの国がいまや連中の支配下にある」

「何のために――」

「南極への侵略に備えた軍を作っているのさ」

ケイトは彼を見つめた。とても信じられなかった。BBCの論調はあんなに楽観的だったのに。気づくとケイトはポケットの採血管を差し出していた。

管を受け取ったマーティンがさっそく椅子をまわしてデスクに向かった。彼は衛星電話らしき装置に接続された、小さな計器がある魔法瓶のような容器のボタンを押した。天辺の蓋が開き、プラスティックの管がなかに落とし込まれた。

窓外の騒ぎは激しさを増していた。

「何をしてるの？」ケイトは訊いてみた。

「結果をネットワークにアップしているんだ」マーティンが振り返って言った。「研究はほかの場所でも進められている。もうすぐだ、ケイト」

そのとき、小さな窓いっぱいに閃光と爆音が広がった。壁を挟んでいても熱が押し寄せてくる。マーティンがキーボードを叩くとスクリーンがキャンプ内の映像に切り替わり、続いて海岸が映し出された。黒いヘリコプターの隊列が画面を埋めている。彼が立ち上がったとたん、建物全体が大きく揺れてケイトは床に投げ出されていた。激しい耳鳴りのなか、マーティンが飛びついてくるのを感じた。彼は崩れ落ちる天井からケイトを護っていた。

6

南極大陸——イマリ作戦基地〝プリズム〟の下約二キロメートル

ドリアンは巨大な洞窟のような部屋を抜け、廊下の死体に——銃のもとに——到達しようとしていた。背後からデヴィッドの裸足が床を踏む音が聞こえてきた。そして、ドリアンがジャンプしようとしたまさにその瞬間、デヴィッドが飛びついてきて彼を前のめりに突き倒した。冷たい床に素肌がこすれ、大気を切り裂くような音が響いた。

二人は——自分たちの——死体から流れた半乾きの血のなかに転がっていた。ドリアンはすぐさま反応した。血だまりから上体を引き上げ、充分な高さになったところでデヴィッドの顔面に肘を打ち込んだ。

のけぞったデヴィッドが隙を見せた。ドリアンはすかさず身をよじって腕を振りほどき、二メートル先の拳銃を目指して床を這った。何としても辿り着かねばならなかった。それしか勝機はないのだ。これまで一度たりとも口に出したことはないが、かつてデヴィッドほど接近戦に優れた者はいなかった。これは命を賭けた戦いであり、拳銃がなければ自分が負けることは明白だった。

太ももの裏に食い込むデヴィッドの爪を感じた。そして、その直後に一発目の拳が腰めがけて振り下ろされた。激痛が背中から腹部に拡散し、あっという間に胸まで駆け上がってきた。猛烈な吐き気に襲われた。思わず喉を鳴らした瞬間、二発目のパンチが今度はもっと上の位置、背中のど真ん中の脊椎にまともにめり込んだ。両脚の感覚が消え、全身を貫く痛みさえもしびれていった。崩れたからだにデヴィッドが這い上がってきた。後頭部への一撃で片を付ける気だ。

血だまりに両手を突き、渾身の力を込めて頭を振り上げた。それがデヴィッドの顎に命中し、彼がバランスを失った。

すぐさま腹ばいになって血だまりを匍匐《ほふく》前進した。銃に手が届いた。が、それを握って仰向けになったときにはふたたびデヴィッドが上に乗っていた。銃を持ち上げたものの、即座に両手首を摑まれてしまった。そのとき、視界の隅にゆっくりとこちらへ近づいてくるアトランティス人の姿が見えた。醒めた目つきでこちらを眺めている。まるで、この試合には賭けていない闘犬の見物人といった顔だ。

ドリアンは素早く頭を回転させた――どうにかして形勢を逆転しなければならない。唐突に力を緩めて腕を落とした。デヴィッドがつんのめったが、その手から力が抜けることはなかった。ドリアンは右手の銃をひねり、銃口をアトランティス人に向けて引き金を引いた。

とっさにデヴィッドがドリアンの左手首を放した。右手で銃を摑もうと躍起になっている。ドリアンは左手の指を伸ばして鋭いくさび形にした。それをデヴィッドのみぞおちに思い切り突き刺し、横隔膜を麻痺させた。デヴィッドが息を詰まらせて天を仰いだ。すかさず彼の手を振りほどいて銃を構え、一発でデヴィッドの額を撃ち抜いた。それから銃口の向きを変え、弾倉が空になるまでアトランティス人を撃った。

7

南極大陸――イマリ作戦基地〝プリズム〟の下約二キロメートル

アトランティス人はどこか愉快そうにドリアンを眺めていた。何発撃っても銃弾がからだを通り抜けていく。ドリアンはもう一挺の拳銃に目をやった。

「ほかの銃で試してみるか、ドリアン？　やってみろ、待っていてやるぞ。時間なら腐るほどあるからな」

ドリアンは凍りついた。こいつはおれの名前を知っている。それに、まったく動じる気配がない。

アトランティス人がこちらへ足を踏み出した。血だまりに立っているというのに、足には染みひとつできていない。「おまえがここへ来た理由はわかっている」彼はまばたきもせずにドリアンを見すえていた。「ここへ下りてきたのは、父親を救い、敵を殺すためだ——自分の世界を護ろうとしたのだろう。そしてたったいま、おまえの唯一の敵を仕留めたのだ」

ドリアンはその怪物から視線を引き剝がし、あたりを見まわした。何か使えるものはないか。なんでもいい。感覚が戻った脚で立ち上がり、アトランティス人を視界に収めたまま少しずつあとずさった。アトランティス人は薄笑いを浮かべてじっとこちらを見ていたが、それ以上近づいてくるつもりはないようだった。

〝ここから脱出しなければ〟ドリアンは思った。必死で頭を働かせた。〝どうすればいい？　とりあえず防護服《スーツ》が必要だ〟ドリアンのスーツは父親が着ていった。ケイトのスーツは破れているが、どうにか修復できるかもしれない。むろん子どもたちのスーツは小さすぎるが、あれを修復に利用できるだろう。とにかく、ほんの数分だけ寒さを防げればいいのだ——地上に出て、攻撃を命じるだけの時間があればいい。

ドリアンはくるりと背を向けて廊下を走りはじめた。とたんに行く手のドアが音を立てて閉じ、周囲にあるほかの出口も次々に閉ざされた。

目の前にアトランティス人が現われた。「私がいいと言うまでは出られないぞ、ドリアン」

ドリアンは反発と動揺が入り交じった顔で彼を睨んだ。

「さて、どちらにするつもりだ？　楽《らく》な道をとるか、険しい道を選ぶか」彼はそう問いかけたが、ドリアンが答えないとわかるとあっさり首を縦に振った。「それならそれでいい」

あたりの空気が、まるで真空装置にでもかけられたように吸い出されていくのがわかった。あらゆる音が遠くなり、胸に殴られたような衝撃を覚えた。ドリアンは口を開けて必死に息を吸おうとした。膝が崩れ、視界が無数の点に覆われていく。迫りくる床を見つめながら、ドリアンは暗闇のなかへ落ちていった。

8

スペイン　マルベーリャ――オーキッド管轄区

ケイトは自分の上からマーティンを落とし、彼の全身に目を走らせて傷を調べた。後頭部に開いた裂け目から血が流れている。脳しんとうを起こしたかもしれないと思ったが、意外にも彼は顔をしかめ、何度か目をぱちぱちさせてから勢いよく立ち上がった。彼が部屋を見まわし、ある一点で動きを止めた。ケイトもそちらへ目をやると、デスクの装置類やコンピュータの大半が無残に破壊されていた。

マーティンが戸棚に近づき、衛星電話と拳銃二挺を取り出した。そして、その一挺をケイトに渡した。

「イマリがキャンプを潰しにきたんだろう」マーティンが荷物をまとめながら言った。例の魔法瓶風の装置を手に取り、軽く点検してからノートやコンピュータとともにバックパックに押し込んだ。「彼らは先に地中海の島嶼《とうしょ》部を制圧して、少しずつこちらの防衛境界線を侵していた。オーキッド諸国に反撃する意志や力があるかを見極めていたんだ」

「反撃できるの？」

ひとまず揺れは治まったので頭の傷を手当てしたかったが、マーティンは慌ただしく動きまわっていっこうに立ち止まる気配がなかった。

「無理だ。オーキッド同盟はかろうじて持ち堪えているような状況だからな。軍を含め、もてる人材はすべてオーキッドの製造にまわしているんだ。救援は期待できない。とにかく、ここから脱出しなければ」彼は卵形の物体をデスクに置き、その上端をひねった。カチカチと音が鳴りはじめた。

ケイトは気を引き締めた。マーティンはこのオフィスを吹き飛ばすつもりだ。ここへは二度と戻らないのだろう。すぐにスパと少年たちのことが頭に浮かんだ。「アディとスーリヤを迎えにいかなくちゃ」

「ケイト、もう時間がないんだ。あとで戻ってこよう――SASが到着したらいっしょに来ればいい」

「あの子たちを置き去りになんてしないわ。ぜったいに」ケイトはきっぱりと言った。マーティンならそれだけで通じるだろうと踏んでいた。何しろ、実の父親が行方不明になった六歳のときからケイトを育ててくれたのだ。一度こうと言いだしたら何があっても折れないことは充分に承知しているだろう。

マーティンは頭を振り、困っているようにもあきれているようにも見える表情を浮かべた。「いいだろう。だが、それを使うことになるかもしれないぞ」そう言って彼は銃を示した。それからキー・コードを打ち込んでドアを開けると、ケイトも部屋から出たところで今度は外側のパネルにコードを打って施錠した。

廊下には煙が充満していた。厨房の戸口の方で火が燃え上がり、煙でかすむ空間に悲鳴が飛び交っている。「ほかに出口は――」

「ない。除染室を通るしかないんだ」マーティンがケイトの前に立ち、銃を構えた。「走るぞ。もし邪魔する者がいたら、誰であろうと――ためらわずに――撃て」

ケイトは銃を見下ろした。ふいに恐怖がこみ上げてきた。これまで銃を撃ったことはないし、誰かに向かって弾を撃ち込める自信もなかった。マーティンがケイトの銃を掴み、スライドを引いて何かをカチリと動かした。「難しいことは何もない。狙って引き金を引くだけだ」そう言うと、彼は背を向けて煙と炎が渦巻く厨房に突進していった。

9

南極大陸――イマリ作戦基地〝プリズム〟の下約二キロメートル

ドリアンはそのぼんやりとした影に目を凝らした。深く息を吸い込むことができなかった――ただ溺れたようにぱくぱくと浅い呼吸を繰り返しているだけだ。全身に痛みを感じ、空気が入るたびに肺が重くうずいた。

影がくっきりとした輪郭を結んだ。アトランティス人だ――傍らに立ち、こちらを見下ろして……何かを待っているようだ。

声を出そうとしたが、充分に肺を膨らますことができなかった。ドリアンは喉からか細い音だけを漏らし、目を閉じた。と、少しだけ空気が増えた。また目を開けた。「何が……望みだ」

「おまえの望みと同じだ、ドリアン。人類を絶滅から救ってもらいたい」

ドリアンは目を細めて彼を見つめた。

「我々はおまえが考えているような存在ではない。けっしておまえたちを傷つけたりはしない。我が子を傷つける親などいるはずがないだろう」彼が頷いた。「そう、おまえたちを創ったのは我々なのだ」

「ばかな」ドリアンは吐き捨てた。

アトランティス人が頭を振った。「人間のゲノムはおまえたちが知っているよりはるかに複雑だ。とくに言語機能の面ではいろいろと手こずった。明らかにまだ改良すべき点があるようだがな」

次第に呼吸が楽になってきたので、ドリアンは上体を起こした。アトランティス人の狙いは何なのだ？　なぜ訳のわからぬたわ言を聞かせる？　彼はこの船を自在に操れるようだ。いったいこのおれに何をさせようというのだろう。

ドリアンの頭の声を聞き取ったかのように、アトランティス人が答えた。「狙いだの何だのと心配する必要はない」廊下の反対側で、ドアが重々しい音を立てて開いた。「ついてこい」

ドリアンは立ち上がってしばし考えを巡らせた。〝ほかに選択肢があるか？　その気になれば、やつはいつでもおれを殺せる。しばらくたわ言に付き合って隙をうかがうしかないだろう〟

灰色の金属に囲まれた薄暗い廊下を進んでいると、アトランティス人が言った。「おまえには驚かされる、ドリアン。頭は切れるのに、おまえを動かしているのは憎しみと恐怖ばかりだ。論理的に考えてみろ。我々が乗ってきた船は、おまえたちの種族がまだ見つけてもいない物理法則を利用している。だがおまえたちはと言えば、いまだに液化した大昔の生物の死骸を燃料にし、色を塗りたくったアルミ缶でこの小さな星の上を飛びまわっているだけだ。そんなおまえたちが我々と戦って勝てるなどと、本気で信じているのか？」

ドリアンの頭に、この船を取り囲む三百発の核弾頭のイメージが浮かんだ。

アトランティス人が振り返った。「我々が核爆弾を知らないとでも？　我々は、おまえたちがまきを割りはじめるまえから原子核を分裂させていたんだぞ。この星にある核弾頭をすべて集めたってこの船を壊すことはできないだろう。そんな真似をしたところで、この大陸の氷が溶けて世界中が水没し、おまえたちの文明が終わるだけだ。冷静になれ、ドリアン。もし殺す気があるならとっくに殺していた。何万年もまえにおまえたちは死に絶えていただろう。だが、我々はおまえたちを救い、その後もずっと導いてきたのだ」

アトランティス人の言うことなど、すべてでたらめに決まっていた。うまく言いくるめて攻撃をやめさせるのが狙いだろうか？

アトランティス人がにんまりした。「まだ信じていないようだな。まあ、べつに驚きはしないが。我々がそういう形にプログラムしたんだ――生き残るために、生存を脅かすものはすべて攻撃するようにな」

ドリアンは話を聞き流すことにした。腕を前に突き出し、アトランティス人に近づいた。手が彼のからだを通り抜けていった。「ここにはいないんだな」

「おまえが見ているのは私のアバターだ」

あたりに目をやった。ようやく希望の光が見えてきた。「じゃあ、どこにいる?」

「いずれわかる」

一枚のドアがスライドして開き、彼がなかに入っていった。

ドリアンはその狭い部屋を見まわした。壁に防護服が二着かかっており、その下のベンチに銀色に光るブリーフケースが置いてある。頭がすぐに脱出計画を練りはじめた。〝やつはここにはいない。ただの映像だ。どうすればやつの動きを封じられる?〟

「言っただろう、楽《らく》な道を選ぶこともできるのだ。おまえを出してやろう。そのスーツを着るといい」

ドリアンはスーツを一瞥し、そのまま素早く視線を巡らせて使えそうなものを探した。ドアがぴたりと閉じ、またもや空気が抜かれていった。やむなくスーツに手を伸ばし、それを身につけた。頭のなかでは計画が固まっていた。右腕にヘルメットを抱えると、アトランティス人が銀色のケースを指し示した。

「そのケースも持って行け」

　ドリアンはそちらに目をやった。

「これは──」

「話は終わりだ、ドリアン。黙って持って行け。だが、何があってもぜったいに開けるなよ」

　ケースを摑み、アトランティス人とともに部屋を出てまた廊下を進むと、死体が転がるあの場所に戻ってきた。先ほど閉じられたドアがすべて開いており、目の前に広大な霊廟が広がっていた。ドリアンはデヴィッドが入っていたチューブを見つめた。彼もドリアンも、一度死んだあとここのチューブで蘇ったのだ。デヴィッドはまた生き返るだろうか？　だとすれば厄介なことになる。ドリアンは空っぽのデヴィッドのチューブを指した。「あいつは──」

「彼のことは片付けておいた。二度と戻ってこない」

　ふとべつの問題に気づいた──時間のずれがある。父親は七十五年間もここにいたが、この船内では七十五日しか経っていなかった。船のまわりに配置された〝ベル〟が、時間の遅れを発生させる領域を作り出すのだ。内部の一日は外界の一年に相当する。外はいま西暦何年なのだろう？　自分はどれぐらいチューブに入っていたのか。「いまは何年──」

「おまえたちが〝ベル〟と呼ぶ装置は解除しておいた。外はほんの数ヵ月しか経過していない。さあ、行くんだ。これが最後のチャンスだぞ」

ドリアンはもう何も言わずに廊下を歩きはじめた。薄い血痕が点々と続いていた――父のものだろう。だが安心したことに、垂れるしずくは一歩ごとに小さくなっていき、最後は出血が止まっていた。〝もうすぐまた会える。二人ですべてを終わらせるんだ〟ドリアンの生涯の夢が、いま一度現実になろうとしていた。

長く広い除染室には、ケイトの破れたスーツと、彼女の被験者の子どもたちが着ていた小さいスーツが脱ぎ捨てられていた。

出口の扉の前まで行き、ヘルメットを固定すると、右腕にブリーフケースを抱えて待った。

三枚の三角形でできた扉がねじれて開いたところで、足早にそちらへ近づいた。そして、戸口を抜ける直前に脇へケースを放った。

とたんに目に見えない鉄板のような力場が発生し、ドリアンをなかへ弾き返した。

「荷物を忘れているぞ、ドリアン」ヘルメットの内部にアトランティス人の声が響いた。

ドリアンは銀色のケースを拾い上げた。〝仕方がない、外に出てから捨てよう。それでも問題ないだろう〟戸口を抜けて立ち止まり、前方を見渡した。来たときと何も変わっていなかった。天井が高い氷の洞窟、ひしゃげた金属の籠とケーブルが転がる雪の小山、二キロ上方の地表へと続く、周囲三メートルほどの氷の縦穴。だが、以前にはなかったものも見える。まっすぐ前方の、氷の縦穴のすぐ下に、スティールの台座にくりつけられた三発の核弾頭が並んでいるのだ。たったいま起爆装置が作動したかのように、爆弾に次々と小さなランプが灯っていった。

10

スペイン　マルベーリャ——オーキッド管轄区

ケイトはマーティンに続いて燃える厨房を抜け、メインの病室であるダイニングルームへ飛び出した。そこは予想以上に激しく破壊されていた。奥の壁が半分ほど吹き飛び、崩れ落ちる瓦礫から逃げようとする人々が、病人や動きの遅い者を踏みつけて出口へ殺到している。

マーティンがまっすぐ人波のなかへ突っ込み、周囲を掻き分けるようにして進みはじめた。ケイトもどうにかあとを追ったが、彼の素早い身のこなしには啞然とさせられる思いだった。彼の頭の怪我を思えばなおさらだ。

建物から出たところで、ようやくキャンプ——その残骸と言うべきかもしれないが——

の様子が目に入った。フェンス沿いに並ぶ監視塔が巨大な火柱と化していた。トラックやジープの車列からは白や黒の煙が立ちのぼり、焼けたゴムとプラスティックが有毒ガスをまき散らしている。煙にむせ、鼻と口をシャツで覆った。白い高層ホテルは一見無傷のようだったが、その足元に目をやると、続々と外へ逃げ出してくる人々が長い列を作っていた。

リゾートの芝生はもはや人で埋め尽くされていた。狂ったように出口を求め、あるいは数秒おきに起きる爆発から逃げようとして、群衆がうねっている。あたかも見えない捕食者に追われたサバンナの獣が、ひたすら周囲の群れの動きに合わせて右往左往しているかのようだった。

マーティンは逃げ道を探してフェンスを見渡していた。

ケイトは彼の横を駆け抜け、大急ぎで鉛に覆われたスパに向かった。片隅で小さな火が燃えているが、ほかに襲撃による被害はないようだ。後方の、マーティンのオフィスがあるあたりから爆発音が響いてきた。

スパのドアに辿り着き、錠を壊すべく銃を構えたところで、マーティンが追いついた。

「弾を無駄にするな」彼がドアの機械にカードを通すと、ロックがカチリと外れた。二人で廊下を走り抜け、アディとスーリヤの部屋のドアを開けた。たちまちケイトの胸に安堵感が広がった。二人の少年は部屋の両端でそれぞれの机に向かい、脇目も振らずにノートに鉛筆を走らせていたのだ。

「ここを出るわよ」

どちらからも反応はなかった。

アディのもとへ行って立たせようとした。痩せてはいるが、それでも二十キロほどの体重がある。力を込めて抱え上げたものの、ノートから引き離したとたんに猛烈な抵抗に遭ってしまった。椅子に戻してノートを返した。とたんにアディが落ち着きを取り戻す。振り返ると、マーティンもスーリヤを相手にまったく同じ過程を辿っていた。

二人は少年たちを文字通り引きずって外へ出ることになった。ふたたび先導役になったマーティンが、キャンプを横切って人山のなかへ入っていった。と、前方で銃声が響き、瞬く間に群衆が散らばった。逃げ惑う人々の隙間から、スペイン軍と戦う生存者《サヴァイヴァー》の姿が見えた――あの監禁室で見かけた顔もあるし、到着したばかりの者も交じっているようだ。彼らの頭上では、明るいブルーのオーキッドの旗が風に吹かれてめらめらと燃えていた。

マーティンがバックパックに手を入れ、把手がついた緑色の卵をケイトに渡した。「おまえのほうが肩はいいだろう」彼が言った。「スペイン軍が負ければ、我々は二度と脱出できなくなる」彼がピンを抜いたところで卵の正体に気づき、ケイトは危うくそれを取り落としそうになった。マーティンがケイトの手を支えた。「投げるんだ」

周囲の足音が大きくなったかと思うと、押し寄せる人波がケイトの手からアディをもぎ取り、その小柄な少年を地面に突き倒した。いまにも踏み潰されそうだ。ケイトは銃声が響くゲートめがけて手榴弾を投げ、すぐさま人群れのなかへ引き返した。アディを起こして抱きしめた瞬間、熱風と爆音が人々のあいだを駆け抜けた。

群衆が進路を変え、煙の上がるゲートへと向かいはじめた。ケイト、マーティン、それに少年たちも流れに乗って前へ進んだ。どうにかゲートをくぐり抜けたのは、銃声が——今度は背後から——ふたたび響きはじめたときだった。

リゾートの裏手は細い小道になっており、道はやがて幹線道路に合流した。ケイトは思わず足を止めた。目を見張るような光景だった。乗り捨てられた車が視界いっぱいにフリーウェイを埋め尽くしている。左右どちらの車線も、オーキッド管轄区の入口付近で車列がぷつりと途絶えていた。ドアは開けっぱなしで、路面には衣類や腐った食料品や、正体不明の物体が散乱している。誰もが安全と命の薬を求めてここまで車を走らせてきたのだろう。もし先頭の車が使えれば、いますぐ遠くへ逃げられるのではないか。

ケイトの考えを見抜いたらしく、マーティンが首を振った。「ガソリンはすべて数週間まえに抜き取られた。とにかく〝オールド・タウン〟まで行くんだ。チャンスはそれしかない」

また人の流れに乗って移動を始めたが、進むにつれて群衆の規模は小さくなっていった。家族連れや孤独を好む者たちが、海岸や危険なオーキッド管轄区から離れるようにそれぞれの道を行きはじめたからだ。ケイトはマーティンとともにしっかりと子どもたちの手を握り、彼の先導で歩きつづけた。

フリーウェイを抜けると、道沿いにいかにも観光地らしい建物が並ぶようになった。土産物屋、小売りチェーン店、ホテルなどだ。どこも無人で、どの窓ガラスも割られていた。太陽はもうすっかり西に傾いている。遠くの銃声はまだ聞こえていたが、その間隔は間遠になっていた。

ふと新たな感覚を刺激された。臭いがする。かすかに甘い、腐敗臭。おそらく遺体から漂ってくるのだ。このあたりにはどれぐらいの遺体があるのだろう？　マーティンのことばを思い出した。〝およそ九割が七十二時間以内に死亡する〟オーキッド管轄区が設置されるまでに、いったいどれだけの人が命を落としたのか。管轄区の外には何が待ち受けているのだろう。

誰も口を開かぬまま、さらに二、三ブロックほど進むと、道の様子が変わった。路面がアスファルトから玉石敷きになったのだ。建物も先ほどまでとは違っていた。店はどれもこぢんまりとして、古風な趣がある。ギャラリー、カフェ、手作りの小物を扱う雑貨店などが、沿道にぽつぽつと建っている。大通りの店に比べればましだったようだが、ここにもパニックの痕跡は残っていた。焼け落ちた建物、乗り捨てられた車、散乱するゴミ。

白い漆喰の塀にある鉄の門扉――ここから先がオールド・タウンなのだろう――まで来

たところで、マーティンが立ち止まってひと息ついた。キャンプで彼を駆り立てていたアドレナリンが、いつの間にか消えてしまったという感じだ。かつてないほどげっそりとやつれた顔をしており、まるで浴びるほど酒を飲んでしまった日の翌朝という雰囲気だった。彼は両膝に手を突き、長々と息を吐き出した。

ケイトは背後の海岸を見渡した。マルベーリャのオールド・タウンは丘の頂にあり、その場所からは眼下を一望することができた。煙の柱さえ並んでいなければ、夕陽に映える地中海や白い砂浜は息を呑むほどの美しさだっただろう。そのとき、煙の向こうから一ダースほどの黒い物体が現われた——ヘリコプターだ。

すぐにアディとスーリヤの手を取って走りだそうとしたが、マーティンが腕を伸ばしてそれを止めた。そして、そっとケイトの肩を摑んで少年たちも引き寄せ、前方にある何かから護るように三人を自分の背後に押し込んだ。ケイトは彼の肩口から顔を覗かせた。その正体がわかった。

少し先で道路が交差しており、その四つ辻に二匹のオオカミがのっそりと出てきたのだ。獣はじっと耳を澄ましていたが、やがてゆっくり首をまわし、ケイトとマーティン、それに少年たちの方へ目を向けた。空気が凍りついたような、永遠とも思える一瞬が続いた。と、ケイトの耳に石畳を踏む柔らかな獣の足音が聞こえてきた。オオカミがもう二匹、最初の二匹のもとに現われ、さらに一匹、さらに三匹と加わって合計八匹の群れになったのだ。オオカミたちはじっと通りに立ってこちらに目を向けていた。

いちばん大きいオオカミが群れから出て、マーティンをひたと見すえたまま近づいてきた。すぐあとには、毛がぼろぼろになった二匹目のオオカミが続いている。

二匹はマーティンの一メートルほど手前で足を止め、彼を観察しはじめた。ケイトの手が震えた。少年たちの手と接する部分がじっとりと汗ばんでいた。

背後では、ヘリコプターのバタバタというローター音が次第に大きくなっていた。

11

南極大陸──イマリ作戦基地〝プリズム〟の下約二キロメートル

ドリアンはブリーフケースを足元の氷に落とし、両手を高く上げた。もっと早く、イマリの同志がどんな反応をするか気づくべきだった。自分はアトランティス人のスーツを着込み、怪しげなケースを片手にのこのこと出てきたのだ。すでに核爆弾のスウィッチが押されていても何の不思議もない。

ヘルメットのシールドは鏡面になっているので、彼らからこちらの顔は見えないはずだった。何か連絡する方法、メッセージを送る手段が必要だ。使えるものはないかと氷の洞窟を見まわした。氷上にメッセージを刻もうとしたが、あまりに硬くて無理だった。手を振りまわし、宙に文字を書いた。〝ド・リ・ア・ン〟すべての爆弾に二つめのランプが点灯した。もう一度試してみたが、やはり効果はない。何かないかと必死で視線を走らせたとき——。

死体が目に入った。すっぽりと氷に覆われた死体が壁に寄りかかっている。大急ぎでそちらへ向かい、氷を割って掘り出しにかかった。スーツの無線がまだ使えるかもしれない。ヘルメットの氷を拭い取った瞬間、ドリアンははっとして身を退いた。父親だった。顔を縁取るように、大量に流れ出た血が凍りついている。寒さが彼の死に際の姿を完璧に保存していた。父は、ここで殺されたのだ——ベルのもとに放置されて。いったい誰が、何のために？　ドリアンはその場に坐って父親の死体を見つめつづけた。もはや爆弾のことなどどうでもよかった。

洞窟の端の方で金属と氷がぶつかる大きな音が響いた。振り向くと、迎えの籠が彼を待っていた。爆弾のランプはまだ点いているが、進行は止まったようだ。

父親の死体を最後まで掘り出し、両腕で抱えて籠のもとへ行った。そして、静かに父を下ろし、その傍らに立った。籠が地表へ向かって上昇しはじめた。

12

スペイン　マルベーリャ――オールド・タウン

　近くで見ると、それはオオカミではなかった。この八匹はすべて犬なのだ。飢えて凶暴化した、野犬の群れ……。

　ケイトは震える手をアディから離し、ポケットの銃を探った。それを抜き出したとたん、まずは大きいほうの犬が牙を剥いてうなり、獰猛そうな二匹目もそれに続いた。どちらも毛を逆立て、身を低くして攻撃態勢に入っている。

　マーティンが後ろ手にケイトの手を摑み、そっと銃をポケットにしまわせようとした。彼は前を向きつづけていたが、どちらの犬とも視線を合わせていなかった。

　ゆっくりと空気が抜けていくかのように、犬たちの背中の毛が徐々に平らになった。泡立った白い牙が隠れ、目にまばたきが戻っている。やがて二匹は引き返していき、群れはそのまま音も立てずに通りから姿を消した。

　マーティンが頭を振った。「ああして群れているが、食べ物を探しに出てきただけなんだ。この辺には、我々には食べられない食糧があるからな」

ヘリコプターの音はすでに真上近くまで来ていた。見上げると、一本のスポットライトが空を切り裂いていた。何か探しているのだろうか？

マーティンがスーリヤの手を取り、ケイトとアディもそのあとを追った。「数ブロック先に教会がある。合流ポイントの近くだ」マーティンが言った。「何とか朝までしのげれば、ＳＡＳのチームに助け出してもらえる」

ケイトはマーティンの歩調に合わせて足を速めた。一歩進むごとに、かすかに残った夕陽が薄くなっていく。頭上では、いまや三本になったライトが夜空を穿《うが》っていた。

ふと、ケイトは道の真ん中で立ち止まった。ヘリコプターから何か落ちてくる。とっさにケイトもマーティンもいちばん近い路地へ飛び込み、落下する爆弾を目で追った。大きな弾が十メートルほど上空で爆発し、一斉にばらばらと……紙切れが降ってきた。ケイトはその一枚を掴み取った。何か書いてある。ヘリはビラをまいているのだ。文章はスペイン語で書かれていたが、裏返すと英語訳もあった。

アンダルシアの住民と囚われし人々へ
あなたたちのメッセージを受け取りました。
自由は目の前です。
イマリ・インターナショナルは、オーキッド圏が奪った自由権という基本的人権をあなたたちに取り返すためにやって来ました。

我々とともに立ち上がり、自らの生と死を自らの手で選ぶという、自由の権利を取り戻そうではありませんか。

あなたたちを支配する独裁者は、為政者を選ぶという権利をあなたたちから奪っています。

屋根にシーツを広げ、あなたたちの意志を世界に示しましょう。

我々は平和を求めていますが、戦いから逃げるつもりもありません。

ケイトは地平線に目を走らせた。ヘリコプターから落とされた白いシーツが家々の屋根に舞い降りている。イマリが〝投票〟を不正に操作しようとしているのだ。それで何がどうなるというのだろう？　衛星写真でも撮って世界に示し、自分たちの侵略を正当化するつもりだろうか。

気づけばマーティンはすでに通りへ戻り、一刻も早く教会に着こうと懸命に脚を動かしていた。ケイトもポケットにビラを押し込んで駆けだした。

後方から、次のヘリの一団が飛来する音がした。こちらが落としているのはビラではないようだ。パラシュートにぶら下がっているのは……兵士？　落下傘部隊だろうか？

振り返ったマーティンの目に、ほんの一瞬、恐怖の色が浮かぶのが見えた。

緊張続きの海岸からの逃走や、その後の休みない移動を考えれば、彼の血圧は危険なまでに上昇しているはずだった――もちろん、頭部を怪我している者にとってそんな状態が好ましいわけはない。ケイトからも、彼の後頭部の裂傷にまだ血が滲んでいるのが見て取れた。早く傷口を塞がなければ。

彼らはひたすら先を急いだ。オールド・タウンの町がかすんでうしろへ去っていった。目の前にパラシュートが現われた。前後に揺れながら音もなく舞い降りてくる。

ケイトとマーティンは足を止め、傍らの少年たちも急停止させた。もう逃げられない、そう思った。が……見ると、パラシュートの紐の先で揺れているのは人間ではなかった。金属の筒がぶら下がっている。

その筒が騒々しい音を立てて着地し、玉石の路面を転がった。と、次の瞬間にはポンと栓が外れ、激しく回転する筒があたり一面に緑色のガスをまき散らした。

マーティンが退がるように合図した。「この町をガス責めにする気だ。行こう、屋内に避難するんだ」

窓の割れていない店を探して近隣を駆けまわったが、状況はどこも同じだった。入口はチェーンで封鎖されているし、窓の厚板ガラスはとうのむかしに割られたという雰囲気だ。歩みが遅くなってきたアディの腕を引いた。疲れきっているにちがいない。ケイトは立ち止まってアディを抱き上げた。マーティンもやはりスーリヤを抱き上げていた。子どもを抱えてどこまで行けるだろう？　すぐ前の十字路で緑色のガスの雲が膨らみはじめた。とにかく時間を稼がなければ。アディを下ろし、通りに散らばっているシーツのもとへ這っていった。それを裂いて帯状の布を四本作った。子どもたちの口元にその布を巻きつけると、マーティンにも一本渡した。

左右の脇道にもガスが溢れはじめていた。前を見てもうしろを見ても、どの十字路にも同じ光景が広がっている。ケイトはふたたびアディを抱き上げ、マーティンを追ってガスのなかへと飛び込んだ。

13

南極大陸――作戦基地〝プリズム〟の外

ドリアンは籠が漆黒の闇を抜けるのを静かに待っていた。洞窟の淡い光はとうに眼下から消え、頭上からも日差しや照明はまるで届かず、あるのはどこまでも暗い闇だけだった。

父の死体の傍らにしゃがみ、上に到着したらどうするか――そして、彼らは何をするか――考えた。

迎えの籠を下ろしたのは賢明な判断だった。こちらを敵の戦闘員だとみなしたうえでの行動だろう。いかなる場合でも、戦うときは味方がいる自分の選んだ戦場で戦うほうがいい。イマリが縦穴から一度に下ろせるのはひと握りの兵だし、底に着いた時点でアトランティス人の戦闘員が増えている可能性もある。援軍もすぐには下ろせない。となれば、どんな部隊を送り込んだところですぐにやられてしまうだろう――もっと悪ければ、捕虜をとられ、イマリ軍の戦闘力や防衛能力といった情報を握られてしまうかもしれないのだ。

確信していることがひとつだけあった。この籠が上に着けば、すぐさま拘束されるということだ。

ドリアンは死んだ父と肩を並べて仰向けに寝そべった。目を開いてそのときを待つ。地上の投光器が暗闇に小さな穴を空け、その光がだんだん強くなってついにライトの本体が見えた。

たちまち上昇が止まり、風に吹かれて籠がわずかに揺れた。雪を踏むブーツの音が一斉に駆け寄ってくる。気づくとドリアンは、自動小銃を向けた男たちに幾重にも取り囲まれていた。

音はなく、しばらくは動きもなかった。こちらの出方を見ているのだろう。ドリアンはじっとしていた。とうとうひとりの兵が前に出て、ドリアンの手足を縛った。そして兵士二人が彼と父親を担ぎ出し、基地の方へ運びはじめた。あたりは明るく照らされており、いまの基地の様子がよく見えた。いちばん手前のベースはドリアンの記憶どおりの姿をしていた。白い巨大ムカデのような車両がアメフト競技場よりも長く伸び、端の方でカーブを描いている。だが、いまはそのムカデが増えていた。少なく見ても三十本の車両がはるか彼方まで並んでいる。いったい何人の兵がここで野営しているのだろう？　数が足りればいいが、と思った。むろん父を殺した犯人を見つけ出し、責任を取らせるつもりだが、まずは足下に埋まる脅威を何とかしなくてはならないのだ。

広い除染室に入ると、スプリンクラーがドリアンやその捕獲部隊をずぶ濡れにした。液体が止まったところで、男たちが彼を担ぎ出して台の上に落とした。

傍らの兵士がドリアンのヘルメットの留め具を外し、それを引き抜いた。とたんにその男の動きが止まった。

「脱出してきたのだ。さあ、これをほどけ。やつらが目を覚ました。攻撃を開始するぞ」

14

南アフリカ共和国　ケープタウン――イマリ訓練キャンプ〝キャメロット〟

レイモンド・サンダーズは先頭の兵士たちが尾根を越えるのを見つめていた。彼らはフルスピード——時速三十五キロメートル近くあるだろう——を出しており、しかも二十七キログラムの荷物を背負っていた。視線を上げれば南アフリカの山脈が朝日に照らされていたが、サンダーズは、眼下で訓練している成長著しい超兵士たちから目を離すことができなかった。

「タイムは？」前を向いたまま助手のコスタに訊いた。

「十四分二十三秒です」コスタが頭を振った。「信じられませんね」

サンダーズはそのタイムに驚嘆していた。鍛えれば鍛えるほど、この兵士たちは強くなっていく。

「ですが、これまでに死者も出ています」コスタが言った。

「何人だ？」

「六名です。この部隊は二百名で始めました」

「死因は？」

コスタが書類をめくった。「四名は昨日の行軍中に突然死したようです。いま検死解剖中ですが、おそらく心臓発作でしょう。さらに二名がその夜に死んでいます。こちらも検死待ちです」

「結果を考えれば、三パーセントの代償など安いものだ。ほかの隊の調子は？」

「向上していますが、第五部隊の足元にも及びません」

「ほかの訓練法は中止させろ。ただし、実験は続けるんだ」サンダーズは言った。

「同じ隊を使いますか？」

「いや、一から組織しろ。これまでの訓練の影響があると正確なデータを得られないからな。科学者チームは新しい訓練案を出してきているのか？」

コスタが頷いた。「山ほどあります」

「よし――」

「ですが、これだけは言わせて下さい。彼らはもう頭打ちですよ。これ以上やっても、それに見合う進歩は望めないでしょう。彼らは人間であって、調整がきく計算ソフトの数字ではないんです。このままでは――」

「彼らはまだ伸びつづけているぞ。より強く、速く、それに賢くなっている。前回の認知機能テストは過去最高だっただろう」

「たしかにそうですが、どこかの段階で、もう充分だと納得しなければ。いつまでもゴールを決められないと、優柔――」

「まさか〝優柔不断〟などと言うつもりじゃないだろうな、コスタ。勘違いでなければ、たしか責任者はこの私で、おまえはただの報告係のはずだが」サンダーズは大げさに首を傾げてみせた。「はっきりさせる方法がある。もし私が次の部隊におまえを入れるよう指示して、実際にそのとおりになれば――どうだ、答えが出るだろう？」

コスタは唾を呑み、窓外に延々と連なる野営地のテントを指し示した。「私はお力になろうとしただけで……。つまり、私が言いたいのは……我々のもとには百万人近い兵士がいるということです。そして、彼らをほとんど限界まで強くできる訓練法もすでにあります。ですが、時間があとどれぐらい残っているかはわからないのです」

「これが一回勝負だということも忘れるな。あの穴ぐらに軍隊を送り込めるのは、たった一度きりだろう。彼らの確実な勝利を望むのか、それともいちかばちかで突っ走るのか。私は危険な賭けはしたくない。おまえはどうだ？　私の指示に従うこともできるし、あっちのテントに仲間入りすることもできるんだぞ。さあ、わかったらさっさとスペイン南部の状況を報告しろ」

コスタはべつのファイルを手に取った。「アンダルシア地方の主要都市は押さえました。セビーリャ、カディス、グラナダ、コルドバです。マルベーリャ、マラガ、アルメリアといった重要な沿岸都市もすべて制圧しています。現在は、報道機関を落としてこちら側の記事を流そうとしているところです。工作員の話ではまだ煮え切らないようですが。しかし、もし我々に勝ち目がありそうだと判断すれば、オーキッド支持の論調を少しずつ変えてくるでしょう。すぐにわかりますよ。我々の上陸部隊が海岸線を越えたんですから」

「オーキッド同盟から何か反応は？」

「いまのところ何も。ですが、いずれにしろ大規模な反撃はないでしょう。クロックタワーの話では、どうやらフランスやスペイン北部でオーキッドの生産量が落ち込んでいるらしいのです。いまごろ同盟国はパニックになっているはずですよ」

絶好のタイミングだったのだ。サンダーズが狙った以上に事はうまく運んでいた。

ドアが開き、イマリの将官が入ってきた。「失礼しま――」

「取り込み中だ」サンダーズは鋭く言い放った。

「南極の扉が開きました」

サンダーズは黙って彼を見つめた。

「ドリアン・スローンが出てきたのです。ブリーフケースのようなものをもっていました。彼が言うには――」

「いまどこにいる？」声を低くして訊いた。

「地上に引き上げました。第一会議室で状況報告を受けているようです」

「冗談だろう」

将官が戸惑ったような顔をした。「彼はイマリ評議会の最高幹部ですよ」

「いいか、よく聞けよ。イマリ評議会の最高幹部はこの私だ。ドリアン・スローンは十一週間近くもあの構造物にいたのだ。なかで何をしていたか知らないが、我々のプラスになることでないのはたしかだろう。彼はやつらに洗脳され、感化されて、何らかの任務を帯びて出てきたと想定するべきだ」

「では、どうしろと――」

「あっちに派遣されているクロックタワーの工作員を使え。見せるものがあると言ってスローンを連れ出し、実験室に入れるんだ。そこでガスを吸わせろ。それから尋問室に運んで、ベルトで厳重に拘束しろ。油断するなよ。やつらが彼に何をしたか、見当もつかないんだからな。ドアの外に見張りも立てておけ」サンダーズはそこで少し考えた。「ケースをもっていたと言ったな。それはどこにある？」

「スローンが穴の底に置いてきました。彼が言うには、おそらく危険なものだろうと。開けるなとも言っていました」

サンダーズは考えを巡らせた。ケースと聞いてまず思い浮かぶのは爆弾だ。スローンも本当にそう思っているのだろう。地上に引き上げれば野営地がすべて吹き飛ぶか、それ以上の被害が出るのかもしれない。だが、ほかの可能性も考えられる。ケースを下に置いてきたのは、スローン自身、もしくはアトランティス人に何か目的があるからかもしれないのだ。アトランティスの軍があの穴ぐらから出るためだろうか？　それともほかに狙いが？　氷を溶かして船を動かそうというのか？　とにかく調べる必要がある。置いたままにはできないが、正体不明では動かすこともできない。

「現場にいる科学者スタッフは？」

「ごくわずかしか残っていません。攻撃準備として兵を増強した際に、避難させましたので」

「誰でもいいから下ろせ。ケースの中身を調べるんだ。ただし開けるなよ。行かせるのは我々の防衛能力に関する知識がない者にしろ。中身が判明したら、直接私に連絡をくれ」

将官は頷き、続きを待つ顔をした。

「以上だ」将官が出ていくと、サンダーズはコスタの方を向いた。「実験は中止する。事態が急変した。我々の軍を率いて戦いに行かねばならない。もっとも、いまのままでは兵士が足りない予感がする。アンダルシアの浄化を急がせるんだ。輸送手段はどうなっている?」

「まだ船を掻き集めている段階です」

「どうにかしろ。一刻も早く百万人の兵を南極に運ぶんだ」

15

こちらはBBC放送。アトランティス病の発生から七十九日目の今日も、人類の勝利の声をお届けします。

ＢＢＣは、イマリがヨーロッパ大陸に侵攻したという複数の情報が事実であることを確認しました。侵攻は昨日の日没まえに開始され、スペイン南部の複数の都市がヘリコプターや無人爆撃機による空爆を受けました。いまのところ死傷者の数は明らかになっていません。

スペインのアンダルシア州各地から寄せられた目撃情報によると、イマリの第一標的はオーキッド管轄区であった模様です。以前から、政治情勢に詳しい専門家はイマリがヨーロッパやアジアの社会的弱者を取り込むだろうと予想していましたが、スペイン南部ではそうした政治的説得活動が開始されているようです。

専門家のひとり、ウェスタン・センチュリー総合研究所のドクタ・スティーヴン・マーカスはかねてからこう考えていたといいます。「イマリの最終目的は不明ですが、ひとつだけわかっているのは、彼らが軍隊を築いているということです。自分たちの身を護るか、敵を攻撃するか、この二つ以外に軍隊を築く理由などないでしょう。オーキッド同盟が彼らに反撃できるとはとても思えません」

人々はオーキッド同盟の防衛力の低さに対して不安を募らせています。イマリのアンダルシア侵攻は前哨戦にすぎず、今後ヨーロッパ中心部への大規模攻撃が行われるのではないか、オーキッド同盟はそれを止められないのではないか、といった危機感が広まっているのです。

オーキッドの製造状況に詳しいジャネット・バウアーもこうした見解に同意しています。「同盟は、オーキッドの生産量を維持できれば御の字という状況です。戦うことは不可能でしょう。その意志があっても、実際問題、兵士を生かすために前線にオーキッドを供給しつづけることができないのです。かといって、生存者《サヴァイヴァー》で同盟軍を編制すればまったくべつの問題が生じます。忠誠心の問題です。脳が健康に機能している生存者《サヴァイヴァー》は、大半がイマリを支持しています。オーキッド管轄区で暮らすことを強制されたわけですし、彼らにしてみれば、すでに三カ月近くも監禁されているという不満がありますから」

イマリはヨーロッパの端をつついて毒味しているのだ、と言う専門家もいます。護りが手薄な地方を攻め落とし、同盟側の反応や人々の意志を確かめているのだと。要するに、ヨーロッパの出方を探っているということです。

ドクタ・マーカスがこの点について詳しく語っています。「これは初歩的な戦術です。侵略者はまず一歩だけ線を踏み越え、相手の動きを見るのです。相手が有和《ゆうわ》策をとるか、報復に出るか。相手の反応が彼の次の行動を決めます。もし相手が少しでも弱みを見せれば、彼はもう一歩、さらにもう一歩と踏み込みつづけるでしょう」

〝次の一歩〟はドイツではないか、という意見も多く聞かれます。ミズ・バウアーもそのひとりです。「彼らの本当の狙いはドイツでしょう。ヨーロッパ大陸の要《かなめ》だからです。ドイツはヨーロッパに供給されるオーキッドの七割を製造しています。もしイマリ軍がドイツに到達したら、ヨーロッパはゲーム・オーバーです。ドイツを失えば大陸すべてを失うことになるのです」

公平を期するために、私たちは今回の攻撃に関するイマリの声明文も紹介することにしました。

「昨日、イマリ・インターナショナルはスペイン南部において大規模な救出作戦を実行しました。アンダルシア地方の人々は、およそ三カ月ものあいだ強制収容所に入れられ、望まない薬を服用させられてきたのです。イマリ・インターナショナルは、世界をひとつにしたいという理念のもとに設立されました。貿易会社としてスタートし、世界中を繋いできました。現在もその伝統を受け継いでいます。しかし、オーキッド諸国によって世界が苦しめられているいま、我々も全世界を解放すべく新たな道を進まねばならないと決意しました。我々は非暴力主義ですが、不当な抑圧や、自由意志を侵害するあらゆる行為から世界中の人々を護り抜くつもりです」

ＢＢＣは、武力紛争において特定の勢力に与《くみ》することはありません。勝者・敗者に関わりなくニュースをお伝えしていますし、今後もその方針を貫いてまいります。

16

南大西洋海上　南極大陸行き航空路——イマリ・ワン

レイモンド・サンダーズは飛行機の窓から視線を離し、衛星電話に出た。「サンダーズだ」

「例のケースの調査班からたったいま連絡がありました。なかは空っぽだそうです」

「空っぽ？」サンダーズが予想もしていない結果だった。「どうやって確かめた？」

「ポータブル式のX線装置を使ったようです。重さから判断しても、ケースには空気しか入っていないだろうということです」

サンダーズは椅子にからだを沈めた。

「もしもし？」

「聞こえている」サンダーズは言った。「ほかに何か言ってたか？」

「はい。あのケースからは、何らかの放射線が放出されている可能性があるそうです」

「どういうことだ？　あれは——」

「それ以上のことはチームにもわからないようです」

「仮説ぐらいないのか？」サンダーズは訊いた。

「ええ、見当もつかないようで」

サンダーズは目を閉じてまぶたを揉んだ。何にせよ、あの構造物にいる者がケースを外に出したかったことはたしかなのだ。「スローンは出口のすぐ外にケースを残してきたんだろ。アトランティス人が扉から出るために必要だということは？　何かの役に立つ可能性はないのか？」

「可能性はあるかもしれません。ですが、確かめる術《すべ》がないんです。科学者も装置も、あちらにあるものはごく限られていますから」

「仕方ない……ケースを運び出してくれ。鉛の箱か何かに入れて放射線を遮蔽したあと、我が社の基幹研究所に届けるんだ。きちんと謎を解明できそうな研究所にしろ」

「誰に調べさせますか？」

サンダーズは少し考えてから言った。「あの口が堅そうな科学者は何といった？　チャンか？」

「彼はいま地中海の疫病船にいますが――」

「いや、そいつじゃない。核を扱ってるやつだ」

「チェイスでしょうか？」

「そうだ。彼に調べさせろ。何かわかったら直接私に報告するよう伝えておけ」

17

スペイン マルベーリャ——オールド・タウン

緑色のガスは霧のように厚く立ちこめ、わずか二、三メートル先は何も見えないという状態だった。マーティンにはどこか行くあてがあり、もうすぐ避難できるのだろうか。ケイトはそうであることを願いながら彼についていった。彼は店の前で立ち止まっては窓を覗き込んでいたが、いまはスーリャを抱いてひたすら先を急いでいた。ケイトも、ぐったりと肩に頭を乗せているアディをきつく抱いていた。アディは数秒おきに咳をし、そのたびに彼のからだがぴくりと跳ねた。

ガスで目がひりひりし、口中にはわずかに金属的な味があった。いったい何のガスで、どんな影響があるのだろう。

前を行くマーティンがふいに右に折れ、小さな庭へ入っていった。奥に白い漆喰の教会が建っていて、マーティンはその入口の分厚い木のドアへと急いでいるのだった。ケイトもあとを追いながらステンドグラスの窓に目をやった。自棄《やけ》になったマルベーリャの住民も、ここの窓には手を出さなかったとみえる。

マーティンがドアを開け、ケイトも少年たちもすぐさまなかへ飛び込んだ。ドアは、ほんの幾筋か緑色のガスの侵入を許したところでまた閉じられた。

ケイトはアディを下ろし、崩れるようにその場にしゃがみ込んだ。くたびれ果てて聖堂を見まわす気力さえない。かろうじて残った力を掻き集め、アディとスーリヤの口元から布を外して全身に目を走らせた。子どもたちも疲れてはいるが、ほかに問題はなさそうだった。

向き直っていちばん近い木のベンチまで行き、からだを横たえた。その数分後、気づくとマーティンが顔の上でプロテイン・バーと水のボトルを振っていた。それを受け取り、少し食べて少し飲んだあと、ケイトはゆっくりと目を閉じて眠りに落ちていった。


ケイトが眠るのを見守りながら、マーティンはチャットを使ったセキュア通信が始まるのを待っていた。

チャット・ウィンドウが広がり、文字が一行現われた。

ステーション23／DC〉 状況は？
ステーション97／MB〉 厳しい。イマリのマルベーリャへの侵攻はまだ続いている。身動きがとれない。ケイトも、ベータ1、ベータ2もいっしょだ。いまのところ安全だが、長くはもたないだろう。一刻も早く救出してもらいたい。現在位置はセント・

マリア大聖堂。

ステーション23／DC〉そのまま待て。

ステーション23／DC〉二時間まえにマルベーリャ近郊から届いた救出チームの報告――街にガスが散布されたが、消失しつつある。合流ポイントへの到着予定時刻は現地時間の午前九時。（報告終了）追記――チームは重武装した兵員五名で構成、スペイン軍の制服を着用。

マーティンは背筋を伸ばしてため息をついた。どうにか助かるかもしれない。見ると、ケイトは眉間にシワを寄せてもぞもぞと身をよじっていた。悪い夢でも見ているのだろう。硬い木のベンチでは安眠などできるはずもないが、マーティンが彼女にしてやれることはほかになかった。とにかく休ませてやらなければ。

それは夢だったが、すべてがとても生々しく感じられた。ケイトは南極のアトランティスの穴ぐらに戻っていた。冷たく光る灰色の壁、天井と床に連なるビーズのようなライト。その光景に背筋が寒くなった。あたりはしんと静まり返り、ケイトのほかに人影はない。自分の足音がぎょっとするほど大きく響いた。目を下ろすと、ブーツを履いていた――それに、制服のようなものを着ている。デヴィッドはどこだろう？　父親は？　あの子たちは？

「誰かいないの？」そう呼びかけたが、声は冷たい無人の空間に響き渡っただけだった。

左手にある大きな両開きのドアが開き、薄暗い廊下に光が漏れ出した。戸口を抜け、室内を見渡した。見覚えのある部屋だ。まえにも来たことがある。一ダースほどのチューブが並んでおり、それぞれに人類の祖先が収まっている。様々なヒトの亜種の標本が集められているのだ。もっとも、いまはチューブの半数ほどしか埋まっていないが。ほかの標本はどこへいったのだろう？

「続々と検査結果が出ているぞ」

はっとして振り返った。だが、その顔を確かめる間もなく部屋は消えてしまった。

18

南極大陸――イマリ作戦基地〝プリズム〟

そこは、ドリアンにも見覚えがある部屋だった――ケイト・ワーナーが逃げ出すまで彼女を監禁していた尋問室だ。いまはそこに尋問用の椅子――手足や胸を縛る太いベルトがついた、歯科医が使うような椅子だ——が置かれている。兵士たちは息が苦しくなるほどきつくベルトを締めていた。ガスの影響もしばらくは残りそうで、頭が朦朧とした。なぜ部下たちはおれを敵として扱うのだ？　あの出口がまた開いたのだろうか。もうひとりドリアン・スローンが出てきて、おれとは違う説明をしたのか。あるいは、またひとつブリーフケースをもってきたのか。運び出したあのケースが爆発でもしたのだろうか。

ドリアンの疑問が解けるまで、そう長くはかからなかった。ドアが勢いよく開いたかと思うと、やけにもったいぶった態度の男が特殊部隊員を二人従えて入ってきたのだ。知っている男だった。名前は何といったか。サンフォード？　アンダーズ？　サンダーズ。たしかそうだ。イマリ・キャピタルで中間管理職に就いていた男。そのサンダーズの顔に答えが書いてあった——これは権力争いだと。ほっとして全身の力が抜けた。ただの権力争いなら対処は簡単だ。

浅く息を吸い込んだが、対戦相手のほうが先に口を開いた。「ドリアン。久しぶりだな。調子はどうだ？」

「こんなことをしてる暇は——」

彼がわかっていると言うように頷いた。「そうだな。アトランティス人だろう。目覚めようとしている。いよいよ出てくるのだ。我々も闘志を燃やしている」

「あの船の内部に制御装置がある。外からそれを破壊しなければ」

サンダーズがじろじろと探るような目を向けて近づいてきた。「連中に何をされたんだ？　やけに元気そうじゃないか。まるで生まれたてみたいに、肌なんかもつやつやだ。本当に、以前は使い古したぼろぼろの肌で、死ぬ寸前みたいに陰気くさい惨めな顔をしていたのにな。これじゃあ別人だ」

サンダーズはすべて計算して言っているのだった。誰かは知らないが、ガラスの向こうにいる観察者に見せたいのだろう。ドリアンを辱め、この場を取り仕切っているのは自分だということを示し、ドリアンを恐れる必要などないとわからせたいのだ。

胸のベルトをちぎらんばかりに身を乗り出し、文字通り唾を飛ばして言った。「よく聞け、サンダーズ。いますぐベルトを外せばすべて忘れてやる。だが、もし断わるなら覚悟しろ。この手でおまえを引き裂いて、その死に様を眺めながら血をすすってやるからな」

サンダーズはぎょっとしたように顔を離し、眉を上げた。長いことそうしていたが、やがて大声で笑いだした。「やれやれ、いったい何をされたんだ、ドリアン？　一段とおかしくなっちまったようだ。まだ悪化する余地があったとはな」そう言うとゆっくり離れていき、またこちらを向いた。その顔にはまじめくさった表情が戻っていた。「いいか、おまえこそよく聞くんだ。これからどうなるか、本当の未来を教えてやる。おまえはその椅子に縛られたままじたばたあがき、くだらないたわ言を叫ぶしかない。そして薬を打たれ、下で何があったかすべて白状するんだ。それが済んだら、麻痺したままあの穴に放り込まれ、そこで凍えて死ぬことになる。まあ、私の前任者に殺されたおまえの父親よりはましな死に方だろう」

ドリアンは衝撃を受けた。

「そう、我々がやったんだ。仕方ないだろう、ドリアン？　トップの交代劇というのはときに残酷なものなんだ。どういうことか、実際に見せてやろう」サンダーズが警備兵のひとりを振り返った。「薬をもってこい、そろそろ始めよう」

冷たい怒りがドリアンを貫き、明晰さと判断力を高める種類の憎しみが頭の霧を追い払った。手首と胸を縛るベルトに目を走らせた。これを引きちぎるのは無理だろう。先にこちらの腕がやられてしまう。左手を勢いよく引いてみた。びくともせず、手から痛みが広がった。親指の骨が折れそうだ。もう一度、さらに力を込めて引くと、親指の関節が外れるのを感じた。激痛と怒りがドリアンのなかで戦いを始めた。そして、怒りが勝利した。

サンダーズはドアの把手を握っていた。「これでお別れになりそうだな、ドリアン」

警備兵のひとりが首を傾げ、ドリアンの方へ足を踏み出した。こちらの動きに気づかれただろうか？

渾身の力を振り絞って左腕を引いた。人差し指と小指の付け根が締めつけられ、中指と薬指の下に押し込まれた関節がポキンと音を立てて外れた。とたんに手がベルトをすり抜けた。だが、ひどくダメージを負っている。使えるのは中指と薬指の二本だけだ。足りるだろうか？　腕を伸ばして右手の拘束ベルトを摑んだ。二本の指だけでは、かろうじて手のひらにベルトを押しつけることしかできなかった。それでも指先に力を込めた。激痛が襲いかかってくる。思い切り手を引くとベルトが外れた。例の警備兵がこちらへ突進してきた。胸のベルトを外して起き上がり、右手の付け根で彼の鼻を叩き潰した。そしてすぐに向きを変え、出ていく寸前のサンダーズの脚を捕まえた。

足のベルトのせいでまだ椅子に繫がれていたが、どうにかサンダーズを床に引きずり倒し、自分の上へ引き寄せた。サンダーズが喉を嚙まれて悲鳴を上げた。噴き出す血がドリアンの顔や床に飛び散り、白い床面が瞬く間に朱に染まった。サンダーズのからだを払いのけたそのとき、銃を抜くもうひとりの警備兵の姿が目に入った。彼は二発の銃弾をドリアンの頭に撃ち込んだ。

19

スペイン　マルベーリャ――セント・マリア大聖堂

ケイトは誰かが熱心にキーボードを打つ音で目を覚ました。眠い目をこすろうと手を上げると、からだじゅうに痛みがあることがわかった。命からがらオーキッド管轄区を逃げ出し、あげくに硬い木のベンチで眠ったのだ。痛くて当たり前だろう。マーティンにマルベーリャへ連れてこられて初めて、あのリゾートの狭いベッドや、隔絶された静かな暮しがありがたく思えた。

からだを起こしてあたりに目をやった。教会は暗く、光を発しているのは身廊で燃える二本の蠟燭と、マーティンの顔を照らすラップトップ・パソコンのライトだけだった。彼はケイトを見るなり素早くパソコンを閉じ、バックパックから何かを摑み出して近づいてきた。「腹は空いてないか？」彼が訊いた。

ケイトは首を振った。薄暗い聖堂を見まわして少年たちを探した。二人は身を寄せ合うようにして隣のベンチに丸まっていた。上には何枚か、ヘリコプターから落とされた白いシーツが掛けられている。とても安らかな寝顔だった。ケイトが眠りに落ちたあと、マーティンがまた外へ出てシーツを集めてきてくれたのだろう。ケイトはマーティンに注意を戻した。「何もかも説明してもらいたいわ」

マーティンの顔に怯えの色が浮かんだ。彼はケイトに背を向け、またバックパックから何かを二つ取り出した。「かまわないが、先にすることがある。二つほどな」そう言うと、採血器具を持ち上げてみせた。「おまえの血液サンプルが欲しい」

「私とこの疫病に何か繫がりがあると思ってるの？」

マーティンが頷いた。「私の読みが正しければ、おまえはこのパズルの重要なピースなんだ」

どういうことか訊きたかったが、もっと気になることがあった。「二つめはなに？」

マーティンが茶色い液体の入ったプラスティックのボトルを差し出した。「髪を染めてもらいたい」

こちらに突き出されたマーティンの両手を見つめた。「いいわ」ケイトは頷いた。「だけど、私を追っているのが誰なのかは教えてちょうだい」採血器具を受け取ると、マーティンが作業を手伝った。

「全員だ」

「全員？」

彼が視線を逸らした。「ああ。オーキッド同盟も、イマリも、中立を保っている瀕死の各国政府もだ」

「何ですって？　なぜ？」

「あの中国の施設が吹き飛んだあと、イマリ・インターナショナルが声明を出したんだ。施設を爆破したのはおまえで、おまえが疫病をまき散らしたとな。おまえがインフルエンザ株を研究して生物兵器を開発したことになっているんだよ。連中は監視カメラの映像も公開した。もちろん本物だ。おまけに、そのまえにはインドネシア政府の発表もあっただろう。ジャカルタの攻撃や、自閉症児に対する無認可の研究に関わっていたと名指しされてしまったからな」

「でたらめよ」ケイトは醒めた口調で言った。

「そうとも、でたらめだ。だが、メディアが繰り返し報道したんだ。何度も聞かされれば、たとえ嘘でもそれが共通認識になり、共通認識は事実になってしまう。こうした思い込みを覆すのは至難の業だ。世界に疫病が広まったとき、人々は誰かを責めたいと思った。真っ先に思い浮かぶのはおまえだし、いろいろな理由で、おまえのせいにするのがいちばん都合がよかったのさ」

「都合がいい？」

「考えてみろ。頭のおかしそうな女がたったひとりで動き、世界中を感染させられるウィルスを作り出し、見事に自分の妄想を実現させた。そう聞けば、ほかの説明よりはるかに安心できるじゃないか。組織的な陰謀ならもっと恐ろしいし、最悪なのは自然発生だ。いつでも、どんな場所でも起こり得ることになるからな。それに、ほかの説明なら脅威は去っていないことになる。現在進行形の脅威など、世界は求めていない。人々が欲しているのは、すでに死んでいると思える単独の異常犯だ。いや、犯人を捕らえて罰することができればなおいいだろう。世界は絶望している。悪人を捕まえて殺せば、高々と勝利を掲げることができる。そして、わずかながらも人々に生き抜く希望を与えられるんだ」

「真実はどうでもいいの？」ケイトは血液が入った管を渡しながら言った。

マーティンが例の魔法瓶にその管を落とし込んだ。「信じる人間がいると思うか？　イマリがジブラルタルの地下で何十万年もまえの構造物を掘り出し、それを護っていた装置が地球規模の疫病をばらまいた。そう聞かされるんだぞ？　たしかに事実だが、たとえ作り話でも突飛すぎる筋書きだ。たいていの人間は極めて限られた想像力しかもっていないからな」

ケイトは鼻梁を掻いた。大人になってからはひたすら自閉症の研究に打ち込み、世の中に貢献しようと努めてきた。その自分が、いまや社会の敵ナンバー・ワンだとは。何と不条理な話だろう。

「不安にさせたくなくて、いままで黙っていたんだ。おまえにできることは何もないからな。おまえを安全に移送して保護してくれるよう、ずっと交渉してきた。二日まえにようやく取引がまとまったよ」

「取引？」

「イギリスがおまえの受け入れを認めてくれた」マーティンが言った。「数時間後に救出チームと落ち合うことになっている」

とっさにケイトはベンチで寝ている少年たちに目をやった。

「この子たちもいっしょに行く」マーティンがすぐに言い足した。

マーティンには計画があり、間もなく安全な場所へ行ける。そう聞いて、ケイトのからだから恐怖と緊張が半分だけ抜けたようだった。「なぜイギリスなの？」

「本当はオーストラリアがよかったんだが、ここからでは遠すぎる。イギリスなら近いし、安全面でもそれほど遜色はないはずだ。おそらくヨーロッパ大陸はイマリの手に落ちるだろう。だが、イギリスは最後まで持ち堪えるはずだ。以前もそうだったからな。あそこならきっと安全だ」

「それで、あなたの取引材料は？」

マーティンが立ち上がって染料のボトルを掲げた。「さあ、そろそろ変身しよう」

「治療法を見つけると約束したのね。私の安全と引き換えに」

「どのみち誰かが治療法を見つけなければならないんだ、ケイト。もういいだろう。のんびりしている暇はないぞ」

20

ドイツ　ニュルンベルク郊外――イマリ・リサーチ・センター

ドクタ・ナイジェル・チェイスは大きなガラス窓の外からクリーンルームを見つめていた。テーブルには謎めいた銀色のケースが鎮座し、明るい照明を反射してきらきら光っている。南極のチームがこの奇妙なケースを運び込んでから、すでに一時間が経とうとしていたが、いまのところナイジェルが突き止めたことは何ひとつなかった。

そろそろ何らかの実験をし、謎解きを始めなければならない。彼は慎重に操作レバーを動かした。クリーンルーム内のロボット・アームがいきなり大きく動き、スティールのテーブルからケースを払い飛ばしそうになった。こんなものを使いこなせるはずがない。これではスーパーによくあるくだらない遊具といっしょではないか。あの、二十五セント硬貨を入れてぬいぐるみを釣り上げるというやつだ。あれだって成功したためしがないのに。眉の汗を拭き、改めて考えた。無理にケースを裏返す必要はないのかもしれない。ロボット・アームは装置の位置を変えるときだけ使えばいいのではないか。

「ぼくが試してみましょうか？」研究助手のハーヴェイが言った。

ナイジェルは妹のフィオナを心から愛していた。彼女の大事な息子のハーヴェイを助手にしてしまったことを後悔するぐらいに。だが、妹はハーヴェイを家から出したがっていたし、そのためには、たとえ危険極まりない仕事でもハーヴェイを職に就かせる必要があったのだ。

「いいんだ、ハーヴェイ。ありがとう。それよりひとっ走りしてコーク・ライトを買ってきてくれないか？」

十五分後、ナイジェルは装置の位置を調整し終えていたが、ハーヴェイはまだコーク・ライトを持ち帰っていなかった。

一巡目の放射線を照射するようコンピュータをセットすると、椅子にからだを沈め、窓を見つめながら結果を待った。

「コーク・ライトは売り切れでした。このビルにある自動販売機はぜんぶ見てみたんですが」ハーヴェイが缶を差し出した。「なので、普通のコークを買ってきました」

一瞬、そういう場合はほかのダイエット飲料を買うのが合理的な行動だと教えたくなった。だが、この若者は精いっぱいがんばったのだし、かなりの労力も費やしてくれたのだ。

「ありがとう、ハーヴェイ」

「うまくいきそうですか？」

「いや」ナイジェルは缶を開け、カラメル色の液体をすすった。

コンピュータからブザーが響き、画面にダイアログ・ボックスが現われた。

〝データ受信中〟

慌てて缶を置き、身を乗り出して画面に目を凝らした。この数値が本物なら、ケースからはニュートリノが放出されていることになる。ニュートリノは、太陽や原子炉などで放射性崩壊や核反応が起きた際に出る素粒子だ。なぜそんなものがこのケースから？

画面の数字が赤く点滅し、ニュートリノの測定値がゆっくりとゼロに近づいていった。

「どうしたんですか？」ハーヴェイが訊いた。

だが、ナイジェルは考え事に夢中になっていた。ケースは放射線に反応したのだろうか？　これは何かの合図で、たとえば夜間に点滅する誘導灯のようなものなのか。それとも救難信号か何かで、素粒子を使ったモールス信号のごときものを送っているのか。

ナイジェルは原子力技師だった。八〇年代の一時期には核弾頭を扱い、九〇年代には原子力潜水艦の開発にも携わったが、もともとは原子力発電システムが専門だ。素粒子物理学など守備範囲のはるか外にある。誰か、素粒子物理学の専門家に協力を頼みたいと思ったが、何かがそれをためらわせてもいた。

「ハーヴェイ、条件を変えて照射してみよう。ケースの反応を見てみたい」

一時間後、ナイジェルは三本目のコークを飲み干してうろうろと部屋を歩きまわっていた。最後にケースから放出された素粒子は、タキオンである可能性があった。タキオンは仮想の粒子だが、仮想とされる主な理由は、それが光速を超える速さで動くからだ――つまり、アインシュタインの特殊相対性理論では不可能とされる動きをするわけだ。この素粒子はタイム・トラベルを可能にするとも考えられている。

「ハーヴェイ、次の条件を試してみよう」

ナイジェルがコンピュータに指示を打ち込みはじめると、ハーヴェイも操作レバーでロボット・アームを操りだした。若者は器用に使いこなしていた。ビデオゲームや若さも、何かの役に立つことはあるようだ。

放射線の照射条件を打ち込み終えると、ナイジェルはクリーンルーム内で回転速度を上げていく装置を見守った。彼にはひとつ仮説があった。このケースはカメレオン粒子——環境によって質量が変わる仮想の素粒子で、スカラー粒子のひとつと考えられる——を操っているのではないかということだ。カメレオン粒子の質量は宇宙空間では小さいが地球環境においては大きくなるため、検出も可能だと予想されている。もし仮説が正しければ、ナイジェルはいま、暗黒エネルギーや暗黒物質の構成要素、さらには宇宙のインフレーションの背後にある力さえも発見しようとしているのだった。

とはいえ、〝カメレオン粒子〟は仮説の半分でしかなかった。もう半分では、このケースはコミュニケーション装置ではないかと踏んでいた——我々を導き、何が目的かわからないが、その目的のために必要な粒子の種類を教えようとしているのだ。このケースはある特定の素粒子を要求しているにちがいない。だが、何のために？　何かを作る材料として必要なのか。それとも、それがケースを開けるいわば解錠番号なのか。ナイジェルはその番号、つまり適切な放射線の照射条件を突き止めたと確信していた。おそらくこれはアトランティス人から出された知能テストであり、挑戦状のようなものなのだろう。あり得ない話ではない。数学は普遍の言語で、素粒子は宇宙の粘土板やパピルスと言ってもいいのだ。果たしてこのケースは、いったい何を伝えようとしているのだろう？

コンピュータの画面が明るくなった。大量の測定データが並んでいた――ニュートリノ、クオーク、重力子、それに未知の素粒子まで。

ナイジェルは窓の向こうを覗き込んだ。ケースが変化していた。光沢のある銀色の表面が曇りはじめ、無数の小さな凹凸《おうとつ》ができている。滑らかだった素材が砂に変わろうとしているかのようだ。その砂の粒が一斉に震えたかと思うと、次の瞬間には砂がケースの中央に向かって流れはじめ、そこに渦が出来上がった。

暗い渦はケースを呑み込もうとしていた。やがて完全にケースが消えると、ふいに部屋に光が溢れた。

一瞬にして膨れあがった白い閃光は、まわりに建つ六棟のオフィスビルもろとも研究所を吹き飛ばし、周囲数キロの木をなぎ倒して大地を焼いた。そして瞬く間にまたしぼみ、最初の状態まで小さくなった。

それからしばらくは、ひっそりと暗い夜だけがあった。と、大地からひと筋の細い光が伸びはじめ、夜光塗料を塗った糸のように風に揺れながら上昇していった。光の糸からはさらに何本も蔓《つる》が伸び、蔓が繋がって網状になり、網は次第に目が詰まって一枚の光の壁となった。そうして織り上げられたのは、通常の二倍ほどの高さがあるアーチ形の扉だった。光の扉は、何かを待つように静かに瞬いていた。

21

スペイン　マルベーリャ――セント・マリア大聖堂

ケイトはバスルームにある鋳鉄製の浴槽の縁に腰かけ、カラーリング剤が髪に染み込むのを待っていた。

任せきりだとケイトがさぼるとでも思っているのか、マーティンは作業を見届けたいと言い張った。世界中の人間に追われているから見た目を変える必要がある、というのは、異常ではあるが説得力のある話だった。それでも……理性が、理屈にこだわる部分がこう叫んでいた。〝もし世界中が捜しまわっているなら、髪を染めたぐらいではどうにもならないだろう〟とはいえ、ほかに打つ手があるわけでも、色を変えて困ることがあるわけでもない。ケイトはブラウンに染まった髪をつまんだ。そろそろ変身は完了しただろうか。

マーティンはケイトの向かいでタイル張りの床に坐り込み、脚を投げ出してバスルームの硬い木のドアにもたれていた。何やら熱心にキーボードを叩き、ときおり思案するように手を止めている。何をしているのか気になったが、当面は放っておくことにした。

まだまだほかに訊きたいことがあったのだ。どこから始めるべきか迷ったが、彼から聞かされたあることばがずっと頭にこびりついていた。この疫病はわずか二十四時間で十億人を超す人間に広まった、という話だ。とうてい信じられるものではなかった——しかも、数十年もまえからマーティンや共同研究者たちが人知れず大流行に備えていたとなれば、なおさら納得がいかない。

ケイトは咳払いをした。「二十四時間以内に十億人が感染したの？」

「ああ」マーティンはパソコンから顔も上げずにぼそりと答えた。

「あり得ないわ。病原体はそんなに速く移動できないもの」

彼がちらりと視線を上げた。「そのとおりだ。だが、私は嘘などついていないぞ、ケイト。たしかに、既知の病原体のなかにはこれほど速く移動できるものはない。この疫病はほかとは違うんだ。いいか、そのうちすべて話すが、おまえの安全が確保されるまでは待ってくれ」

「私がいちばん気になるのは自分の安全ではないわ。何が起きているのか、真実を知りたいの。私も何かしたいのよ。あなたが隠していることを教えてちょうだい。どのみちいつかはわかることでしょう？　だったらあなたの口から聞きたいわ」

マーティンは長いあいだ動きを止めていたが、やがてパソコンを閉じてため息をついた。

「いいだろう。初めに言っておくが、アトランティス病は我々が予想していた以上に複雑なものだ。最近になってようやくメカニズムがわかりかけてきたところなんだ。最大の謎は、〝ベル〟だった」

ベルと聞いて、ケイトは思わず身震いした。イマリがジブラルタルでベルを発見したのは一九一八年のことだ。その謎めいた装置は、ケイトの父親が発掘を手伝ったアトランティスの構造物に取り付けられていた。ベルが土中から姿を現わしたとき、世界には瞬く間にスペイン風邪──近代史上最悪の大規模な流行病──が広まった。ベルは最終的にイマリの手で完全に掘り出され、研究のために構造物から取り外された。そして最近になり、イマリ警備の代表であるドリアン・スローンが、ベルの犠牲者の死体を使ってアトランティス病を世界中にばらまいたのだった。ふたたび大規模な流行病を解き放ち、ベルに抵抗できる遺伝子の所有者を選り分けようとしたのだ。彼の最終目的は、ベルを生み出したアトランティス人を攻撃するための軍隊を作ることだ。

「ベルの仕組みも関係する遺伝子も、わかっているんだと思ったわ」ケイトは言った。

「我々もそう思っていた。だが、我々は二つの致命的なミスをおかしていたんだ。ひとつは調査規模が小さすぎたということ。もうひとつは、ベルにじかに接した死体ばかり扱い、複次感染者を調べなかったということだ。ベルそのものは、ウイルスであれ細菌であれ、病原体は一切放出していない。あれが出しているのは放射線だ。我々はこう考えている。ベルの放射線は、ある内在性レトロウイルスを変異させるのではないかと。放射線が太古のウイルスを再活性化し、それが特定の遺伝子群やエピジェネティクスを操って宿主を変化させるんだ。我々は、この太古のウイルスこそがすべての鍵になると信じている」

ケイトは手を上げた。頭を整理したかった。もしマーティンの仮説が正しければ、これは驚くべき事実だ。まったく新しいタイプの病原体、さらには、従来とはまるで違う発病のメカニズムが存在することになるのだから。放射線を浴び、それでウイルス性の病気になる。そんなことがあり得るだろうか？

レトロウイルスとは、簡単に言うと宿主のゲノムにDNAを組み込むことができるウイルスで、宿主を遺伝子レベルで変化させる。たとえるならコンピュータ・ソフトをアップデートするようなものだ。基本的に、レトロウイルスに感染した者はDNAを挿入され、それによって一部の細胞のゲノムが変化する。挿入されたDNAの性質次第でウイルスは有益にも有害にも、無害にもなるし、人間のゲノムもひとりひとり違うため、結果はけっして一様ではない。

一方、レトロウイルスの側からすれば、存在する目的はひとつしかない。自分たちのDNAを増やすことだ。ウイルスはその能力に優れている。実際、地球上にある遺伝物質の半数以上はウイルスのものだ。人間やその他の動物、あらゆる植物——つまり、ウイルスでないすべての生物——のDNAをぜんぶ足しても、地球上にいるウイルスのDNAの総量には達しないということだ。

もともとウィルスは、宿主を攻撃するために進化したわけではない――事実、ウィルスは生きた宿主のなかでしか増殖できないし、増殖こそが彼らの目的なのだ。適切な宿主を見つけてそこに棲みつき、宿主に害をなさずに自己を複製し、宿主が自然に死ぬまでそれを続ける。こうした宿主は保有宿主と呼ばれるが、たいていは何の症状ももたずにウィルスを保有している。たとえばマダニはロッキー山紅斑《こうはん》熱のウィルスをもっているし、野ネズミはハンタウィルス、蚊は西ナイル熱や黄熱病やデング熱のウィルス、豚や鶏はインフルエンザウィルスをもっている。

実のところ人間も、分類できないほど多種多様な細菌やウィルスをもつ保有宿主なのだ。鼻腔から得られる遺伝情報のおよそ二割は、現在知られているどんな有機体のものとも一致しない。腸などは、そこに存在するDNAの四割から五割が未分類の細菌やウィルスのものだとされている。

血液も例外ではない。そこには最大二パーセントの、いわば〝生物学上の暗黒物質〟が存在している。いろいろな意味で、この生物学上の暗黒物質、未知のウィルスや細菌の海は、究極の未開拓領域だと言えるだろう。

ウィルスは、そのほとんどが次の宿主――保有宿主とは異なる生物――に移るまでは害をなさない。だが、宿主が変わってまったく異なるゲノムと結びついたとき、予期しない新たな反応が起きてしまう。つまり、病気を引き起こしてしまうのだ。

そして、それこそがウイルスがもたらす最大の危険だと言える。しかし、マーティンがここで話しているのは、外部から人間のからだに侵入する病原性のウイルスのことではなかった。彼は、太古に感染していまは眠っている、人間のゲノムに組み込まれたウイルスのDNAが活性化する、と言っているのだった。言い換えれば、自分の一部になったウイルスで病気にかかるという話だ——さながら、DNAのトロイの木馬がいきなり動きだし、体内を荒らしまわるようなものだろう。

こうしたウイルスは、ヒト内在性レトロウイルス《HERV》として知られ、〝ウイルスの化石〟とも呼ばれている。大昔の感染時に宿主の生殖細胞に入り込み、ゲノムの一部になったため、後代まで遺伝することになったレトロウイルスの遺物だ。最近の研究では、ヒトゲノムのおよそ八パーセントが内在性レトロウイルス由来のものであると言われている。このような過去の感染を伝える化石記録は、すでに絶滅したものも含め、遺伝子的に近い進化上の親戚にも残されている——チンパンジー、ネアンデルタール人、デニソワ人などだ。彼らもかつて、我々人間と同じウイルスに数多く感染していたということだろう。

ケイトはさらに考えを巡らせた。これまで内在性レトロウイルスは、不活性で、ゲノムの大部分を占める〝ジャンクDNA〟に入ると考えられていた。ただ、これらのレトロウイルスは、感染力はなくとも遺伝子の発現には影響を与える。最近では、狼瘡《ろうそう》や多発性硬化症、シェーグレン症候群といった自己免疫疾患、あるいはがんにさえ、内在性レトロウイルスが関わっているのではないかとも言われているのだ。もし、アトランティス病の原因となるウイルスが内在性レトロウイルスだとすれば、それはつまり……。

「つまり、すべての人間がすでに感染しているということね。生まれたときから私たちは感染している。アトランティス病を起こすウイルスは、すでに私たちのDNAの一部になっている」ケイトはそこでひと呼吸置いた。「ベルやその犠牲者の死体は、休眠しているウイルスを活性化させただけだ。そう言いたいのね」

「そのとおりだ。アトランティス病を引き起こすウイルスは、何万年もまえに人間のゲノムに組み込まれたのだよ」

「あなたは意図的なものだと……誰かが、あるいは何かが、内在性のウイルスを——アトランティス病を——植えつけたと考えているの？　いつか活性化するときが来るとわかっていて、そうしたと？」ケイトは訊いた。

「ああ。アトランティス病は大昔から計画されていたにちがいない。私はこう考えている。ベルは単に活性化を促す存在で、人間に最終変化を遂げさせるためのメカニズムの一部なのだと。アトランティス人が、人間に二度目の大飛躍——最終進化——を遂げさせようとしているか、あるいは、アトランティス遺伝子の導入以前まで大退化させようとしているのだろう」

「この疫病を起こすウイルスは特定できたの？」

「いや、そこで手こずっているんだよ。実は、関与している内在性レトロウイルスは二つあって、それが体内でウイルス戦争のようなものを起こしているらしいんだ。二つのウイルスがアトランティス遺伝子への支配権を巡って戦っているのさ。おそらくどちらも、この遺伝子を恒久的に変化させようとしているのだろう。感染者の九割は、このウイルス戦争によって免疫システムを冒され、死に至っているようだ」

「スペイン風邪のときと同じように」

「そうだ。我々も、まさにそのスペイン風邪を念頭に置いていた。つまり、体液や空気中の飛沫といった一般的な経路で感染する、従来の生物学的な流行病。そういう流行病に対して準備を進めてきたんだよ」

「準備するって、何をしていたの？」

「我々はチームを組織している。大半は政府関係者や科学者だ。この二十年間、我々は密かに治療法の開発に取り組んできた。オーキッドは、この疫病に対抗する最終兵器だった――ＨＩＶの治療法をモデルにして開発された、革新的な療法だ」

「ＨＩＶの治療法？」

「二〇〇七年のことだが、のちに〝ベルリンの患者〟として有名になるティモシー・レイ・ブラウンから、ＨＩＶが完全に消滅したんだ。ブラウンは急性骨髄性白血病も患っていたが、ＨＩＶに感染しているせいで治療が困難だった。化学療法を受けているあいだに敗血症を発症してしまい、彼の医師団は従来とは違う治療法を検討する必要に迫られた。そこで、彼の医師である血液学者のドクタ・ゲロ・フッターが、造血幹細胞を使った治療を試みることにした。骨髄細胞のフル移植だよ。このときフッターは、適合する骨髄ドナーを見送ってまで特別なドナーを探した。Ｃ‐Ｃ‐ケモカイン受容体５《ＣＣＲ５》のデルタ32と呼ばれる、変異した遺伝子をもつドナーだ。このＣＣＲ５デルタ32をもっていると、ＨＩＶは細胞に侵入できなくなるのさ」

「すごい話だわ」

「まったくだ。当初我々は、デルタ32という変異体が生まれたのはヨーロッパでペストが流行した時期だと予想していた——ヨーロッパ人の四から十六パーセントが、この変異体のコピーを少なくともひとつはもっているからだ。だが、変異体の痕跡を追っていくと、さらに過去に遡ることがわかった。それでは天然痘の流行で遺伝子変異が生じたのかと考えたが、何と、変異体は青銅器時代のＤＮＡサンプルからも見つかった。この変異体の起源はいまも謎だが、たしかなことがひとつだけある。ＣＣＲ５デルタ32をもつ骨髄細胞を移植した結果、ブラウンの白血病とＨＩＶの両方が治癒したということだ。移植後、彼は抗レトロウイルス薬の服用をやめたが、ＨＩＶ検査で陽性と出ることは二度となかった」

「その話が、オーキッドの研究にも役立ったの？」ケイトは訊いた。

「大きな突破口になったよ。あらゆる面で研究の道を切り開いてくれた。ＣＣＲ５デルタ

32は、実のところ、HIVだけでなく天然痘ウイルスからも、さらには細菌であるペスト菌からも持ち主を護ってくれる。そこに着目したんだ。むろん、当時はアトランティス病の複雑さをよく理解していなかったが、それでも症状を抑えるレベルにまではオーキッドを改良することができた。とはいえ、流行が発生した時点でも、まだまだ配給できるレベルには至っていなかった。完全に治せるわけではないからだ。だが、ほかに選択肢はなかった。この疫病にはまだ不明な点が、特定できていない要素があったが、それでも……我々はオーキッドを使うと決めた。そして、疫病を封じ込めることに目標を切り替えた。感染者を隔離して症状を抑えれば、流行を食い止められるし、そうして時間を稼ぐあいだに問題の内在性レトロウイルスを突き止められると考えたんだ。この疫病を引き起こしてアトランティス遺伝子を操る、問題の大もとのレトロウイルスをな。だから、おまえの実験結果に……あんなに関心をもっていたんだ」

「でも、なぜ急激に感染が広まったのか、いまだに理解できないわ——放射線のせいなの？」

「我々も最初は理解できなかった。流行が発生してから数時間のあいだに、予想外のことが起きたんだ。我々がいくら封じ込めの策を講じて隔離措置をとっても、この疫病はあっさりとすべてをすり抜けていった。ケイト、あれはまるで、誰にも勢いを止められない山火事みたいなものだ。見たこともない代物だよ。感染者をいくら閉じ込めても、その患者が一キロメートル以上離れた場所にいる人間を感染させてしまうんだからな」

「まさか、あり得ないわ」

「初めのうちは、隔離の仕方に何か問題があったのだと考えたよ。だが、世界中で同じことが起きていたんだ」

「なぜそんなことが？」

「変異体だ。どこかの誰かのゲノムに、その内在性レトロウイルスが、もうひとつの太古のウイルスが組み込まれていたんだろう。それが活性化したとき、世界は瞬く間に陥落した。わずか二十四時間のうちに十億人もの人間が感染してしまったのさ。さっきも言ったが、調査対象が少なすぎたせいで我々はこの存在に気づけなかった。べつの内在性レトロウイルスがあることなど、知る由もなかったんだ。それどころか、いまだにウイルスを探しつづけている」

「それでなぜ感染率が上がるのか、まだわからないわ」

「答えを得るまでに数週間かかったよ。我々が講じた世界規模の封じ込め策、数十年かけて準備した計画は、最初の数日間で使い物にならなくなった。アトランティス病を食い止めることはもはや不可能だった。どこかの国へ入ったと思うと、あっという間に爆発的な感染が起きるんだ。そして、想像もできない事実が判明した。感染者は新たな放射線を発していたんだよ。これは、たんにベル由来の放射性物質が体内に留まっているという話ではない。我々は、第二の内在性レトロウイルスが特定の遺伝子群のスウィッチを入れ、その結果、肉体から放出される放射線が変化するのだと考えている」

ケイトは頭を整理しようとした。人は誰でも放射線を出しているが、これはノイズや静電気のようなもので、言ってみれば素粒子の汗をかいているにすぎない。

マーティンが続けた。「活性化した者はみな、いわば放射線を出す電波塔になり、周囲にいる者を活性化させて感染させる——たとえ、生物学的な感染を封じる隔離テントに入れられていてもだ。一キロ離れた場所にいる、じかに接触していない人間を感染させられるんだよ。こんなものを防ぐ手立てはない。だから、各国政府も感染が国境を越えて拡大するにまかせていた——食い止めようがないからさ。むしろ大事なのは、イマリや生存者《サヴァイヴァー》に世界を乗っ取られないよう、国民を管理することだった。そこで彼らは、オーキッド管轄区を設け、生き残った人々を囲い込むようになったというわけだ」

ケイトは、自分が実験をしていた鉛に包まれた建物を思い出した。「だからあの建物を鉛の板で覆っていたのね。放射線を遮るために」

マーティンが頷いた。「新たな変異が起きることを恐れていたんだ。正直に言えば、この分野はまったくの専門外だ。素粒子が人間のゲノムを操るというのは、量子生物学の領域だからな。物理学と生物学の交錯点とでも言えばいいのか。物理学であれ生物学であれ、いまある知識ではとても追いつかない。わかっている事実をごく浅く論じているだけだ。

我々は大きく遅れをとっていると言わざるを得ないだろう。だが、この三ヵ月で摑んだこともたくさんある。中国で生き延びたおまえやあの少年たちに、この疫病への耐性があることはわかっていた。我々の望みは、どうにかして放射線を放出させるレトロウイルスを突き止めることだ。ただ、いちばん恐ろしいのは、治験の被験者が何らかの変異を起こし、その放射線がキャンプに漏れてオーキッドが効かなくなるという事態だった。もしそんなことになれば、疫病への対抗手段はゼロになってしまう。徐々に効き目が弱くなっているとはいえ、オーキッドを失うわけにはいかない。もう少しだけ時間が必要だからだ。治療法の発見は近いだろうと思う。残るピースはひとつだけなんだ。それがこのスペイン南部にあると思ったんだが……どうやら、いくつか読みを誤ったらしい」

ケイトは頷いた。教会の外から、遠い雷鳴のような轟きが聞こえた気がした。まだ何か引っかかっていた。科学者としての経験から、たいていはもっともシンプルな仮説こそが正解であることを知っていたからだ。「なぜそんなにすぐに結論を出せたの？　もうひとつレトロウイルスがあるだなんて。なぜそんなに、関与しているウイルスは二つだと確信しているの？　ひとつでもいいはずよ。ひとつのウイルスが異なる結果をもたらすことはあり得るわ——進化させたり退化させたり、放射線を放出させたりね」

「たしかにそうだが……」マーティンはことばを探すようにそこで黙った。だが、ケイトが口を開きかけると手を上げてこう言った。「船だよ。違いがあるんだ」

「船？」

「アトランティスの船だ――ジブラルタルのものと、南極のものさ。南極であの構造物を発見したときは、建造時期も構造も、概ねジブラルタルのものと同じだろうと思っていた」

「違ったの？」

「まったく違ったよ。いままでは、ジブラルタルの船は着陸船か惑星探査機のようなものだと、いや、だったと考えている。南極の船は宇宙船だ。巨大な船だよ」

ケイトは、それが疫病とどう繋がるのか考えながら会話を続けた。「探査機は、南極の船から出発したの？」

「当初は我々もそう予想していた。だが、炭素年代測定の結果からするとあり得ない。ジブラルタルの船は南極のものより古いし、何より、地球にいる時間がはるかに長いんだ。おそらく十万年は長いだろう」

「よくわからないわ」ケイトは言った。

「我々が判断できる範囲では、二隻の船に用いられている技術は一致する。ベルもどちらにもある。だが、属する時代が違うんだ。おそらくあの二隻は、同じアトランティス人でもべつの党派がもつ船で、党派間で争いがあるのだろう。その二つの党派が、何らかの目的で人間のゲノムを操ろうとしているんだ」

「疫病は私たちを作りかえるための道具だということね」

マーティンが頷いた。「そう推測している。突飛な話だが、筋が通る説明はそれしかない」

外では雷鳴のような音が大きくなっていた。

「あれは何の音？」ケイトは訊いた。

マーティンは少しのあいだ耳を澄まし、それから唐突に立ち上がってバスルームを出ていった。

ケイトは洗面台に近づいて鏡を覗き込んだ。ただでさえやつれているのに、そこへ明らかに染めたとわかる暗い色の髪が加わると、もはやちょっとしたホラー顔だ。蛇口をひねり、茶色く染まった指を洗いはじめた。水の音のせいで、マーティンが戻ってきたことに気づかなかった。彼は戸口にもたれて息を整えていた。「その髪のベタベタを洗え。ここを出るぞ」

22

スペイン　マルベーリャ――セント・マリア大聖堂

ケイトは急いで少年たちを起こし、教会の外へ連れていった。前庭ではマーティンがやきもきした様子で待っていた。重そうなバックパックを背負い、不安げに顔を曇らせている。前庭の先へ目をやったところで、ケイトにも理由がわかった。群衆が通りに溢れ、玉石の路面を踏み鳴らして我先にと逃げているのだ。その光景はパンプローナの牛追い祭りを思い起こさせた。

庭の隅の、教会の漆喰壁の傍らに犬の死骸が二つ転がっていた。少年たちは必死で耳を塞ごうとしている。

マーティンが駆け寄ってきてアディの手を取った。「この子たちは抱いていこう」

「何が起きてるの？」スーリヤを抱き上げながら、啞然とした思いで訊いた。

「あのガスは野犬用だったようだな。イマリは住民を追い込んで一気に捕まえる気だ。急がなければ」

ケイトはマーティンのあとを追って人の流れに飛び込んだ。ガスが晴れた状態で改めて見ると、狭い通りは破壊されたマルベーリャの残骸でさらに狭くなっていた。焼けた車、店から略奪されたテレビなどの商品、すっかり荒れ果てたカフェから転がり出たテーブルや椅子。そうしたものが表通りや脇道に沿って点々と捨て置かれているのだ。

沿道の建物の屋根に日が昇りはじめていた。途切れ途切れに差し込んでくるその光に、ケイトは思わず目を細めた。そして、徐々に眩しさに慣れてきたころには、絶えず響く足音の雷鳴も早朝のジョギングに伴うただの雑音のように感じられていた。

ふいに背中を押されて転びそうになった。マーティンがケイトの腕を摑み、その集団が走り去るまで支えてくれた。後方では次の集団が群衆を押し分けていた。こちらのほうがさらにスピードが速く、駆け足で逃げる周囲の人々を次々と蹴散らしている。何人か病人が交じっているのが見て取れた――わずか一日オーキッドを呑めなかっただけで、早くもアトランティス病の症状が戻ってきたのだ。彼らはパニックを起こして半狂乱になっているようだった。

マーティンが十メートルほど先の脇道を指差した。何を言っているのかは聞き取れなかったが、彼のあとに続き、少しずつ沿道の建物の方へ移動した。ケイトたちがその脇道へ抜け出すと、人波に生まれた小さな穴はあっという間にまた埋まった。

マーティンはひたすら先を急いでおり、ケイトも懸命にあとを追った。「みんなどこへ向かってるの?」ケイトは訊いた。

マーティンが立ち止まり、両膝に手を突いて荒い呼吸を繰り返した。六十代ともなれば、ケイトよりははるかに疲れやすいはずだ。こんなペースをいつまでも保てないことは明らかだった。「北だ。山へ向かっているのさ。愚かなことだよ」彼が言った。「連中に追い込まれているとも知らずに。合流ポイントはもうすぐだ。さあ、行こう」彼はまたアディを抱き上げ、細い道を歩きはじめた。

東へ向かうにつれ、群衆が立てる地響きがうしろへ遠く離れていき、やがてひと気のない地区に出た。一見誰もいないように見えるが、そこかしこの家で物音がしていた。

マーティンが家の方へ顎をしゃくった。「逃げる者もいれば、隠れる者もいる」

「どっちが賢い選択なの？」

「隠れるほうだ。たぶんな。マルベーリャを片付けたら、イマリは次の町へ軍を移動させるはずだ。少なくともほかの国ではそうしていた」

「隠れるほうが安全なら、私たちはなぜ逃げてるの？」

マーティンが振り返った。「危険は冒せないからだ。それに、ＳＡＳがおまえを連れ出してくれる」

ケイトは足を止めた。「おまえを連れ出す？」

「私は行けない、ケイト」

「どういう――」

「連中は私のことも捜している。もしイマリ軍がすでに北上していたら、あちこちに検問所があるだろう。万が一私が捕まったら、おまえを捜す監視の目も厳しくなってしまう。おまえの正体がばれるような危険は冒せないんだ。それに、まだ私には……探すものがあるからな」

ケイトが言い返そうとしたとき、前方の十字路からディーゼル・エンジンの音が響いてきた。すぐにマーティンが脇道の角へ駆け寄り、建物の陰で膝を突いた。そして、バックパックから小さな鏡を取り出し、腕を伸ばして表通りが映る位置を探りはじめた。ケイトは隣でじっとしていた。それは一台の大型トラックだった。管轄区に生存者《サヴァイヴァー》を運んできたものとよく似た、荷台にグリーンの幌をかけたトラックが、ゆっくりと通りを進んでくる。傍らにはガスマスク姿の兵士たちが散らばっていた。しらみ潰しに家をまわって様子を確かめている。彼らの背後の通りでガスの煙が立ちのぼった。

ケイトが口を開こうとしたとたん、マーティンが素早く立ち上がって一本の路地を指し示した。脇道の真ん中あたりにある、建物のあいだを抜ける道だ。ケイトたちはふたたび足を速め、狭苦しいその空間を大急ぎで進んだ。

数分ほど走ると、細い路地が終わって少し広めの小道が現われ、小道の先に大きな石造りの噴水がある広場が見えた。

「マーティン、あなたもいっしょに来るべき――」

「静かにしろ」マーティンがぴしゃりと言った。「話し合うつもりはないんだ、ケイト」

彼は広場に出る直前で立ち止まった。バックパックからまた鏡を出し、今度は高く掲げて日の光を反射させた。光の筋が広場を貫き、彼の動きに合わせて瞬いた。

マーティンがこちらへ向き直ったときだった。続けざまに起きた爆発が広場を揺らし、もうもうと立ちのぼる土煙が大気を埋めた。耳鳴りがし、煙で視界がきかない。腕を摑むマーティンの手を感じた。すぐさまケイトもアディとスーリヤの腕を取り、混乱が渦巻く広場に足を踏み入れた。

次第に晴れてきた煙の向こうに、脇道や路地からなだれ込んでくるイマリ軍が見えた。スペイン軍の軍服を着た兵士たち——きっと彼らがSASの救出チームで、マーティンが光の合図を送った相手なのだろう——が石の噴水の陰に身を隠し、イマリ軍に応戦しはじめた。たちまち手榴弾や自動小銃の音が激しくなり、SASの兵士が二人倒れた。残る兵士も、圧倒的多数の敵に包囲されている。

マーティンがケイトを強く引き、北へ向かう通りへ近づいていった。と、通りの入口に差し掛かったとき、前方の十字路から群衆が溢れ出してこちらへ押し寄せてくるのが見えた。

ケイトは広場を振り返った。銃声が次第にまばらになり、聞こえるのは雷の轟きだけになろうとしていた——迫りくる人波の足音だ。息絶えたSASの兵士が倒れていた。二人は赤く染まった噴水の水のなかに、二人は玉石の路面にうつ伏せになって。

23

ケイトは背後のイマリ軍から目を逸らすことができなかった。すぐに広場を抜けてケイトたちを捕まえにくると思っていたが、そうはならなかった。彼らは広場から延びる通りや路地に留まったまま、大型トラックの前をうろついたり、タバコを吸ったり、無線で話したりしているだけだった。みな一様に自動小銃を担ぎ、ケイトにはわからない何かを待っている。

マーティンの方を向いた。「いったい彼らは——」

「ここは希望者を拾う集合場所になっていたんだろう。連中は向こうから来る人間を待っているだけだ。さあ、行こう」そう言うと、彼はその狭い通りに飛び込み、押し寄せる群衆の方へまっすぐ向かっていった。

腰が引けたものの、ケイトも彼に続いた。人の波が百メートルほど前方からみるみる近づいてくる。

マーティンがいちばん手近なドア——何かの店のドアだ——を開けようとしたが、鍵がかかっていた。

ケイトも向かいのカフェのドアを試した。びくともしない。少年たちをそばに引き寄せた。群衆は残り五十メートルに迫っていた。隣の民家を試したが、ここもロックされていた。あと数秒もすれば、自分もこの子たちも人波に呑まれて踏み潰されてしまうだろう。子どもたちを前に立たせてドアに張りつけば、どうにか護れるかもしれない。ケイトは自分とドアのあいだに少年たちを入れ、じっと待った。

マーティンが駆け寄ってくる音がした。彼はケイトが少年たちにしているのと同じように、ケイトの背後に立って盾になった。

あと三十メートル。何人か、集団の先を行く者たちがいた。迷いのない、醒めた目をして走っている。第一陣の彼らはケイトたちに目もくれずに通り過ぎていった。

二階の窓で、白い薄手のカーテンが引き開けられた。誰かの顔が見える。ケイトと同じ年頃の、オリーヴ色の肌と黒い髪をもつ女性だった。彼女が視線を下げ、そこでケイトと目が合った。一瞬の見つめ合いののち、女性の表情が変化した。警戒した顔が……同情の顔になったのだろうか？　だが、呼びかけようと口を開いたとたん、女性は去ってしまった。

ケイトは少年たちをドアに押しつけた。「じっとしてるのよ。いいわね」

マーティンがいよいよ間近に迫った群衆に目をやった。

と、ふいに眼前のドアがカチリと鳴って大きく開き、ケイトたちは勢いよく床に倒れ込んだ。男性が彼らを助け起こし、二階の窓にいた女性がドアを閉めた。群衆が立てる地響きがドアや窓から流れ込んできた。

二人はケイトたちを奥へ案内し、控えの間を抜けて、窓のない、大きな暖炉があるリヴィングに連れていった。薄暗い室内には蠟燭の火しかなく、ケイトは目が慣れるまで苦労した。

マーティンがスペイン語で口早にことばを交わしはじめた。ケイトは少年たちを診ようと手を伸ばしたが、身をよじって抵抗されてしまった。二人ともすでに我慢の限界にきているのだ。動揺し、疲れ、戸惑っているのだろう。いったいどうすればいいのか？　これ以上、無理はさせられそうにない。ここに隠れることはできるだろうか？　逃げる者もいれば隠れる者もいる、マーティンはそう言っていた。

マーティンの背中のバックパックを開け、ノート二冊と鉛筆数本を取り出した。それを差し出すと、アディもスーリヤもすぐに摑み取って隅の方へ駆けていった。少しでも普段どおりの環境を与えてやらなければ。たとえ短時間でも慣れた作業をさせ、落ち着かせてやる必要がある。

マーティンは、バックパックのファスナーを閉じられないほど激しく手を振って喋っていた。繰り返し同じ単語を口にしている――トンネル《トゥネル》だ。相手の二人は顔を見合わせ、ためらい、やがて頷いてマーティンの望む答えを与えたようだった。彼がケイトを振り返った。「子どもたちは残していく」

彼は暖炉の方へケイトを引いていき、声を落として言った。「この夫婦は疫病で息子たちを亡くしたそうだ。彼らがあの子たちを世話してくれる。占領後の方針がこれまでどおりなら、イマリは小さい子どもがいる家族には免除を与えるはずだ——忠誠を誓えばだが。徴兵されるのは、十代の若者と子どもがいない成人なんだ」

ケイトは、どう反論すべきか考えながら視線をさまよわせた。暖炉の上に置かれた一枚の写真が目に留まった。夫婦が浜辺に立ち、にっこり笑う二人の少年の肩に手を乗せている。少年たちはアディやスーリヤと同じ年頃で、髪や肌の色も近かった。

ちらりと夫婦に目をやり、子どもたちに視線を移した。背を丸めてノートに向かい、蠟燭に照らされた部屋の隅で静かに作業している。ケイトは眉をひそめて考えた。「あの子たちはスペイン語を話せないし……」

「何をばかな——」

「ケイト、どのみちあまり喋らないだろう。この人たちなら大切に面倒を見てくれる。ほかに手はないんだ。考えてもみろ。これで四人の命が助かるんだぞ」彼は身振りで夫婦を示した。「私やおまえといっしょに捕まれば、あの子たちの正体もたちまちばれてしまう。私たちといるほうがはるかに危険なんだ。預けよう。また迎えにくればいい。それに、これから向かう先にあの子たちを連れていくのは無理だ。もっと……ストレスがかかるだろうからな」

「どこへ向かう――」

だが、その質問は途中で終わってしまった。マーティンが、リヴィングを出ようとしている夫婦に急いで声をかけたからだ。

ケイトはあとを追わなかった。部屋の隅へ行き、少年たちを抱き寄せた。二人はじたばたしてノートに手を伸ばしたが、すぐに大人しくなった。二人の頭にキスをし、それから腕を解いた。

リヴィングを出ると、夫婦はマーティンとケイトを連れて細い廊下を進み、天井まで届く書棚と大きなオーク材のデスクがある狭い書斎に案内した。男性が突き当たりの書棚へ行き、分厚い本を床へ放りはじめた。女性もそれを手伝い、ほどなくして書棚は空っぽになった。男性が足を踏ん張ってその棚を壁から引き離し、隣の書棚にあるボタンを押した。壁が音を立ててわずかに引っ込んだ。続いて彼が壁を押すと、その部分の壁面が開き、薄汚れた真っ暗な石のトンネルが現われた。

24

スペイン　マルベーリャ――オールド・タウン

ケイトはトンネルにうんざりしていた。湿った石の壁には黒い汚水のようなものが滲んでいるらしく、角を曲がるたびにそれがからだに付いた。おまけに、曲がり角は数え切れないほどあった。先ほどケイトはマーティンに小声で話しかけ、道がわかるのかと訊いてみたが、すぐに静かにするよう注意されてしまった。わからないということだろう。だが、ほかに逃げ道はないのだから仕方がない。マーティンはＬＥＤのスティックライトを掲げて先を歩いており、その光のおかげで、どうにか汚れた石の壁に正面衝突することだけは免れていた。

しばらく行くと、狭苦しいトンネルが開け、三方向に道が延びる円形の空間が現われた。マーティンが足を止めてライトを顔の前にもってきた。「腹は空いてるか？」

ケイトは頷いた。彼がバックパックを下ろし、プロテイン・バーと水のボトルを引っぱり出した。

バーをかじり、水を流し込んで口を空にしたところで、声を落として訊いた。「どこを歩いているのか、全然わかってないいんでしょう？」

「まあな。実は、トンネルがどこかへ通じているかどうかも定かじゃないいんだ」

ケイトはどういうことかと彼を見つめた。

マーティンが二人のあいだにライトを置き、水をひと口飲んだ。「地中海沿岸の古い都市はだいたいそうだが、このマルベーリャも、何千年ものあいだ領有権を巡る戦いが繰り返されてきた土地なんだ。ギリシア人、フェニキア人、カルタゴ人、ローマ人、イスラム教徒。ほかにも多くの者たちがここを支配しようとした。幾度となく略奪されてきたのさ。オールド・タウンの古い商家に脱出用トンネルがあることは知っていた。裕福な者たちは、略奪の惨禍から逃れるためにトンネルを使っていたんだ。ただの一時避難場所でしかないトンネルもある。都市の外まで出られるトンネルもないとは言えないが、あまり期待はできないだろう。せいぜいこの都市の下水道に繋がっていればしめたものだ。だが、いずれにせよこのまま地下にいるほうが安全なはずだ。いまのところはな」

「イマリはトンネルを調べないの？」

「たぶんな。家はすべて調べるだろうが、それほど念入りには確認しないはずだ。連中が主に捜しているのは、反抗的な住民とか、一斉捜索の段階で捕まえられなかった者なんだ。この地下で出くわすのは、最悪でもネズミかヘビぐらいのもんだろう」

ケイトは思わず首をすくめた。暗闇のなかで、見えないヘビが自分のからだに這い上がってくるところを想像してしまったのだ。こんな場所で、ヘビやネズミに囲まれて眠るのかと思うと……。両手を突き出して訴えた。「わざわざ教える必要のないことだってあるでしょう？」

「そうか、こいつは悪かった」彼がバックパックに手を伸ばした。「もっと食べるか？」

「いらないわ、ありがとう。それで、これからどうするの？　いつまでここで待つつもり？」

マーティンは少し考えてから言った。「マルベーリャの街の規模を考えると、二日は待つべきだろうな」

「そのあいだ、上では何が？」

「連中が住民を全員集めて、事前仕分けをするのさ」

「仕分け？」

「まずは死ぬ者や退化する者と、生存者《サヴァイヴァー》を分けるんだ。生存者《サヴァイヴァー》は選択を迫られる。イマリに忠誠を誓うか、拒否するか」

「拒否したら？」

「死ぬ者や退化する者のグループへ入れられる」

「そのあとは……」

「イマリは住民をすべて運び出す。誓いを立てた者も残りの者も疫病船に乗せ、作戦基地のひとつに連れていくんだよ。生き残れるのは、誓いを立てた者だけだ」彼はライトを掴んで持ち上げ、ケイトの顔が見えるようにした。「これは大切なことだ、ケイト。もしこの先連中に捕まって、選択を迫られたら、必ず忠誠を誓うんだ。約束してくれ」

ケイトは頷いた。

「なに、口先だけの誓いだ。いまは生き延びることが重要だからな」

「あなたも誓いを立てるのよね？」

マーティンがライトをもつ手を下ろすと、二人のあいだにまた薄闇が広がった。「私は事情が違うんだ、ケイト。連中は私の正体を知っている。もし捕まったら、別行動をとることになる」

「でも、あなたも誓うのよね」

「私の場合、そんな話にもならないさ」マーティンが、長年の喫煙者のような苦しげな咳をした。こんなトンネルのなかだ。いったいどんな粒子が飛んでいるかわかったものではない。彼が頭を振った。「私は、もとはイマリだ。生涯最大の過ちだよ。私は事情が違う」

「口先だけの誓いなんでしょ？」ケイトはたしなめた。

「まいったな」マーティンがつぶやくように言った。「説明が難しいんだが……」

「試してみて」ケイトはもうひと口水を飲んだ。「ちょうど暇をもてあましてるんだし」

マーティンがまた咳き込んだ。

「新鮮な空気が必要ね」ケイトは言った。

「空気のせいじゃない」そう答えると、マーティンはバックパックに手を入れて小さな白いケースを取り出した。

薄暗い明かりの向こうで、白い薬が一錠、彼の口に滑り込んでいった。その薬は花のような形をしていた。大ぶりなハート形の白い花弁が三枚あり、中央に赤い輪がある。蘭《オーキ》の花《ッド》だ。

ショックに襲われ、ケイトは声を失った。「あなたは――」

「ああ、私には耐性はない。おまえには知られたくなかったんだ。心配するだろうからな。もし捕まったら、私は死んでいく者のキャンプに入れられるだろう。そのときは、おまえに私の研究を引き継いでもらいたい。受け取ってくれ」彼がバックパックに入っていたものを差し出した――手帳だ。

ケイトは、それどころではないという思いで手帳を脇へ置き、彼に訊いた。「薬はどれぐらい残ってるの？」

「充分ある」マーティンがぼそりと答えた。「私のことは気にするな。さあ、そろそろ休みなさい。最初は私が起きていよう」

25

スペイン　マルベーリャ――オールド・タウン

「ケイト、起きろ！」

ケイトは目を開けた。マーティンがこちらを見下ろしている。ＬＥＤのぼんやりした光のなか、彼の顔が緊張してこわばっているのが見て取れた。

「早く」そう言って引っぱり起こされた。「それを背負ってくれ。私のうしろにいろよ」彼はバックパックを摑んでケイトに抱えさせた。何かを取り出している。拳銃だ。彼はこちらに背を向け、円い空間の奥にあるトンネルの穴と向かい合った。

何も見えないが……かすかな音がした。足音のようだ。マーティンが穴の方へ銃を突き出した。もう一方の手が下に伸び、そっとライトを消すと、たちまちすべてが闇に沈んだ。

長い数秒のあいだに、足音は大きくなっていった。二組の足音がする。入口から光が漏れてきた。光はゆっくり明るさを増し、徐々にひとつにまとまって、やがてランタンの形になった。そして、ランタンがトンネルを抜けた直後、その持ち手も姿を現わした――顎《あご》鬚《ひげ》を生やした男で、すぐあとに続く若い女がすっぽりと隠れてしまうほど太っている。

マーティンと手元の銃を目にしたとたん、男はランタンを落としてあとずさり、女を巻き添えにして尻もちをついた。

マーティンが距離を詰めた。両手を上げた男が慌てたようにスペイン語を口にした。マーティンは男から女に視線を移し、それから男とスペイン語で話しはじめた。会話が終わると、彼はしばし黙り込んで二人を観察した。いま聞いた話について考えているようだ。彼がケイトを振り返った。「ランタンを拾ってくれ。彼らの話では、トンネルに野犬がいて、それを追って兵士もやって来るらしいんだ」

ケイトがランタンを摑むと、マーティンは銃を振って二人を立ち上がらせ、べつのトンネル――ケイトとマーティンが通ってきたものだ――に入るよう指示した。彼らは連行される囚人のように素直に従い、四人は黙って足早に歩きはじめた。

トンネルはやがてべつの円い空間に至り、そこでさらに六人の人間に出会った。慌ただしい会話が交わされたあと、彼らもケイトとマーティンの一行に加わることになり、また行進が始まった。

野犬や兵士にどう立ち向かえばいいのか、ケイトにはわからなかった。ケイトの銃はバックパックに入っている。気が進まないながらも、背中のそれに手を伸ばすことを考えた。だが、行動に移すまえにトンネルが広い洞窟のような場所で行き止まりになった。こちらは四角い空間で、天井も高い。出口はないようだ。

なかには二ダースほどの人間が立っていた。ケイトとマーティンのグループが入っていくと、彼らの頭が一斉にこちらを向いた。

背後で、例の太った男が何か叫んでいるのが聞こえた。ケイトは振り返った。小型の無線機に話しかけている。何を――。

奥の壁が吹き飛び、土埃や岩の破片や、目に見えない衝撃波が押し寄せた。ケイトは床に叩きつけられるのを感じた。埃が治まると、空間にライトの光が広がった。壁に空いた穴からイマリ軍がなだれ込んできている。彼らは崩れた石の部屋から人々を引きずり出していた。太った男とあの女、それに半ダースほどの人間は兵士たちを手伝っている。眩しいライトと耳鳴りのせいで、方向感覚が狂っていた。目眩《めまい》がして吐きそうだ。見ると、兵士のひとりがマーティンの銃を拾ってポケットに入れ、マーティンを担いで運び出していた。やがてケイトも兵士に掴まれた。抵抗したが無駄だった。捕まってしまった。みんな捕まってしまったのだ。

26

ドリアンは目を開け、広いガラス窓を見つめた。チューブのなかではないようだ――前回目覚めたときとは様子が違う。ここはどこだ？　自分は死んだのか。今回こそは死んだのだろうか。当然と言えば当然だ。警備兵に頭を撃たれたのだから。視線を下げると、軍服を着ていた――アトランティス人が着ていたのと同じものだ。ふいにその光景に気がついた。大きな窓の外に、宇宙空間が広がっている。窓の下半分を埋めているのは青と緑の惑星だった。星の表面では巨大な機械が這いまわり、土砂を掘り起こして赤い土煙を大気に放っている。いや、土砂などというレベルではない――あの機械たちは山を動かしているようだ。

「地質調査を続行しています、アレス将軍。北半球のプレートですが、あと四千年は問題ないようです。そのままにしておきますか？」

ドリアンは男の方を向いた。どうやら、隣にいるその男とドリアンが立っているのは宇宙船の展望デッキのようだ。自分がこう答えるのが聞こえた。「いや。四千年経っても彼らには対処できないだろう。いまのうちに手を打っておけ」ドリアンは窓に視線を戻した。ガラスに自分の姿が映っていたが、こちらを見つめ返してくるその男は、ドリアンではなかった。あのアトランティス人だ――若き日の彼と言うべきか。まだ頭部全体に白っぽい金髪が残っており、それをぴったりとうしろに撫でつけている。

ガラスが消え、空気や重力が変化した。遠くで爆弾が破裂し、気づくとどこかの大都市にいた。地球の都市でないことはすぐにわかった。どの建物も変わった形をしているのだ。それに、どれも光り輝いている。昨日建てられたばかりの、見たこともない素材でできたビルという感じだ。ビルは街を縦横に走る空中通路で繋がっており、輝く水晶に蜘蛛の巣が張り巡らされているようにも見えた。と、ビルのひとつが崩れ、近隣のビルとのあいだに架かる通路が落下した。倒れるからだを追って腕がだらりと垂れるように。また爆発が起き、またひとつビルが倒壊した。

ドリアンの傍らにいる兵士が咳払いをし、静かに言った。「始めますか?」

「いや、しばらく放っておけ。我々がどういう相手と戦っているのか、世界に見せてやるのだ」

みたび爆発が起き、地平線が暗くなって、また鮮やかな宇宙が現われた。ドリアンは先ほどとは違う展望デッキに立っていた——惑星にあるデッキだ。いや、衛星か。右手に惑星が見えているが、彼の目は宇宙空間のほうに惹きつけられていた。宇宙船の艦隊が、彼方で燃えている白い星へと向かっているのだ。何百、何千という船だった。ドリアンは艦隊を一望して息を吞んだ。腕の毛が逆立つのを感じる。心はひとつの思いで占められていた——私は勝った。

よく見ようと目を凝らしたが、その景色はいつの間にか消えていた。今度はどこかの惑星にいた。長いコンクリートの道を歩き、巨岩のように大きな建物に向かっている。歩いているのは彼ひとりだったが、道の両側には人垣ができており、彼をひと目見ようと押し合いへし合いになっていた。石の建造物の足元では、女ひとりと男二人が暗い入口を背にして立っている。入口の上に刻まれた碑銘はよく見えなかったが、どういうわけかそこにある文字を知っていた。〝我らが最後の戦士　ここに眠る〟

女が進み出てこう言った。「私たちは決めました。あなたには、永遠という長き道を歩いて頂きます」

女がカメラを意識し、歴史に残る台詞を言おうとしていることはわかっていた。彼女はドリアンを裏切ったのだ。「どんな人間にも死ぬ権利はある」彼は言った。

「伝説は死にません」

ドリアンは振り返り、一瞬、逃げることを考えた。しかし、人々の記憶に残るのはいまこのときの姿なのだ。彼の最後の姿として。彼はその霊廟に向かい、石のファサードを抜けて船に乗り込んだ。床と天井に連なるビーズのようなライトを映し、灰色の壁がかすかに光っていた。背後の通路から日の光が去っていくと、広大な室内のライトが光量を調整した。見渡す限り、どこまでもチューブの列が続いている。チューブはどれも空だった。いちばん手前のチューブが細い音を立ててゆっくりと開いた。まっすぐそちらへ歩いていった。好きにするがいい。

だが、チューブは閉まったとたんにまた開いた。ドリアンは霊廟の外へと走っていた。空は暗く、至る所で光が炸裂している。目をつぶって開くと、彼はひと気のない通りに立っていた。先ほどとはべつの、やはり蜘蛛の巣のように空中通路が張り巡らされた都市だ。こちらの爆発のほうがはるかに激しい。都市が丸ごと崩れかけているようで、見上げると、何隻もの船が上空から降りてきていた。

そして、彼はふたたびチューブが並ぶ広大な部屋にいた。いまはどのチューブにも人が入っている。長い通路を走った。恐怖に打たれながら、彼はアトランティス人が、自分の同胞たちが目を覚まして悲鳴を上げ、チューブから転がり出て死んでいくのを見つめていた。それは果てしなく続いた。誰かが死ぬとすぐに次の肉体がチューブに現われ、またもや終わりのない苦悶のサイクルが始まるのだ。ドリアンは操作パネルに飛びついて指を動かした。白と青の光の渦が手を包む。繰り返される復活を止めなければ。彼らの煉獄の苦しみを終わらせなければならない。彼らは覚醒できなくなる。だが、自分が彼らを護ってみせる。自分は兵士だ。それが仕事であり……義務なのだ。

操作パネルから離れると、彼はまた宇宙船の展望デッキに立っていた。眼下には、青と緑と、白で織りなされた天体が浮かんでいた。地球だ。大気は澄み、その下に手つかずの大地が広がっている。都市も、文明もない。まっさらなカンバス。やり直すチャンスがここにある。

うしろを向くとそこは霊廟だったが、あの無数のチューブがある部屋ではなかった。もっと小さな部屋で、空っぽの十二本のチューブが並んでいる。目をつぶって開いた。真ん中のチューブに肉体が出現していた――先史時代の人類だ。もう一度まばたきすると、またひとり人類の祖先が現われた。

その部屋も次第に消えていき、今度は屋外の、どこかの山頂にいた。景色が歪んで見えるのは、湾曲したガラス――ヘルメットのシールド――のせいだろう。彼は、アトランティス人に与えられたスーツとよく似た防護服をまとい、金属製の二輪車に立って森のすぐ上を飛んでいた。

日は高く昇り、足下の森は青々と茂って、一面の緑を遮るのは谷底へと階段のように下りていく岩棚だけだった。

岩の稜線に沿うようにして、原始人たちが木や石の武器を手に戦っていた。いまではドリアンにも、二つの種がいることが見て取れた。一方の種は、からだは小さいが優れた武器を使っている。彼らは自分より大きい敵を相手に波状攻撃を仕掛けていた。槍を投げては荒々しい咆哮《ほうこう》で意思の疎通を図り、陣形を整えている。

太陽が移ろい、谷間は戦う者たちで埋め尽くされた。戦闘はいよいよ激しさを増し、ほとんどどこを見ても大殺戮の光景が広がっていた。地面を流れる血が白っぽい岩を赤く染めていく。ドリアンは二輪車に立って上空に浮かび、じっと戦いを見守っていた。

太陽が谷に沈み、またすぐに昇って、谷に静寂が訪れた。谷底には地面が見えないほど累々《るいるい》と死体が横たわっていた。ハエがその巨大な墓穴に群がり、上空ではハゲタカが円を描いている。岩の稜線に立っているのは、槍や石斧《せきふ》を手にした勝利した人間たちだ。静かに眼下を見つめる彼らのからだには、赤や黒の戦いの痕跡がこびりついていた。からだの大きいひとり――おそらくリーダーだろう――が前に出て、松明《たいまつ》を灯した。そして、ことばのようにも聞こえる嗄《しわが》れた声を発し、その松明を下の谷に放った。まわりにいる者たちもすぐに彼に続き、それは、谷底に降る火の雨が下草を燃やし、やがてその炎が木々や死体に燃え広がるまで続けられた。

ドリアンは微笑を浮かべ、ヘルメットの録音装置のスウィッチを入れた。「亜種8472は、驚くほど組織的戦闘への適性がある。選ぶなら彼らだ。ほかの遺伝系統の種を根絶やしにするだろう」原始段階の好戦的なその種族を眺めながら、彼は初めて希望を感じていた。

谷底に煙が立ちこめ、それがゆっくりと上昇して森に広がり、最後は岩の稜線を覆った。勝利した人類の一群は、白煙や黒煙の柱がドリアンを取り囲むあいだに煙のなかへ消えていった。煙の渦に呑み込まれ、それが晴れたときには、ドリアンはふたたび南極のチューブから外を覗いていた——アトランティス人の故郷の星にあった、あの船のなかにいるのだ。ドリアンの思考は彼自身のものに戻り、肉体ももとの姿になっていた。

新しい肉体。次のからだ。

アトランティス人がチューブの外に立ち、静かにこちらを見つめていた。ドリアンもじっと彼を眺めた。その顔や、逆立った白髪を。夢のなかで宇宙船にいたのは、たしかにこの男だ。それとも、本当にただの夢だったのだろうか？

チューブが開き、ドリアンは外へ足を踏み出した。

27

南極大陸——イマリ作戦基地〝プリズム〟の下約二キロメートル

ドリアンは長いあいだアトランティス人を見すえていた。やがて、視線を周囲にさまよわせて言った。「認める。興味は湧いた」

「失望させるな、ドリアン。我が故郷の崩壊とおまえの種族の起源を見せたというのに、〝興味が湧いた〟というだけか？」

「まずは、いま見たものが何なのかを教えてもらいたい」

「記憶だよ」アトランティス人が言った。

「誰の？」

「我々のだ。おまえと私のものさ。私の過去の記憶であり、おまえの未来の記憶でもある」アトランティス人がゆっくり歩きだし、ドリアンとデヴィッドの死体が転がる戸口の方へ向かった。

ドリアンは彼の話について考えながらあとを追った。なぜか、彼の話が嘘でないことはわかっていた。あれらは実際にあった出来事で——この男の記憶なのだ。なぜそんなものが見えた？

　ドリアンを連れて灰色の金属の廊下を進むあいだも、アトランティス人は話を続けた。

「おまえはほかとは違う存在だ、ドリアン。いつも自覚していただろう。自分は特別な存在で、宿命を背負っていると」

「おれは――」

「おまえは私なのだ、ドリアン。私の名はアレスだ。私は兵士で、同胞たちにとっては最後の戦士だった。奇妙な巡り合わせで、おまえは私の記憶を受け継ぐことになった。その記憶はこれまでずっとおまえのなかで眠っていたのだ。私も、おまえがこの船に入ってきて初めてそれに気づいたよ」

　何を言うべきかわからず、ドリアンは目を細めてアトランティス人――アレス――を見つめた。

「おまえだって、心の奥底では私の話が事実だとわかっているはずだ。一九一八年に、死にかけていた七歳のおまえはジブラルタルのチューブに入れられた。そして、一九七八年に目を覚ましたとき、おまえは変わっていた。変わったのは時間のせいではない。おまえは憎しみに取り憑かれ、復讐心に駆られていた。人類の敵を倒して父親を見つけ出すため、軍隊を作ろうと必死になった。自分の宿命を感じ取っていたのだ――自分の種族の未来のために戦う、という宿命をな。だからおまえはここに来た。それに、おまえは自分がすべきこと、つまり、遺伝子レベルで人間を変える必要があることまで悟っていた。おまえがそうしたことをすべて知っていたのは、私が知っていたからだ。すべて私が望んだことなのだよ。おまえは私の記憶をもっている。私の強さ、私の憎しみ、私の夢をもっている。ドリアン、この宇宙には、おまえには想像もつかないような強敵がいる。私が知る限り、我が同胞たちは宇宙でもっとも先進的な種族だった。その我々を、この敵はわずか一昼夜で倒したのだ。彼らはおまえたちのもとにもやって来る。もはや時間の問題だ。だが、おまえなら彼らに勝てるだろう――もし、やるべきことをやるならな」

「やるべきこと？」

アレスが振り返り、ドリアンの目を見つめた。「おまえの種族に起きている遺伝子の変化、それを確実に完了させるのだ」

「何のために？」

「理由はおまえが知っている」

ドリアンの頭に答えが浮かんだ。〝我々の軍隊を作るために〟

「そのとおり」アレスが言った。「我々を待っているのは戦いだ。戦いの場では、最強の者のみが生き残ることを許される。私は、ただひとつの目標を達成できるようおまえたちの進化を導いてきた。生き残ることだよ。だが、遺伝子の最終変化を終わらせなければ、ここの人類は生き残ることができないだろう。我々はみな死に絶えてしまうのだ」

心の奥深くで、ドリアンは彼の言うとおりだとわかっていた。いままでもずっとわかっていたのだ。これで何もかも説明がつく。自分の野心、人間を作りかえてまだ見ぬ敵を倒したいという、理不尽なまでに強烈な盲目的欲求。これまで生きてきて初めて、すべてが腑に落ちた。安らかな気持ちだった。ようやく求めていた答えが見つかったのだ。ドリアンは目の前の課題に意識を集中させた。「どうすれば我々の軍隊を作れるんだ？」

「おまえが運び出したケースだ。あのケースは新たな特性をもつ放射線を放出していて、それが変化を完了させる。これによって解き放たれる変異体のウイルスは、オーキッドでも抑制できない。こうしているいまも、ドイツ中部の爆発現場から新たな感染の波が広がっているだろう。いずれすぐに世界中に拡散する。数日のうちに最後の大変動が起きるはずだ」

「それが本当なら、やるべきことはもう何もないんじゃないか？　あんたが充分、状況を支配しているようだが」

「おまえがすべきことは、治療法が発見されないようにすることだ。我々の敵はあちこちにいる。それに、私を解放しなければならない。我々がいっしょなら、生存者《サヴァイヴァー》を統治できる。そして、この惑星をかけた戦いに勝利できる。彼らは我々の民だ。彼らが軍隊となり、積年の敵を討つ。そのとき我々はようやくこの戦いに勝利できるのだ」

ドリアンは頷いた。「あんたを解放するんだな。方法は？」

「あのケースには二つの役割がある。オーキッドを無力化する放射線を放つと同時に、私のいる場所へ通じるポータルを作り出すのだ。人工のワームホール、時空を越える橋だ」

アトランティス人が立ち止まった。いつの間にか、件《くだん》のケースと二着の防護服があった部屋の前まで来ていた。ドアがスライドして開き、防護服が一着だけ残された部屋が現われた。

ドリアンは無言のままなかへ入り、その防護服を身につけはじめた。

「おまえがやるべきことはもうひとつある、ドリアン。ここにいた女を連れてくるんだ。彼女を見つけて、いっしょにポータルを抜けろ」

ドリアンはブーツを履いて顔を上げた。「女？」

「ケイト・ワーナーだ」

「彼女とこの件にどんな関係がある？」

アトランティス人は彼を部屋から連れ出し、また廊下を進みはじめた。「彼女はすべてに関わっている、ドリアン。すべての鍵なんだ。近いうちに、彼女はある情報を手に入れるだろう——暗号だ。その暗号が私を解放する鍵になる。いいか、彼女を捕まえるのは暗号を手に入れたあとだ。それから私のもとへ連れてこい」

ドリアンは頷いたが、頭には疑問が渦巻いていた。なぜこのアトランティス人はそんなことを知っているのだ？

「彼女の思考を読み取ったからだ。おまえの考えを読み取るのと同じようにな」

「そんなことは不可能だ」

「不可能だと思うのは、おまえたちの科学知識で判断するからだ。おまえたちがアトランティス遺伝子と呼ぶものには、実のところ、極めて高度な生物学や量子力学の技術が用いられている。おまえたちがまだ気づいてもいない数々の物理法則が利用されているのだ。この遺伝子はおまえたちの進化を導いてきた。多くの機能を有しているが、そのひとつが放射線を制御する体内システムの一部を活性化するというものだ」

「放射線？」

「人間のからだは常に放射線を発している。アトランティス遺伝子は、肉体から出る放射線をひとつのまとまったデータの流れに変えるのだ——その者の記憶や、細胞レベルに至る肉体的な変化を絶えずデータとして流している。言ってみれば、ミリ秒ごとに中央サーバーにデータを送信し、変更のあった箇所を更新しながらバックアップをとっている状態だ」

二人は、どこまでもチューブが並ぶ例の部屋の戸口に立っていた。「この船は、死亡のシグナルを受信し、それ以上データが送られてこないことを確認すると、新しい肉体を再生しはじめる。細胞も記憶も、ひとつ残らず正確に復元するのだ」

「この船は——」

「復活船だ」

ドリアンはどういうことか理解しようとした。「では、彼らはみんな死んだのか？」

「ずっとむかしに死んでしまった。私には彼らを目覚めさせることができない。目覚めさせるつもりもない。おまえも見ただろう。暴力による死など絶えて久しい世界の人々が、むごい死に方をしたのだ。だが、私とおまえがいっしょなら、彼らを救うことができるだろう。我々の同胞はもう彼らしかいない。すべてはおまえにかかっているんだ、ドリアン」

ドリアンは、これまでとは違う目でチューブを見渡した。おれの同胞。ほかにはいないのだろうか？「ジブラルタルの船はどうなんだ？　あれも復活船じゃないのか？」

「いや、あれは違う。あっちは研究用だ。現地を調査するだけで、宇宙空間を長距離移動することはできない。着陸船《ランダー》だよ——アルファ・ランダーといって、ここに科学調査に来た遠征隊が出したものだ。たしかにあれにも八本ほど復活用チューブがあった。調査には危険が伴うし、科学者が不運な事故に巻き込まれることもあるからな。おまえも知ってのとおり、復活用チューブには治癒機能もある。だが、死から蘇れるのはアトランティス人だけだ。それに限界もある。いずれにしろ、ジブラルタルのチューブはあの核爆発で破壊されただろう。おまえを復活させられるのはここにあるチューブだけだ。それに、ここから百キロメートル以上離れても復活できなくなる。プロメテウス・ルールといって、データが更新されない場合は複製しないことになっているのだ。ここから外界に出ていけば、おまえはまた不死身ではなくなる。いいか、もし死んだら二度と生き返らないからな」

ドリアンはデヴィッドの死体を見下ろした。「こいつはなぜ復活しなかった――」

「復活機能を止めたからだ。この男のことは気にしなくていい」

外へ通じる廊下に目をやった。「前回は拘束された。やつらはおれの話を信じなかったんだ」

「彼らはおまえが死んだところを見ている。もう一度ここから出ていき、記憶をもったまま死から蘇った姿を見せれば、もう誰も歯向かおうとはしないだろう」

ドリアンはそこで少しためらった。質問がもうひとつ残っていたが、口にしたくなかった。

「何だ？」アレスが訊いた。

「おれの記憶は……おれたちの記憶は……」

「そのうち思い出す。その時が来ればな」

ドリアンは頷いた。「じゃあ、またすぐに会うことになるな」

デヴィッド・ヴェイルは目を開けた。彼がいるのはチューブのなかだったが、場所は違っていた——あの、南極の氷の下にある果ての見えない部屋ではない。こちらの部屋のほうが小さく、縦も横もせいぜい六メートルほどだ。

目が慣れるにつれて室内の様子が見えてきた。ほかに三本ほどチューブがあるが、どれも空だった。奥の壁は大きなスクリーンで占められており、その下にはカウンターのような台があった。ジブラルタルや南極のアトランティスの構造物にあった操作盤とよく似ている。手前の床にはしわくちゃの防護服が一着落ちていた。部屋の両端に、閉じたドアがあるのも見て取れる。

どういうことだ？　おれはどうなったんだ？　デヴィッドが見る限り、その部屋は南極の構造物とは雰囲気が違っていた。むしろ、ケイトの父親の日記に書かれていた、ジブラルタルの構造物の研究室に似ている。ここも研究室なのだろうか？　もしそうなら、自分はなぜここにいるのか。何かの実験のためだろうか。そもそも、なぜドリアン・スローンに殺されるたびに、こうしてチューブで目覚めるのだろう。撃たれて死ぬのが一度きりではない、という事実も理解を超えていたが、とりあえずいまは目先の問題に集中する必要があった。どうやってチューブから出るかだ。と、まるでタイミングを見計らったようにチューブが細い音を立てて開き、灰白色の霧がうっすらと部屋へ漏れて消えていった。

デヴィッドはその場に留まって様子をうかがい、見えない捕獲者が次の行動に出るのを待った。そして、何も起きないとわかったところでチューブを離れ、ふらつく足で懸命に床を踏んだ。操作盤でからだを支えた。足元には防護服が落ちている。操作盤の陰にはヘルメットも置かれていた。どうやら防護服は破れているようだった。屈み込んで裏返してみた。あの、ジブラルタルのホログラムで見たのと同じタイプのスーツだ。アトランティス人はこのスーツを着て船から飛び立ち、〝ジブラルタルの岩《ロック》〟の麓で行われていた生け贄の儀式からネアンデルタール人を助け出したのだった。

さらに詳しくスーツを調べた。胴の部分に大きな破れ目があった。攻撃を受けた跡だろうか？　破れてはいても焦げ跡はないようだが。これは何を意味しているのだろう。あのホログラムでは、ジブラルタルの船は巨大津波によって岸に打ち上げられ、その後、海に引き戻されたところで爆発した。イマリの推測によれば、海底にあるメタンのガスだまりが爆発し、船をいくつにも分断したということだった。

この爆発のとき、スーツ姿のアトランティス人のひとりが動けなくなった。そしてもうひとりが、その彼か彼女かわからない者を担いでドアを抜けていった——おそらく南極の構造物へ抜けたのだと思われる。

このスーツは、ジブラルタルにいた二人のアトランティス人の、どちらかのものだろうか？　デヴィッドは立ち上がり、ほかに手がかりはないかと部屋を見まわした。操作盤の陰に小さなベンチがあり、その上にきちんとたたまれた衣服が置かれていた。

脚を引きずりながらベンチに近づいた。だいぶ回復してきたとはいえ、まだ問題なく歩ける状態ではなかった。衣服を広げてみた。黒い軍服だった。持ち上げて、床と天井に並ぶ薄暗い小さなライトの光が当たるようにした。つやつやした生地で、光を反射しているのか、まるで星空がそこに映し出されているように見えた。少し動かしてみると、スーツの様子が変わった。光と背後の壁に合わせて変化しているのだ。動く迷彩柄のようなものだろうか。その景色を映す服——軍服の上着——はどこも滑らかで、襟の部分を除けば模様もなかった。右側の襟に、四角いエンブレムがついている。「II」

II——イマリ・インターナショナル。これはイマリ軍の制服なのだ。

左側の襟には銀色のオークの葉があった。中佐の階級を示す記章だ。

デヴィッドはベンチに軍服を放った。裸だったが、その軍服を着るぐらいなら何も着ないほうがましだった。

操作盤に近づき、その上で手を振った。ケイトの父親はアトランティスの操作盤の使い方を知っていた。彼のときは、青と白の光が現われて手と連動したのだが、ここの操作盤はスウィッチが切れたように真っ暗だった。指で押してみても、うんともすんともいわない。

両端のドアのあいだで視線を往復させた。檻に入れられたネズミのように、どうすることもできなかった。近いほうのドアへ行ってしばらく立ってみたが、開く気配はなかった。傍らにあるパネルにも手をかざしてみた。やはり反応はない。灰色の金属を両手で押してみても、ドアはまるで動かなかった。潜水艦の扉のように隙間なく閉じている。向かい側のドアでも同じことをしてみたが、結果は変わらなかった。閉じ込められてしまったようだ。空気はあとどれぐらいもつだろう？　何も口にせずに何日生き延びられるだろう？

静まり返った部屋でベンチに坐り、ひとり考えつづけるしかなかった。どんなにがんばっても、気づけば頭はケイトのことばかり考えていた。いまこの瞬間、ケイトはどこにいるのか。彼女が無事であることを祈った。

ジブラルタルでともにした一夜のことを思った。あのとき自分の心境は大きく変わった。そして、目覚めると彼女は去っていたのだった。そのことはもう許している。彼女はデヴィッドを救おうとしたのだから。だが、デヴィッドはふたたびミスをおかしてしまった。南極で、ドリアンやその一味を足留めするためにひとり残ったとき、彼女からまたもや目を離してしまったのだ。

デヴィッドは、もう同じ間違いは繰り返さないと決意した。もしこの部屋から出られたら、世界がどうなっていて、そのどこにいようと、必ずケイトを見つけ出そう。そして、もう二度と彼女から目を離しはしないのだ。

29

スペイン　マルベーリャ

ケイトが目を覚ましたのは、ぎっしりと人が詰まった暗い大型トレイラーのなかだった。まるで、港の市場に運ばれる獲れたての魚のようにひとところに押し込まれている。少なくとも臭いはそのとおりだった。汗と魚の臭い。咳き込んだり押し合ったりする人々を乗せたまま、トレイラーはひっきりなしに跳ねていた。牽引するトラックがマルベーリャのでこぼこ道を猛スピードでひた走っているのだろう。

マーティンを探したかったが、見えるのはせいぜい周囲一メートルぐらいだった。仕方なく、進行方向寄りの、後部の扉からだいぶ離れた位置に比較的空いている場所を見つけ、壁にもたれて坐り込んだ。

トラックがスピードを落としはじめた。何秒か停まってからまた動きだしたが、今度はじりじりと這うような進み方だった。そして急停止。エアブレーキが空を切り裂くような音を立て、数秒遅れてエンジンの轟きが消えた。

トレイラーにざわめきが広がっていった。人々が一斉に立ち上がって出口に詰めかけている。その直後、扉が開いた。

夕陽が出口の先にある光景を照らしていた。周囲の人々が外へ出ていくなか、ケイトはじっと立ったままその景色を見やっていた。

オーキッド同盟の青い旗が二枚、黒焦げになった状態でフェンスに残されている。イマリはその残骸をシンボルとして、自分たちの勝利の証としてわざと吊るしたままにしているのだろう。キャンプの入口の両脇には彼らの黒い旗も掲げられていた。その上の監視塔——破壊されずに残った一基だ——では、黒い軍服姿のイマリ兵たちが歩きまわっている。

トレイラーは早くも空になろうとしていた。ケイトの頭が計画を練りはじめた。バックパックを下ろしてファスナーを開けた。内側に頑丈そうな生地が張られている。火や水に耐える作りなのだろうか？　中身を調べた。拳銃、ラップトップ・パソコン、衛星電話、マーティンの手帳、それに、血液サンプルを入れていた魔法瓶のような装置。拳銃を取り出した。自分には、銃を使って逃げ道を切り開くような真似はできない。それどころか、銃を撃てるかどうかもわからないのだ。もっと現実的な案が必要だ。それに、もし銃をもっているのがばれたら……。隅の暗がりの方へ銃を滑らせた。ほかの持ち物は手放すわけにいかなかった——マーティンが大事に持ち歩いていたものだ。きっと治療法の発見に欠かせないのだろう。

マーティンは、これから何が起きるかも話していた。イマリが全員を仕分けするのだ。死んでいく者はそのまま見殺しにされる。生存者《サヴァイヴァー》は、誓いを立てるか死ぬかのどちらかだ。

ケイトは選択しなければならなかった。

30

ジョージア州　アトランタ――疾病対策センター（ＣＤＣ）

ドクタ・ポール・ブレンナーは壁に並ぶスクリーンを前にそわそわと歩きまわっていた。画面に映された世界地図にはたくさんの赤い点が散っている。ひとつひとつの点が、オーキッド管轄区を表わしているのだ。そして、それぞれの点の上には、管轄区ごとのオーキッド不成功率を示す数字が浮かんでいた。大流行の発生からこれまでは、オーキッドが効かない感染者は全体の〇・三パーセントほどだった。その数値が、いまになって上昇を始めていた。ドイツのある管轄区などは、一パーセントもの住民がこの疫病で死にかけている。ついにオーキッドの効能が失われはじめたのだろうか？

これまでも、一時的に地域限定でオーキッドが効かなくなるという事態はあった。だがそれは処方の問題、つまり、製造過程に問題があるからだった。今回は世界規模の現象だ。もしこれが……考えるだけで恐ろしいが……新たな変異のせいだとしたら……。

「戻してくれ」ポールは言った。「一時間まえ、二時間まえのオーキッド不成功率を見たい。数値が固定するまで、一時間ずつ遡るんだ」

ポールが見つめるなか、数値が徐々に減っていき、やがて横ばいになった。「止めろ」その時刻を確かめた。

広い会議室の自分のスペースへ行き、次々に書類をめくった。この時刻に何があった？　イマリが変異したウイルスを——オーキッドでは抑制できない変異体を——ばらまいたのか？　予想はしていたことだ。少なくとも、そうなると仮定して動いてきた。イマリ側の動きに関する報告書に的を絞った。一件の報告が目に留まった。確かめると、時刻も近い。急いで目を通した。

機密情報

ドイツ、ニュルンベルク郊外のイマリ・リサーチ・センターで核爆発の疑い

・原因（最有力の仮説）——産業事故。イマリ・リサーチの最新兵器開発計画において、実験中の兵器が爆発した。

ポールは、イマリ・リサーチがあらゆる種類の最新兵器の開発に取り組んでいることを知っていた。だが、タイミングが……。最後まで読んでみた。

・その他の仮説

（一）イマリはドイツで調査するために、南極の現場から研究対象物を持ち出した可能性が高い。それが関係している。

（二）スペイン南部の侵略を受けて同盟が差し押さえることを懸念し、イマリが自ら施設を破壊した。

ポールは大きく息を吸った。確信していることが二つあった。ひとつは、世界中でオーキッドが効かなくなりつつあるということ。もうひとつは、それがイマリの行動を発端にして起きたということだ。残された時間はどれぐらいだろう？　一日か、あるいは二日か。そんな短時間でいったい何ができるというのか。

「テレビ会議を招集する」ポールは言った。とにかく、やれるだけやるしかない。

31

ドアも操作盤も、デヴィッド・ヴェイルはすでに数え切れないほど試していた。脱出口を開くスウィッチか何かが入るかもしれないと思い、チューブにもう一度入ってみたりもした。だが、室内は目覚めたときと何ひとつ変わらなかった。自分が弱ってきているのがわかった。もってあと二、三時間だろうか。

とにかく動いてみるしかない。床に転がっている破れたアトランティス人のスーツに近づいた。これを着れば、もしかすると……。胸の前に持ち上げ、脚の部分を垂らした。ぎりぎりふくらはぎが隠れる長さだった。デヴィッドは身長が百九十・五センチあり、肩幅も広い。このスーツの持ち主は百八十センチ以下で、比較的小柄だったのだろう。女性かもしれない。スーツを放し、もうひと組の服に目をやった——新品同様の、イマリの中佐の軍服だ。

長いあいだベンチの軍服の隣に坐っていた。まだ試していないものといえば、これしかない。ほかに手はないじゃないか。しぶしぶパンツに脚を通し、ブーツを履いた。上着を摑んでしばし立ち尽くした。楕円形の四本のチューブに、自分の姿が歪んで映っていた。胸や肩にできた新しい銃弾の傷が消えている。胸のあちこちにあった古い傷痕も、やはり見当たらない——9・11のときに、崩れたビルに閉じ込められてできた火傷痕も、ジャカルタ郊外で格闘中に刺された脇腹近くの傷痕も、パキスタンで浴びた爆弾の破片の痕も。

新たに生まれた肉体。だが、その目は以前と変わっていなかった――ひたむきだが、冷徹になりきれない目。

デヴィッドは短いブロンドの髪を掻き上げてため息をつき、しばらく上着を見つめていた。これで軍服一式を着込むことになる。袖を通すと、ライトに合わせて上着がきらめいた。

もし死んだらまたチューブで目覚めるのだろうか、と思った。すると、その思いが聞こえたかのように一本のひびが最初のチューブを駆け上がった。ひびはシャーレ内で増殖する細胞のように瞬く間に増えていき、あらゆる方向に蜘蛛の巣状の亀裂が広がった。残り三本のチューブもあとを追い、気づいてみれば、透明だったチューブはどれもびっしりと走る亀裂で白く濁っていた。と、チューブのあちこちで小さな音が鳴りはじめ、ガラスの欠片《かけら》が次々になかへ落ちていった。

四本のチューブが立っていた場所には、いまでは円錐形のガラスの山ができていた。うずたかく積まれたダイアモンドのようにまばゆい光を放っている。

これが答えなのだろう、デヴィッドは思った。この部屋の外に何が待ち受けていようと、もうここで生き返ることはないのだ。

右手のドアが空気の抜けるような音を立て、ゆっくりと壁から剝がれてスライドしはじめた。戸口へ行って外を覗いた。そこから見る限り、細くて狭苦しい通路がどこまでも続いていた。床と天井に並ぶ小粒のライトがかろうじて行く手を照らしている。長い通路を歩きだすと、チューブの部屋のドアが背後で閉じた。左右を見てもドアはなく、それに、通路にしてはやたらと狭かった。脱出用かメンテナンス用のトンネルだろうか？　それから数分後、通路は大きな楕円形のドアに行き当たった。近づくとそのドアが開き、円形の小部屋が現われた。おそらくエレヴェータのようなものだろう。デヴィッドはなかに乗り込んで待った。自分のからだが動いている感覚はなかったが、それでもたしかに小部屋が回転するのを感じた。

一分ほど経ったころ、ドアが振動して開いた。なだれ込んできた風がデヴィッドを壁に叩きつけたが、その圧力も一瞬で消えた。

空気が湿っていた。明らかにここは地下空間だ。ドアの向こうは夜のように暗かった。戸口から足を踏み出した。周囲の壁は岩のようだが、表面が滑らかで凹凸がない――機械によって掘られた穴だろう。いったいここはどこなんだ？　肌寒いが凍えるほどではないので、南極ではなさそうだ。では、ジブラルタルか？

足元は二十度ほど傾斜した上り坂になっていた。地上へ続いているのだろうか。トンネルの先に光は見えないが、途中から上に折れ曲がっているのかもしれない。

デヴィッドは両腕を広げ、トンネルの壁を撫でながら歩きだした。指先が何らかの変化を感じ取ることを期待していた。変化はいつまでも訪れなかったが、前進するにつれ、空気が乾いて暖かくなっていくことがわかった。トンネルの先はやはり暗いままだ。ふいに、全身に電気の刺激を感じた。静電気の電界に入り込み、パチパチと肌を刺されているような感覚だ。

暗く冷たいトンネルが消え、デヴィッドは地上の山のなかに立っていた。時間帯は夜のようで、頭上では星が明るく瞬いている。これほどたくさんの星は、東南アジアでも目にしたことがなかった。ここがヨーロッパか北アフリカだとすれば、人工の照明はすべて消えているということだ。そして、もしそうなら……。前方の岩山の向こうで、銃声と爆発音が夜空を震わせた。そちらへ走りだし、ぐらつく岩に足を取られながら岩山の稜線に登った。

左を向くと、山のすぐ麓に長い海岸線が延びていた。デヴィッドは自分が何を見ているのか理解しようとした——それは、あたかもべつの時代の二つの世界がばったり出くわしたような光景だった。

終末世界風の要塞、あるいは未来の陸軍基地のようなものが、広い港湾のある半島に築かれていた。半島は海へ五キロメートルほど突き出しており、大陸と接する側が細くなって、付け根の部分はわずか百メートルほどの幅しかなさそうだった——地上の攻撃から基地を護るには、理想的な要衝《ようしょう》だ。付け根には巨大な壁がそびえ立ち、焼け野原になった外の世界を見下ろしている。馬に乗った戦士の一群が、雄叫びと銃声を響かせてその壁に攻めかかっていた。中世の突撃隊が城を——遠い未来の城だが——襲っているような眺めだ。デヴィッドはあっけに取られ、もっとよく見ようと崖の縁へ近づいた。先頭を走る者たちが馬上から何かを放《はな》った。

巨大な爆発とともに壁からキノコ雲のような炎が噴き上がった。デヴィッドはうしろへよろめいた。炎が要塞の周囲を照らし出している。細長い海を挟んだ向こう岸に、一瞬だが、海面から頭を覗かせる大きな岩が見えた。ジブラルタルのロックだ。ここはジブラルタル海峡のアフリカ側、モロッコの北部なのだ。そして、あの半島はスペインの自治都市、セウタの一部だということになる。いや、だったと言うべきか。いまは誰かが基地に造りかえてしまっている。都市の痕跡はまだ残っているが、しかし——。

背後でトラックのエンジンが始動する音がした。はっとして振り返った瞬間、スポットライトが点いてデヴィッドの目をくらませた。あの爆発の光のせいで、山中にいた誰かに姿を見られてしまったようだ。

上方から男の声が響いてきた。「動くな！」

デヴィッドが岩山の稜線から跳び下りたとたん、銃弾が次々と岩の斜面をかすめた。転がるようにして先ほど出てきた岩まで戻り、入口を求めて必死で岩肌を探った。だが、そこには何もなかった。仕組みはわからないが、デヴィッドが抜けたのは一方通行のドアだったようだ。外からでは、見ても触れても岩としか思えない、何らかの力場だったのだろう。

うしろからブーツの音がした。振り返ると、岩の斜面をばらばらと下りてくるイマリ軍がデヴィッドを取り囲んでいた。

32

南アフリカ共和国　ケープタウン――イマリ訓練キャンプ〝キャメロット〟

ドリアンは背の高い窓の前に立っていた。眼下ではイマリ軍の兵士がキャンプを片付けたり港で待つ船へ移動したりしている。

ひとりの女が兵士の一団を指揮していた。実に……凜とした姿だ、とドリアンは思った。それに、彼女には何かがある。はっきりこれだと示せるわけではないが。「コスタ」背後でデスク・ワークをしている新任の助手に声をかけた。

その太った背の低い男は、小走りでドリアンのいる窓辺に駆け寄ってきた。「何でしょうか?」

「あの女は誰だ?」

コスタが下を覗いた。「どの……」

ドリアンは指を差した。「あれだ。あのブロンドの……目立つ容姿をしている女だ」

コスタが口ごもりながら答えた。「あの……存じません。何か不手際がありましたか？

配置を替えたほうがよければ――」

「違う、そうじゃない。彼女が何者か調べてくれればいい」

「かしこまりました」コスタはそのまま続けた。「残りの船は間もなく到着します。寒冷地用の装備もいま掻き集めている――」

「その必要はない」

「は？」

「南極へは向かわない。我々が目指すのは北だ。戦場は、ヨーロッパにある」

Ⅱ　真実と嘘、そして裏切り者たち

33

アンゴラ沖――イマリ艦隊

ドリアンはヨハンナの裸の背に指を滑らせ、ヒップを通って脚をなぞった。美しい。神々しいほどの美しさだ。

指を離すと、彼女が小さく身じろぎし、やがて頭をもたげて目にかかる金色の髪を払った。「私、いびきをかいてなかった?」彼女が恥ずかしそうに言った。

ドリアンは彼女の発音が好きだった。たぶんオランダ訛《なま》りだろう。先祖は南アフリカに入植したオランダ系移民だろうか？　だが、そんな質問を口にすれば個人的な関心があることを悟られてしまう。弱みを見せることになるのだ。ドリアンは自分に言い聞かせようとした。彼女は退屈で浅はかな女だ。とりたてて興味などないし、この程度の女はおれの艦隊にいくらでもいる。それでも……彼女には何かを感じていた。ことばを交わすうちに惹かれた、などという話ではない。彼女がドリアンの船室ですることといえば、裸で横たわり、古いゴシップ雑誌を読んだりうたた寝したり、ドリアンを悦ばせたりするだけなのだ。

寝返りを打って彼女から離れた。「いびきをかく女なら、ここにはいない」

彼女が口調を変えた。「ねえ、もしかして……」

「おれがセックスしたいときは、はっきり態度で示す」

その台詞を待っていたかのように、船室のスティールのドアが静かにノックされた。

「入れ」ドリアンは大声で応じた。

ドアがカチリと開き、コスタが入ってきた。彼はベッドにいるドリアンと女をひと目見るなり回れ右をし、ドアを出ようとした。

「おい、コスタ、おまえは裸の人間を見たことがないのか？　いいから入れ。何の用だ？」

「スペイン人捕虜への放送ですが、あと一時間ほどで準備が整います」コスタは相変わらず顔を背けたまま言った。「通信班が、スピーチの要点について説明しておきたいそうです」

ドリアンが立ち上がってパンツをはくと、女も跳ね起きて彼のセーターを探した。彼女がにっこり笑ってそれを差し出した。ドリアンは目を合わさず、セーターをデスクの前の椅子に放った。

「おれのスピーチの要点はおれが考える、コスタ。時間になったら呼びにこい」

こちらの注意を惹こうと、ヨハンナがベッドで寝返りを打っているのが聞こえた。ドリアンはそれを無視した。集中しなくては。説得力のあることばを見つけなければならない。今回の演説は重要な意味をもっている——今後のヨーロッパへの攻め方も、その後のすべてに関しても、この演説が方針を決定づけるからだ。

生き残るため、自分個人のため、というだけではない動機付けが必要だった。イマリに加わるということが、もっと重要な……世界を変える動きに加わることだ、と思わせなければならないだろう。これは独立宣言であり、新たな始まりなのだ。オーキッドからの解放であり……あとは何だ？　いまのスペイン人の思想的傾向は？　問題意識は？　彼らにとって、アトランティス病にも勝る〝病〟とは何なのか。世間は何に反応するだろう。

ドリアンはペンを走らせた。

〈疫病〉＝グローバル資本主義。ブレーキのきかない適者生存の理論。あらゆる国家に侵入し、弱者を切り捨て、強者のみを選び取る。

〈オーキッド〉＝中央銀行の景気刺激策。簡単にカネをばらまくが、根本的な解決にはならない偽りの処方箋。症状を抑え込むだけで、いたずらに苦しみを長引かせる。

〈現在の疫病の流行〉＝新たな世界金融危機。制御できず、解決することも後戻りすることもできない、必然の結果。

うまくいきそうだ。だが、論調はもう少し和らげたほうがいいかもしれない。アレスの言うとおりだ、とドリアンは思った。この疫病は、人類を作り直す究極のチャンスなのだ。階級も衝突もない、ひとつにまとまった人間社会。ひとつの軍隊として、共通のゴール――安全――のために力を合わせる。

ヨハンナがシーツを払いのけ、見事な肢体をさらした。「考えを改めたわ」

考えを改めた？　ドリアンにとって、彼女が何か考えていたということ自体が驚きだった。おまけに、その〝考え〟とやらを考え直したという。何を言いだすか想像してみた。おおかたいつものように、ドリアンが聞いたこともない〝スター〟の破局話か何かを語りだすのだろう。あるいは、〝このドレスは私に似合うかしら？〟とでも言うのかもしれない。まるでその写真のドレスがこの船の売店でも買えるかのような口ぶりで。

「興味深いな……」つぶやくように答えると、ドリアンは仕事を再開した。

「気づいたのよ。私は、ごろごろしたりお酒を飲んだり、私を抱いたりしてばかりいるあなたのほうが好きだって」

ドリアンはため息をつき、ペンを置いた。スピーチのほうは待ってくれるだろう。

34

スペイン　マルベーリャ――イマリの仕分けキャンプ

ケイトは列に並びながらキャンプを見渡し、何とか逃げられないものかと思案していた。オーキッド管轄区は無残に焼け落ち、疫病以前は五つ星のビーチ・リゾートだったという事実はおろか、昨日マーティンに見せてもらったときは避難キャンプだったということさえ疑わしくなるような有り様だった。監視塔や駐車場ではまだ火がくすぶっており、立ちのぼる細い黒煙が一匹のヘビのように白い高層ホテルに絡みついている。赤やオレンジに燃える夕陽が地中海に沈みかけていた。そしてその海の方向へ、ケイトたちの行列が死を待つ羊のように静かに行進しているのだった。

イマリの兵士たちは、マーティンが予言したとおりの行動をとった。全員を仕分けするのだ。病人が送られるのはいちばん手前のホテルで、そこでは銃や牛追い棒を手にした警備兵たちが彼らを入口へと追い立てていた。彼らをどうするつもりなのだろう？　放置して死なせるのだろうか。オーキッドがなければ、彼らは三日以内に死んでしまうはずだった。マーティンもこの集団のどこかにいるのだろう。捕まってから、一度も彼を見かけていない。ケイトは群衆のなかにマーティンの姿を探した。

「前へ進め！」兵士が叫んだ。

マーティンはすでにホテルに入れられてしまったのかもしれない。それとも、ケイトよりうしろに並んでいるのか。病人が収容されているホテルから目を逸らすことができなかった。数日経って、死者で溢れたらどうするつもりだろう？　マルベーリャから撤退するときは？　ケイトの頭に、爆破されて足元から崩れ落ちていくホテルの姿が浮かんだ。どうにかしてマーティンを助け出さなければ。どうにかして――。

「さっさと進め！」

誰かに腕を摑まれて前へ引きずられた。べつの男がケイトの喉を摑み、リンパ節を探った。彼が左側へケイトを放ると、もうひとりの男――兵士ではなく、たぶん医者だ――が口に長い綿棒を入れてきて頰の内側をこすった。そして、その綿棒をバーコードがついたプラスティックの管に入れた。管は、ずらりと並んだほかの管とともに何かの装置にかけられるようだった。これはDNAのサンプルだ。彼らは生存者《サヴァイヴァー》のゲノムを解読しているのだ。髪を染めたし、トンネルであちこち汚れたおかげで、正体に気づかれることはないだろうと楽観していた――二十四時間まえとはまるで別人になっているからだ。だが、もし彼らがすでにケイトのDNAサンプルをもっていて、それと今回のものが一致すれば、もはや誤魔化しはきかない。

そのとき、反対側にいた警備兵がケイトの手首を掴み、円い穴がある装置に手を入れさせた。手首に鋭い痛みを感じたが、声を上げる間もなくその作業は終わっていた。と、今度は背中を突き飛ばされ、待ち受けていた警備兵がケイトの全身に棒状のスキャナーをかざしはじめた。

「陰性」そう言うと、彼は検査員や装置類とは逆の方向にいる集団にケイトを押し込んだ。

どうしていいかわからず、ケイトはしばし立ち尽くしていた。人垣がわずかに動き、見覚えのある二つの顔を発見した。トンネルでケイトたちを罠へ追い込んだ男女――ケイトとマーティンの捕獲に協力した、イマリの忠実なる僕《しもべ》だ。

ずんぐりとした中年の白人男性が近づいてきた。まるで日に焼けていない、やけに青白い肌をしている。「大丈夫だ。もう終わったんだよ！」彼は、緊張と興奮がないまぜになったような声で言った。「きみは生存者《サヴァイヴァー》だろ。ぼくたちは助かったんだ」

ケイトは検査員たちを振り返り、それから自分の手首にある、赤いみみず腫れに囲まれた黒いバーコードを見下ろした。

「どうしてわかったの――」

「きみが生存者《サヴァイヴァー》だってことがかい？　きみにはオーキッドＩＤが――チップが埋め込まれてなかったからだよ」

チップ？　マーティンはチップのことなど何も言っていなかった。

興奮状態の男はケイトの戸惑いを感じ取ったようだった。「移植チップのことを知らないのかい？」

「私はずっと……ひとりだったから」

「何だって？　ひょっとすると、きみはここに観光でやって来て、疫病騒ぎが起きてからはずっと隠れてたロじゃないか？　実は、かく言うぼくもそうなんだ！」

ケイトはゆっくりと頷いた。「ええ、そんなところよ」

「こいつはびっくりだな！　どこから説明しようか？　つまりだね、チップを埋められてない人は一度も捕まったことがないわけで、強制的な治療も受けてないってことなんだ。聞いたらきみも驚くぞ。流行が起きたあと、スペイン政府は戒厳令を出してね。何もかも国のものにして、みんなを――生きている者全員を――ばかでかい強制収容所に閉じ込めたんだ。そして、全員に薬を呑ませた。オーキッドといって、病気の進行を遅らせるだけの、完全な治療にはならない薬だよ。連中は収容者全員にチップも埋め込んだ。バイオ技術を使ってるとかで、体内のアミノ酸か何かから治療薬を合成する装置だそうだ。少なくとも連中はそう説明したらしい。本当かどうかわかったもんじゃないがね。でも、きみにはチップはない。間違いなく生存者《サヴァイヴァー》だということさ。これでもう安心だよ。イマリがマルベーリャを解放してくれたからね。噂では、スペイン南部全域でここと同じことが起きてるらしい。彼らが収容所を片付けて、普通の世界を取り戻してくれるんだ」

　ケイトはあたりを見まわした。改めて見ると、人々は二つのグループに分かれていた。ケイトのいる集団のほうがだいぶ小さい――生存者《サヴァイヴァー》と確定した者のグループだ。もう一方の集団は大きかった。おそらく、オーキッド管轄区で暮らしていた、感染症状が見られない者たちだろう。DNAサンプル、バーコード……。だんだん事態が呑み込めてきた。イマリは人々を仕分けしながら公然と臨床検査をし、アトランティス遺伝子を操る内在性レトロウイルスを突き止めようとしているのだ。サンプルの数を増やすこと、それが彼らの本当の狙いだろう。解放はただの口実で、おまけに付いてきたものだ。それとも、ほかにまだ目的があるのだろうか？

　マーティンのことばが蘇った。〝忠誠を誓うと約束してくれ〟だが、もう誓う気はなかった。彼らが何をしたか、そして、何をしているかわかったからだ。誓いを立てたところで、いったいどんな利点があるというのか。彼らは遅かれ早かれケイトの正体に気づくだろう。それを遅らせる術はない。それに、マーティンを救う道が開けるとも思えない。選択を迫られたら、死を選ぶほうがましだ。少なくとも、偽りの誓いを立てたり、敵に屈したりしないで死ねる。

ケイトの背後で巨大なスクリーンが明るくなった。継ぎ合わせた白いシーツを垂らし、ドライヴイン・シアターのような屋外スクリーンを仕立てたようだ。スクリーンに映っているのは、金属の隔壁を背にした飾り気のない木のデスクだった。艦長か何かのデスクだろうか？　男がカメラの前を通り過ぎ、こちらに向き直ってデスクに着いた。背筋がまっすぐに伸び、顔は仮面のように冷たく固まっている。

ケイトはからだが硬直するのを感じた。口がカラカラに渇いていく。

「私はドリアン・スローンです」

その声が次第に遠くなっていき、ケイトの頭はただひとつのことしか考えられなくなった。〝ドリアンが生きているなら、デヴィッドは死んでいる〟その証拠が目の前にあった。高さ三メートル、幅六メートルのスクリーンのなかから、感情のない目で怯えた群衆を見下ろしている。〝ドリアンが生きているなら、デヴィッドは死んでいる〟たしかな事実を突きつけられたいま、ケイトは自分がどれほど希望を抱いていたかを知った。涙が溢れてきたが、まばたきでそれを散らした。深く息を吸い、目元を拭いたい衝動を抑え込んだ。まわりには涙を拭く者の姿があったが、彼らが泣いているのはまったく違う理由からだった。あちらこちらで拍手が鳴り、抱擁が交わされ、歓声が上がっている。もっとも、なかにはケイトと同じように険しい表情の者もいたし、大半は黙ってうつむくかスクリーンから目を背けているだけだったが。歓声と重苦しい視線が入り交じるなか、ひとりドリアンだけがすべてを無視して喋りつづけている。

「私は解放者でも救済者でもないし、みなさんの指導者でもありません。私はただの人間であり、生き残りたい、できるだけ多くの命を救いたい、と願っているひとりの男にすぎないのです。ただ、私は人とは違う立場にいます。イマリ・インターナショナルの議長として、人的・物的資源を管理し、世界に貢献できるよう努めています。イマリは数多くの組織を有しています。警備部門、私設情報機関、天然資源部門、通信会社、輸送組織。そして何より、最先端技術をもつ世界規模の研究・開発グループを擁しています。つまり、我々はこの苦難のときにあって、人々を助け得る立場にいるということです。もっとも、我々の資源にも限りはあります。その意味では、我々が戦えるのは勝てる戦いだけだと言えるでしょう。しかし、我々はその戦いからけっして逃げません。人間としての責任を放棄するつもりもありません。我々は救える命を救います。ご自分の境遇を考えてみて下さい。各国政府があなたたちをどう扱っているかを。

我々はいま、人類の進化の歴史上、類を見ない脅威に直面しています。いまが歴史の転換点であり、大洪水のときなのです。そして、この新たな世界を生き延びられない人々の血に腰まで浸かっています。各国政府はあなたたちに鎖をかけ、大洪水を泳ぐことのできない人々に繋ぎとめてきました。溺れるあなたたちを見殺しにしようとしています。しかし、我々は救命ボートから手を差し伸べ、前へ進む道を提供したいと考えています。選択肢を提供するということです。イマリ・インターナショナルには、やるべきことをやる勇気があります。救える命を救い、救えない命には平穏な終焉を約束します。これこそが、私が今日ここでみなさんに提供したいものなのです――命と、生存者《サヴァイヴァー》で築き上げる新たな世界。見返りは何ひとつ求めません。望むのは、新世界を築くための忠誠と協力だけです。我々はあらゆる協力を必要としています。健康な肉体をもつ人々、そのすべての力が必要になるでしょう。本当の闘いはこれからだからです。そして、その大変動のときに自分たちの務めを果たすこと、それこそが我々のただひとつの願いなのです。さて、ここでみなさんにお訊きします。我々に協力してもらえるか、それとも断わるか。もし断わったとしても、みなさんを傷つけるつもりはありません。自分が納得できる答えを探せるよう、我々とは意見が異なる人々のもとへ送り届けます。我々は血を望んでいません。世界はもう充分に血を流しているのですから。

我々に反対する人々は、我々が帝国を築いていると言います。彼らが様々なデマを広めるのは、何としても自分たちの権力を手放したくないからです。彼らがその権力で何をしてきたか、考えてみて下さい。彼らは、国々が二つの階層に分断された世界を築きました

――開発途上国と先進国です。そして、開発途上国であれ先進国であれ、あらゆる国の国民に資本主義を押しつけ、経済的な価値によって我々を選別しました。人が社会でどんな位置を占めるかは、その者が毎日どれだけ金銭的な価値のあるものを作り出せるかで決まるようになったのです。彼らは長いあいだ経済的な基準によって我々を分類してきましたが、この疫病も、たんに生物学的な基準によって同じことをしているだけだと言えるのではないでしょうか。

イマリ・インターナショナルが出した答えはシンプルです。全員が力を合わせ、ひとつの人民によるひとつの世界を築くのです。もしあなたが旧式の世界を好み、オーキッドを選ぶなら、強制収容所に留まることもできます。生きるか死ぬかもわからぬまま、けっして完成することのない治療薬を待ってもかまいません。しかし、生を選ぶこともできます。公平な世界を、新たな時代を築くチャンスを手に入れることも可能なのです。さあ、選択して下さい。イマリの答えに賛成できないという人は、その場に残って頂いてけっこうです。ですが、もし我々に協力し、救える命を救いたいと思うなら、前へ出てきて下さい。イマリ・インターナショナルの記章がある者たちのところへ行って下さい。デスクで待つ彼らが話を聞き、あなたのどんなスキルが役に立つか、仲間である人類を助けるために何ができそうかをともに考えます」

ケイトのまわりで、群衆が一斉に散りはじめた。その場に残っているのは十人に一人ぐらいで、もっと少ないかもしれなかった。

認めたくはないが、ドリアンの演説は、彼の真の姿を知らない者にとってはかなりの説得力があっただろう。彼は口がうまい。それはケイト自身が嫌というほど知っていた。その場に立ってイマリの兵士に群がる人々を眺めていると、様々な思いが胸に湧き上がってきた。ケイトの父親、彼はイマリによる大虐殺を止めるために死んだ。ケイトの母親、彼女はイマリが解き放った疫病によって命を落とした。デヴィッド、彼はドリアンの手で殺された。そしていま、ケイトの養父であるマーティンも次の犠牲者になろうとしている。マーティンは数々のつらい選択をし、たくさんの犠牲を払ってきた——そのほとんどがケイトを思ってのことであり、ケイトの身を護るためだった。ずいぶん長いあいだケイトを護ろうとがんばってきてくれたのだ。

マーティンを見捨てることなどできない。何があってもそんな真似はしない。そして、私の手で彼の研究を完成させるのだ。

背中のバックパックに触れた。このなかに治療法を見つける鍵があるのだろうか？

一歩前へ出た。そして、もう一歩。駆け引きしてやる——必要なら、いつまでだって。それはケイトの父親もしたことだった。もっとも、彼は途中で背を向けてしまい、その結果ジブラルタルの坑道に閉じ込められた。自分はぜったいにくじけたりしない。

テーブルの前で刻々とその数を増やし、興奮した様子で騒いでいる群衆のなかに紛れ込んだ。「やっぱり来たね」

振り返ると、先ほど話しかけてきた中年の男だった。「こんにちは」ケイトは言った。「ごめんなさい。さっきはちょっと無愛想だったかもしれないわね。その……あなたと同じ立場なのかどうか、わからなかったから。でも、私も生存者《サヴァイヴァー》だってことがはっきりしたわ」

35

モロッコ北部――セウタの郊外

真っ暗な夜の闇を照らすのは防衛境界線に並ぶ照明ぐらいで、前方に広がる巨大な軍用基地も、デヴィッドの目にはときどきその一部がちらりと見えるだけだった。

基地の周辺の景色も、これまた謎めいていた。三台のジープが疾走しているのは、ぱっと見は溶岩が流れて固まった跡としか思えないような場所だった。でこぼこと波打つ地面は黒く焦げ、そこかしこで煙が立ちのぼっている。だが、あたりに漂う臭いはデヴィッドの最悪の予想が当たっていると告げていた。イマリはこの地区の周囲に溝を掘り、それから火を放って焼け落ちた街を平らにならしたのだ——敵が基地を襲撃するためには、その見通しのいい場所を通過せねばならないように。賢い。過激で残忍だが、賢いやり方だ。

その光景を目にして思い出したことがあった。大学の講義だ。つかの間、デヴィッドの心はコロンビアへと戻っていた。世界が変わってしまうまえの日々、世界が文字通り崩れ落ちてくるまえのあのころに。教授の太い声が大講義室に響いている。

「東ローマ皇帝ユスティニアヌス一世は、死体を焼くよう命じたんだ。六世紀半ばのことさ。西ローマ帝国は、ゴート族にローマを略奪されるなどしてすでに滅んでいた時代だ。このころ東ローマ帝国は、現在のイスタンブールであるコンスタンティノープルを中心に、文明世界において強大な力を誇っていた。地上最大規模の帝国と言っていいだろう。ペルシアや地中海沿岸のみならず、軍を送り込めるあらゆる土地に影響力をもっていた。だが、五四一年に発生した疫病がすべてを変えてしまった。かつて——あるいはそれ以後も——世界が経験したことのないようなペストの大流行が起きたのだ。市内の通りは死体が流す血で赤く染まった。

あまりに死体が増えたので、ユスティニアヌス帝はそれを海に捨てるよう命じた。しかし、それでも追いつかなかった。ローマ人は市壁のすぐ外に巨大な共同墓地を掘った。ひとつの墓地に七万体が入る巨大さだ。死体を焼く火は数日間燃えつづけたという」

〝歴史は繰り返す〟デヴィッドは心のなかでつぶやいた。もしセウタでこうしたことが起きたのだとすれば、世界のほかの場所はいったいどうなっているのだろう？　トバ計画によって疫病が解き放たれ——この十年間、懸命に阻止しようとしてきた結末が現実のものになってしまった。自分は失敗したのだ。どれだけの人が命を落としたのだろう？　しかし、気づけばデヴィッドの頭にあるのはたったひとりのことだけだった。ケイト。ジブラルタルで無事に脱出したのだろうか？　だとしたら、いまどこにいる？　スペイン南部か、それともこのモロッコか。ケイトを見つけるのは、干し草の山から針を探し出すようなものかもしれない。だが、もし前方に迫ってきたあの巨大な獣の腹から生きて出られたら、干し草を焼き払ってでも彼女を見つけ出すつもりだった。いまは突破口が開けるのを、脱出する機会が訪れるのを待つしかない。ジープの後部座席から、デヴィッドは焦土と化した街がうしろに去るのを見届けた。

車隊がスピードを落とし、例の巨大な壁の中央に設けられた鋼鉄のゲートに近づいた。両脇に黒い旗が垂れている。ジープを通すためにゲートが開くと、一陣の風が吹いて旗を翻らせた——「Ⅱ」イマリ・インターナショナル。天に向かってそびえる白い壁は、十メートル近い高さがありそうで、至る所に細長い黒い焦げ跡が走っていた。明らかに、あの馬上の敵に攻撃されてできた跡だろう。黒い縞模様がある壁とゲートは、どこかシマウマのようでもあり、車隊を呑み込もうと口を開けているように見えた。二本の旗は風に驚いてぱたぱた動く耳というところだろうか。いよいよ獣の腹に入る、壁の下を通りながらそう思った。背後ですぐにゲートが閉じた。

　山中で拘束されたとき、八人の兵士はデヴィッドの両手を縛ってベルトに結びつけた。デヴィッドも抵抗せずに黙ってジープの後部座席に乗り込んだ。そして、激しい揺れに耐えつつ、ときに残酷な光景を目にしながら山からここまで移動してきたのだった。途中、逃走するシナリオもいくつか思い描いてみたが、どれも結局はジープから跳び降りるしかなく、全身の骨を折って戦意を喪失するという結末で終わっていた。

　そしていま、デヴィッドは座席で身をくねらせて左右に顔を向け、脱出ルートはないかと基地の内部を見まわしていた。壁沿いに点々と並ぶ監視塔には、イマリの兵士たちが次々と補給物資を運んでいた。その規模にデヴィッドは唖然とさせられた。いったい何人の兵がいるのだろう？　少なく見ても数千人の兵士が、内陸側の壁の周囲で動きまわっている。当然ながら、海沿いにある壁にも兵は配備されているはずだった。壁をくぐり抜け、監視塔と道幅の広い補給路を通り過ぎると、道に沿って家並みが広がりはじめた。大半は無人のようだが、ときおり家から出たり入ったりする兵士の姿も見受けられた。

　道の両側に、土を掘り起こした畝《うね》が三本ほど走っていた。そこに六メートルぐらいの間隔で、短く切った電信柱のような木の柱が並んでいた。それぞれの柱には、何やらごつごつと膨らんだ袋が二つ、一、二メートルほど間をあけてぶら下がっている。一見しただけでは、大きなハチの巣ができているようにも見えた。

前方にもう一枚、空高くそびえる白塗りの壁が現われた。外側の壁とそっくりなその姿を目にし、デヴィッドはようやくこの場所の意味を悟った。ここは〝殺戮ゾーン〟なのだ。万が一敵が外壁を突破したときは、この場所で挟み撃ちにして皆殺しにしようというのだろう。砂利道に沿って続くこの畝には、地雷が埋まっているにちがいない。それに、柱に吊るされたあの袋には、おそらく使用済みの薬莢やくず鉄、釘といったものがたっぷり詰め込まれているはずだ。地雷の爆発で袋も炸裂した瞬間、ここに閉じ込められた者が穴だらけになるように。

ここは古くから要塞があった土地だが、この基地には、ほかにもいろいろと現代技術が導入されているようだった。どの監視塔にも特大の銃がある。デヴィッドには見覚えのないモデルだった。新型の銃器だろうか？　屋根を取り外された家がたくさんあるところを見ると、内部には対空砲も隠されていると思われた。油圧式の昇降台に載せておき、敵機が飛来したらすぐに上昇させて撃ち落とすのだ。もっとも、あの騎馬隊が飛行機をもっているかどうかは甚だ疑問だが。

兵士たちがまた無線に話しかけると、内側の壁のゲートが開いた。こちらの壁は外側のものほど焦げていなかったが、それでも数本は、例のシマウマの縞が壁面の天辺から足元まで走っていた。その壁をくぐり抜けながら、デヴィッドは脱出できる可能性がどんどん低くなるのを感じていた。〝そばにいる警備兵を倒して走る〟などというやり方は、ここではまるで通用しないだろう。頭を使わなければならない。

内壁のなかは、通りに沿って家や店が軒を連ねており、地雷や即席爆弾の姿はなかった。どことなく古代の村を連想させる眺めだ。ここにも兵士はいたが、それと同じぐらい私服の者も見受けられた。きっとここが基地の主要居住区域なのだろう。

家並みを二列ほど越えると、またしても壁が立ちはだかった。今度のものは石造りで、かなり古びている。またゲートが開いた。どうやらこの都市は、人形がいくつも入れ子になったロシアのマトリョーシカ人形のような造りをしているらしい。

このセウタも、おそらく地中海沿岸のほかの村落と同じような発展過程を辿ったのだろう。数千年まえにここに人間が住みついたときは、海岸に小さな集落があるにすぎなかったはずだ。集落は交易の拠点として栄えた。すると、多くの人間が移り住んでくるようになり、あまり勤勉でない不心得者も集まるようになった。海賊や盗人だ。そして、交易も犯罪も活発になった結果、ひとつめの市壁が建てられ、それからは都市が大きくなるたびに新住民を護るべく外壁が増やされていったのだろう。

ここの建物はどれもかなり古そうで、私服姿の者はひとりも見当たらなかった。いるのは兵士ばかりで、武器や弾薬や、その他の備品の山がどこまでも連なっている。イマリは戦争の準備を進めているのだ。そして、ここは重要な出動拠点なのだろう。それに、この基地の本塁でもある。自分はここで取り調べを受けることになるはずだ。

デヴィッドはジープに同乗している隣の兵士に顔を向けた。「伍長、おまえは命令に従っているだけだろうが、いますぐおれを解放したほうがいい。おまえは重大な過ちを犯そうとしている。すぐに私をゲートの外まで送るんだ。いまなら誰にもばれないし、秘密作戦を邪魔した罪でおまえが軍法会議にかけられることもない」

若い男はデヴィッドに目を向け、一瞬ためらってから急いで視線を逸らした。「それはできません、中佐。壁の外にいる者は誰であろうと拘束するか殺すのが規則です」

「伍長――」

「すでに報告も入れてあるのです。とにかく少佐と話して頂かねばなりません」彼が顔を背けた。ちょうど車はジープがたくさん並んでいる前庭へ入ったところだった。車隊が停まり、兵士たちがデヴィッドを引っぱり降ろして建物のなかへ連れていった。そして、いくつか廊下を抜け、太い鉄格子と小さな高窓しかない監房のなかへ彼を入れた。

デヴィッドは監房のなかでじっと立って待っていた。両手はベルトに結びつけられたままだった。しばらくすると、石の床を進む大きな足音がし、続いてひとりの兵士が現われた。シワひとつない黒い軍服の肩に、シルバーの一本線が入っている。中尉の階級章だ。彼はデヴィッドにからだの側面を見せていたが、鉄格子と一定の距離を保っていた。ジープの伍長とは違い、彼の口調に気後れした様子はなかった。「名前を」

デヴィッドは彼の方へ足を踏み出した。「ひょっとして、〝名前を教えて下さい、中佐〟と言いたいのか？」

彼がわずかにひるみ、ゆっくりと言い直した。「名前を教えて下さい、中佐」

「おまえは、このモロッコで行われている秘密作戦について知らされているか、中尉？」

中尉の視線が左右に振れた。自信が揺らいでいるのだ。「いえ……そんな通達は受けていませ──」

「なぜだと思う？」デヴィッドは縛られた両手をわずかに上げた。「答えなくていい。ただの前置きとして言ったまでだ。いいか、おまえが知らされていないのはな、これが秘密作戦だからだ。極秘なんだよ。もしここにいたことが記録に残されたら、おれの作戦は台無しになってしまう。そうなればおまえの出世のチャンスも吹き飛んで、やらせてもらえるのはイモの皮むきぐらいになるだろう。わかるな？」

デヴィッドはしばし間を置き、そのことばが若い男の頭に染み込むのを待った。ふたたび口を開いたときは、いくぶん語調を和らげていた。「いまはまだ、おれはおまえの名前を知らないし、おまえもおれの名前を知らない。幸いなことにな。いまならまだ、ただの勘違いで済むだろう。下っ端の巡視班がドジな失敗をしたというだけの話だ。おれをここから出して、ジープを一台くれれば、すべてなかったことにしてやろう」

中尉はしばらくじっと考え込んでいた。やがて彼がポケットに手を伸ばし、おそらくは鍵束を取り出そうとしたときだった。石の床を踏むブーツの音が響きはじめ、廊下にまたひとり兵士が現われた。少佐だ。その高位の将校は、何かの現場を押さえたとでもいうような目で、中尉からデヴィッドへと視線を移した。落ち着き払った感情の読めない顔をしているが、どこか面白がっているようにも見える。

少佐をひと目見るなり、中尉が背筋を伸ばして言った。「少佐、彼はジェベル・ムーサ山麓の岩場で拘束されました。名乗ることを拒否していますし、私は異動があるという連絡は受けていませんので」

デヴィッドはじっくりと少佐を観察した。やはりそうだ、見覚えがある。髪が伸びて顔も細くなったが、その目は、数年まえに見た作戦報告書の添付写真とまったく変わっていなかった。丁寧な手書きのブロック体で報告書を作成した工作員で、たったひとつの単語や文字にも徹底的にこだわるような印象だった。この少佐は、クロックタワーの工作員だったのだ——しかも、デヴィッドが参加していた秘密作戦のメンバーだ。クロックタワーが実はイマリの組織だったという事実は、最近になって知ったことだった。もしかすると、少佐もこちらのことを知っているかもしれない。だが、もし知らなければ……いや、どちらにしろ、芝居を打つ以外に助かる道はないだろう。

デヴィッドは鉄格子に近づいた。中尉があとずさって拳銃に手をかけた。少佐は一歩も動かない。彼がゆっくりとこちらに顔を向けた。

「おまえが正しい、中尉」デヴィッドは口を開いた。「おれは中佐じゃない。おまえの隣にいる男が、少佐ではないようにな」中尉が声を発するまえに先を続けた。「おまえの知らない〝少佐〟の姿を教えてやろう。二年まえのことだが、彼は重要ターゲットだったオマル・アル・クーソというテロリストを暗殺したんだ。薄暗い夕暮れどきに、二キロメートル近く離れた標的を撃ち抜いたのさ」デヴィッドは少佐に頷いてみせた。「おれがいまでも覚えているのは、作戦報告書を読んだときにこう思ったからだ。こいつはとんでもない凄腕だってな」

少佐が首を傾げ、それから肩をすくめてようやく目元の力を抜いた。「正直に言うと、あれはまぐれ当たりだったんです。現に、アル・クーソが起き上がらないことに気づいたのは次の弾を込めたあとでしたからね」

「あの……どういうことでしょうか」中尉が言った。

「間違いない。この謎めいた客人は、たったいまクロックタワーの秘密作戦の内容を口にしたんだ。つまり、彼は支局長か首席分析員だということだ。だが、首席分析員ならここにいる中佐殿ほど立派なからだつきはしてないだろう。彼を解放しろ」

監房の扉を開けてデヴィッドの手首の紐をほどくと、中尉は少佐のもとへ引き返した。

「私が彼を――」

「おまえがすべきことは、さっさと消えることだ、中尉」そう言うと、彼は背を向けて廊下を戻りはじめた。

言われるまま石の廊下を進んだ。「いっしょに来てもらえますか、中佐」自分が罠のさらに奥へと入り込んでいるのか、それとも出口に向かっているのか、デヴィッドにはわからなかった。

36

モロッコ北部――セウタのイマリ作戦基地

少佐は監房がある建物の外へとデヴィッドを連れていき、何かの囲いが並ぶ広い中庭を進んでいった。囲いのなかからごそごそと物音がした。ここで家畜を飼っているのだろうか？　正体のわからないその音は、夜の闇をさまようようにあちこちで聞こえていた。

少佐は、デヴィッドが興味を抱いていることに気づいたようだった。横目で畜舎を見ながらこう言った。「賊が渡し守を待っているんです」

どういう意味だろう。ギリシア神話に登場する〝渡し守〟は、ステュクス川やアケローン川の彼岸の冥界へと死者の霊を運ぶらしいが。だが、深く考えるのはやめておいた。もっと解明すべき謎がたくさんあるからだ。

そこからは二人とも無言で歩きつづけ、この基地の中枢部の真ん中に建つ大きな建物の中に入っていった。

デヴィッドは少佐のオフィスに素早く視線を巡らせた。あまりじろじろ見ると怪しまれるが、内心では驚きを感じていた。ばかに広いオフィスなのだ。どう見ても、この基地の司令官が使う部屋だと思われた。それに、あまりに殺風景だった。壁は白い石膏ボードが剝き出しになっているし、調度品などもごくわずかしかない——隅に掲げられたイマリの黒い旗、飾り気のない木のデスクと金属フレームの回転椅子、デスクの向かいに置かれた二脚の折り畳み椅子。

デスクの椅子に腰を落とすと、少佐は最上段の引き出しからタバコの袋を取った。すぐに一本に火を点け、マッチをもったまま視線を上げた。「タバコは？」

「疫病が流行してからやめたんだ。どうせ数週間もすれば一本も手に入らなくなると思ったからな」

少佐がマッチを振って灰皿に放った。「頭がよすぎると大変だ」

デヴィッドはデスクの前には坐らなかった。いくらか距離をあけておきたかったのだ。窓辺に行き、外を見つめながら考えを巡らせた。少佐が口を滑らせるか何かして、突破口が開けるといいのだが。

少佐が二人のあいだに煙を吐き出し、まるで、あらかじめすべての単語を吟味しているかのような慎重な口ぶりで言った。「私はアレグザンダー・ルーキンです、中佐……」

抜け目のない男だ、とデヴィッドは思った。必要最低限のことしか口にしない。けっして隙を見せないつもりだろう。何か、使える材料はないだろうか？　このオフィス。少佐クラスが、これほど大きな基地の司令官になるものだろうか？　考えにくいことだ。だが、彼より上位の将校が基地内にいる気配もない。「ここの司令官には、おれが来ることは伝わっているはずなんだが。彼と連絡をとるよう言われたんだ」

「伝わっているかもしれませんね」ルーキンがまたひとロタバコを吸った。デヴィッドは彼の態度が微妙に変わったことに気づいた。攻め方を変えてくるつもりかもしれない。

「彼はスペイン南部にいますよ。侵攻の指揮を執っているんです。ほとんど全員連れていったので、いまここにいるのは最小限の人員です。おまけに、我々の支局長のガロート中佐が二日まえに狙撃されましてね。愚かにも基地をうろつきまわっていたんです。どこぞの市長にでも選ばれた気分だったのか、基地中の監視塔をまわって握手をしてたんですよ。ベルベル人の狙撃手に一発でやられました。犯人はあの岩場から撃ったと思われます。だからあそこを巡視していたんですよ。境界線に狙撃探知装置も並べましたがね。それで、あなたはどうしてここへ来たんですか？」

なるほど。ルーキンは必要のないことまで細々《こまごま》と語り、それにつられてデヴィッドが自分の話を始めるのを待っているのだ。ぼろが出ることを期待して。「仕事で来たんだ」

はずだ」

「機密事項だ」そう言って、ルーキンの方へ向き直った。いつまでごまかせるだろう？　あと一時間もすれば偽者だとばれてしまうだろうか？　この様子では、少しでも時間を稼げれば上出来かもしれない。「問い合わせてみろ。おまえに権限があれば教えてもらえるはずだ」

「訊けないことはご存じでしょう」

「なぜ訊けないんだ？」

「あの爆発のせいですよ」ルーキンがこちらの表情をうかがった。「知らないんですか？」

「そのようだな」

「誰かがドイツのイマリ本部で、素粒子を放出する装置を爆発させたんです。いまは誰も問い合わせなどできない状況ですよ。秘密作戦の確認なんてもってのほかでしょう」

デヴィッドは不覚にも驚きを顔に出してしまった。だが、ようやく突破口が見つかったのだ。「おれは……移動中で、連絡がとれなかったからな」

「どこから来たんですか？」

ここからが正念場だろう。「ブラジルのレシフェだ」デヴィッドは答えた。

ルーキンが身を乗り出してきた。「レシフェにクロックタワーの支局はないはず――」

「立ち上げようとしているときに、例の分析員の浄化が始まったんだ。その後すぐに疫病に襲われた。脱出するだけで精いっぱいだったよ。そのときからおれは特殊任務に就いている」

「興味深い。実に興味深い作り話ですね、中佐。私が事実をお教えしましょう。もし、いますぐ自分の正体とここに来た目的を教えて頂けないなら、身元の確認がとれるまで監房に戻ってもらうしかありません。そうしないと、この私が間抜け扱いされますからね」

デヴィッドは彼を見つめた。「たしかにそうだな。作戦中は……とにかく秘密主義になる。身に染みついた習慣だ。長年クロックタワーの工作員をやってきたせいだろう」そして、ひとつめのゲートをくぐったときから準備していた話を聞かせた。「おれはこの基地の護りを強化するために来たんだ。このセウタがどれだけ重要か知ってるだろう。おれはアレックス・ウェルズだ。ドイツの本部が破壊されたのなら、特殊作戦本部の人間がおれの身元を保証してくれるだろう」

ルーキンはメモをとった。「では、それまで監視付きで兵舎にいてもらわねばなりません。よろしいですか、中佐」

「わかった」デヴィッドは心のなかでこう付け足した。〝これで時間が稼げたよ〟しかし、その時間内にここから逃げ出せるだろうか。頭にはひとつの目標しかなかった。ケイトを見つけること。そのためには情報が必要だ。「ひとつだけ……頼みがある。さっきも言ったように、おれはずっと移動していた。何か新たな情報があれば教えてくれないか。むろん、明かせるものだけでいい」

ルーキンが、ようやく緊張が解けたというように金属フレームの椅子にからだを沈めた。

「ドリアン・スローンが戻ってきたという噂を耳にしましたよ。もちろん、南極の構造物から出てきた時点で一度は拘束されたんです。しかし、彼は何かのケースをもって出てきたそうで。それを預かった間抜けどもが本部にケースを届けたところ、ビルが丸ごと吹っ飛んだんですよ。まあ、ここでも適者生存の原理が働いたというところでしょうがね」

「スローンはどうなったんだ？」

「そこが妙なんですよ。聞いた話では、彼は尋問中に警備兵ひとりを殺してサンダーズ議長の喉を食いちぎったそうです。そして、たしかに射殺されたんです――至近距離で頭に二発食らってね。彼があの構造物からふたたび出てきたのは、その一時間後です。からだは完全にもとに戻っていたそうです――記憶はすべて残った状態で。傷ひとつなかったといいますよ」

「まさか……」

「それだけじゃありません。イマリは彼の神話を作り上げようと勢い込んでいます。効果は出ていますよ。兵士たちは、いまじゃすっかり彼を崇拝していますから。世界の終末、救い主、興奮を誘うレトリック……このセウタを含め、イマリの旗が立っているあらゆる地域でささやかれています。まったく、うんざりしますよ」

「おまえは信じてないのか？」

「私が信じるのは、世界が溺れかけているという事実と、そこに浮かんでる木切れはイマリぐらいしかないということです」

「それじゃあ……せいぜい木切れが沈まないことを願おう。少佐、おれは長旅でちょっと疲れたんだが」

「わかりました」

ルーキンは兵士を二人呼び出し、デヴィッドを兵舎へ案内して常時監視するよう言いつけた。


アレグザンダー・ルーキンはタバコをもみ消し、メモした文字を見つめた。

ドアが開き、彼の副官であるカマウ大尉が入ってきた。

その長身のアフリカ人は、低く響く声でゆっくりと言った。「彼の話を信じるのですか？」

「もちろんだ。イースターにウサギが卵を運んでくるって話ぐらい、信憑性がある」ルーキンはもう一本タバコに火を点け、袋を覗いた。残り三本だ。

「何者なんですか？」

「見当もつかない。ただ者じゃないことはたしかだが。あれはプロだ。こちら側の人間かもしれないが、おそらくは連中の一味だろう」

「私が問い合わせておきましょうか?」

「そうしてくれ」ルーキンはメモを渡した。「それから、やつを厳重に見張っておけ。同盟側がすでに空から覗けたもの以外は、やつの目に触れさせないようにするんだ」

「承知しました」カマウがメモに目を落とした。「アレックス・ウェルズ中佐ですか」

ルーキンは頷いた。「偽名かどうか知らないが、どこかアーサー・ウェルズリーに似た響きだな」

「ウェルズリー?」

「ウェリントン公爵だ。ワーテルローの戦いでナポレオンを破った軍人さ。まあいい、忘れてくれ」

「彼が偽者なら、いますぐ締め上げたらどうですか? 尋問はしないのですか」

「おまえは優秀な兵士だ、カマウ。だが諜報活動には向かないな。ここで探るべきなのは、やつの背後に何があるかということだ。やつを辿ればもっと大きい魚が見つかるかもしれないし、うしろで動いている大がかりな作戦を突き止められるかもしれない。ときには雑魚を餌にすることも必要なんだ」

少佐はタバコをもみ消した。待つことは得意だった。「やつのところへ女を行かせろ。

女相手なら饒舌になるかどうか試してみよう」彼はまたタバコに目をやった。「それから、タバコをもってきてくれ」

「昨日で在庫はなくなりました」カマウはそこでことばを区切った。「ですが、ゆうベショウ中尉がカードゲームでいくらか勝ち取ったと聞いています」

「本当か？　せっかく取ったタバコを盗まれるなんて気の毒だな。潔く負けを認めないやつってのはどこにでもいるもんだ」

「やってみましょう」


デヴィッドは目をこすった。たしかなことが二つあった。ルーキン少佐は話を信じていないということと、銃ではここから脱出できないということだ。とりあえず少し休んで、それからドアの見張りを倒すことに決めた。そのあとどうするかは、まだわからない。

頭のなかの論争は、静かなノックの音で中断された。

デヴィッドは立ち上がった。「どうぞ」

明るいカラメル色の肌に黒髪を垂らした、細身の女だった。彼女は部屋に入るとすぐに背後のドアを閉めた。「ルーキン少佐からです」目を逸らしたまま、そっと言った。

たしかにかなりの美人だった。知れば知るほど、この世界には絶望させられる。

「帰っていいぞ」

「行け」語気を強めて言った。

「お願いします。あなたに追い返されたら、私が困るんです」

デヴィッドは、眠り込んだとたんに女が上に乗ってきて、喉にナイフを走らせる場面を想像した。ルーキンならやりかねない。危険を冒すわけにはいかなかった。「きみがここにいたら、おれが困ることになりそうだ。帰れ。もう二度と言わないぞ」

「お願いです――」

彼女はそれ以上何も言わずに出ていった。

またドアがノックされた。今度はもっと切迫した叩き方だった。

「言っただろう――」

ドアが開き、戸口に長身のアフリカ人の男が現われた。彼は警備兵二人に頷き、部屋へ入ってしっかりとドアを閉めた。

ひとつのフレーズがデヴィッドの頭をよぎった――ゲーム・オーバー。「カマウ」デヴィッドはささやいた。

「久しぶりだな、デヴィッド」

37

モロッコ北部――セウタのイマリ作戦基地

しばらくは、デヴィッドもカマウも口を開かなかった。ただそこに立ち、互いに見つめ合っているだけだった。

やがてデヴィッドが沈黙を破った。「おれを少佐に突き出すために来たのか？」

「違う」

「おれの正体を話したのか？」

「いや。この先も話すつもりはない」

今度はひとつの疑問が頭をよぎった――こいつはどっちの味方だ？　こちらの腹のうちは見せずに、彼の忠誠度を測る必要があった。「なぜ話さない」

「あんたが話さないからだ。それが何かはしらないが、隠しておきたい理由があるんだろう。あんたは三年まえに、アデン湾でおれの命を救ってくれた」

デヴィッドはその作戦を覚えていた。クロックタワーの数カ所の支局で合同突撃部隊を編制し、インド洋の海賊組織の解体を試みたのだ。カマウはナイロビ支局から来た工作員だった。腕利きの兵士だったが、その日はたまたま運が悪かった。彼のチームは三艘ある海賊船の二艘目に乗り込んだのだが、あっという間に敵に包囲されてしまったのだ――その船に何人の戦闘員がいるかなど、誰にも予測できるものではない。デヴィッドのチームは担当の船を制圧し、それからカマウたちの応援に向かった。駆けつけたときには、すでに大勢の隊員が命を落としていたのだった。

カマウが続けた。「あんな戦い方をするやつは初めて見た。あのあとも見たことはない。あんたの正体を隠すことで借りを返せるなら、おれは口を閉じているつもりだ。それに、もし望むならあんたに協力してもいい。もし、ここに来た目的がおれの読みどおりだとすればな」

これは口を割らせるための罠だろうか？　心のどこかでは、徐々にカマウを信用しはじめていた。もっと情報が必要だ。「おまえはなぜここに来ることになった？」

「三カ月まえに爆発で脚を負傷してな。クロックタワーから傷病休暇をもらったんで、おれはナイロビを離れることにした。家族がモロッコのタンジールにいたからだ。そこで療養しているときに、この疫病騒ぎが起きてしまった。たった数日で市内全域がやられたよ。そして、おれはここに辿り着いたんだ。おれが任じられたのは大尉だ。クロックタワーの工作員は全員、イマリ軍の階級を与えられていた。ルーキン少佐はあんたの話に一応納得したんだろう。いまはもう、北アフリカをひとりでうろつくのは危険だ。たとえ兵士でもな。だからおれはここへ避難したのさ。ほかに選択肢はなかった」

「ここはどういう場所なんだ？」

カマウが困惑した表情を浮かべた。「知らないのか？」

デヴィッドはひたと彼を見すえた。次にどう答えるかで、彼がどこまで真相を明かすかも、誰の味方なのかもわかるはずだった。「おまえの口から聞きたいんだ」

カマウが背筋を伸ばした。「悲惨な場所だ。地獄の入口さ。処理場みたいなもんだな。ここには、アフリカや地中海の島から生存者《サヴァイヴァー》が運ばれてくる。すぐにスペイン南部からも連れてこられるだろう」

「生存者《サヴァイヴァー》……」一拍遅れて気がついた。「疫病のか」

カマウが、一段と戸惑いの色を濃くしてこちらを見つめた。

「おれはしばらく……世間から隔絶されていたんだ。状況を詳しく説明してくれないか」

カマウは、地球全域に疫病が広まったことや、世界中の国々が崩壊したことを聞かせてくれた。オーキッド管轄区の設営や、イマリの基本計画についても。デヴィッドはすべてを聞き終えた。まさに悪夢のような展開だった。

「ここに生存者《サヴァイヴァー》を連れてくると言ったな」デヴィッドは口を開いた。「彼らをどうするんだ？」

「強い者と弱い者に分ける」

「弱い者はどうなる？」

「疫病船に送り返すんだ。そして、海に捨てる」

デヴィッドはテーブルに着き、そのおぞましい行為の意味を探ろうとした。いったいなぜそんな真似を？

カマウはデヴィッドの疑問を感じ取ったようだった。「イマリは軍隊を築いているんだ。史上最大規模の軍隊だよ。南極で何かを発見したという噂もある。もっとも、噂ならほかにも山ほどあるがな。ドリアン・スローンが戻ってきたとか、彼は不死身だとか。ルーキンがあんたに話したことは事実だ。昨日、ドイツのイマリ本部で爆発があったというやつさ。全面戦争になるという噂もあるが、同盟側にはまた問題が発生したらしい。何でも、彼らの魔法の薬、オーキッドが効かなくなっているようなんだ。世界中にふたたび死の波が広がりつつあると聞いたよ。人々はついに終わりが来たと信じているだろう」

デヴィッドはこめかみを揉んだ。「さっき、おれがここに来た目的を知ってるようなことを言ってたな」

カマウが頷いた。「ああ、あんたはここを潰しにきたんだろ？　違うのか？」

そのことばを耳にした瞬間、デヴィッドは決意を固めた。たとえ負けるとしても、ひたすらそこにある戦いを戦う。それが兵士ではないのか？　ほかに何ができる？　すぐにでもケイトを捜したい気持ちはあったが、ここから逃げ出すつもりもなかった。自分は戦って死ぬことになるだろう。どうやら、それがお決まりのパターンになってきているらしい。

デヴィッドはなるべく考えまいとした。チューブでの覚醒も、自分が何者になったかについても。重要なのは、いまここで何をするかだ。「そうとも。おれはここを潰しにきたんだ。おまえも協力してくれると言ったな？」

「ああ、協力する」

デヴィッドはカマウを観察した。信用すべきかどうか、いまだに決めかねていた。「なぜこれまで動かなかった？　おまえがここに来たのは……」

「二カ月まえだ」カマウがゆっくりと歩きだした。「ここへ来るまでは、おれはイマリの計画を知らなかった。クロックタワーがイマリの諜報機関だということもな。事実を知って愕然としたし、恐怖も感じたよ」

その感覚はデヴィッドも知っていた。カマウに先を続けさせた。

「おれはこのセウタに閉じ込められた。世の中はめちゃくちゃで、おれにわかるのは、生《サヴ》存者《アイヴァー》がここへ来れば避難場所が得られるということだけだった。当時は知らなかったのさ……生き延びるために悪魔と取引することになるなんて。おれの力では、この基地を攻めることなどとうてい無理だった。仕方なかったんだ。何しろ、おとといまではここに十万人近いイマリ兵が駐屯していたんだからな」

「いまは何人いる？」

「六千人というところだ」

「いっしょに戦ってくれそうなやつは？」

「多くはないな。おれが命を預けてもいいと思えるやつは、一ダースもいない。それに、向こうにも命をかけてくれと頼むことになる」

一ダースで六千人を相手にする。ひいき目に見ても、負ける可能性しかなかった。何か戦略を練らなければ。力のバランスを変える、てこの支柱になるものが必要だ。

「何が必要だ、デヴィッド？」

「とりあえずは、睡眠だ。ルーキンの動きを押さえて、おれの正体に気づくのを遅らせることは可能か？」

「ああ、だが長くは無理だ」

「よろしく頼む。午前六時にまた来てくれ、大尉」

カマウは頷いて出ていった。

デヴィッドはベッドに入った。チューブを出てから初めて、地に足がついたような、確かな自信を感じていた。理由はわかっていた。いまは目標ができたからだ。達成すべき任務があり、倒すべき敵がいる。それだけで気持ちが落ち着いた。眠りは、すぐに訪れた。

38

スペイン　マルベーリャ――イマリの仕分けキャンプ

イマリの兵士はケイトや誓いを立てたほかの生存者《サヴァイヴァー》を白い高層ホテルへ連れていき、二人にひと部屋を割り当てた。日はとうに沈んでいたが、ケイトは部屋のガラス戸から外を覗いた。昨日見かけた、窓の外を見つめるオーキッドの住民とまったく同じように。

地中海にはただのひとつも明かりがなかった。こんなに暗い海を目にしたのは初めてだ。唯一見えるのは、対岸のモロッコ北部の街でかすかにきらめく小さな光だった。

「あなたはそっちのベッドを使う？」ルームメイトが訊いた。彼女はケイトに近いほうの、窓際のベッドを指していた。

「ええ」

ルームメイトはもう一方のダブルベッドに荷物を置き、室内のあちこちをあさりはじめた――いったい何を探しているのか、見当もつかなかったが。

荷物を開けて何か役に立つものがないか確かめたかったが、体力も気力もすでに使い果たしていた。

バックパックをベッドカバーの下に押し込むと、ケイトもなかへ潜り込み、そのまま眠気に身を任せた。

そこが南極の構造物でないことはすぐにわかった。どちらかというと、地中海沿岸の都市にあるヴィラといった印象だ。たぶん、マルベーリャのオールド・タウンだろう。大理石の廊下の先に、アーチ形をした木のドアがあった。あのドアを開けたら何か重大なことが起きる、何かを知ることになる。ケイトはそう感じていた。

一歩足を踏み出した。

右側には二つのドアがあった。近いほうのドアから物音がしている。

「誰かいるの？」

物音がやんだ。

ドアに近づき、ゆっくりとそれを押し開けた。

デヴィッド。

彼は、シーツが乱れたキングサイズのベッドの端に腰かけていた。上半身は裸で、背中を丸めて黒いロングブーツの紐をほどいている。「やっぱりきみか」

「あなた……生きていたのね」

「どうやら、最近のおれはなかなか死なないらしいんだ」彼が顔を上げた。「ちょっと待て。きみは、二度とおれに会えないと思っていたんだな。おれのことを諦めていたのか」

ケイトはドアを閉めた。「私は、愛する人のことを諦めたりしないわ」

ケイトは異様な感覚で目を覚ました。本当にそこにいたかのように、夢のすべてをはっきりと思い出せる。デヴィッド。生きているのだろうか？　それとも、自分の心が希望をもちたがっているだけなのか。気持ちを切り替えなければ。マーティン。脱出。いま優先すべきことはそれだ。

朝日の最初の光が室内にじわじわと入り込んでいた。ルームメイトはもう起きているようだ。

バックパックを開けて調べはじめた。手帳をめくり、最初のページを開いた。

マーティンがケイトへのメッセージを書き込んでいた。

最愛のケイトへ

おまえがこれを読んでいるなら、私たちは捕まったということだろう。この四十日のあいだ、私がいちばん恐れていたことだ。四度ほどおまえを脱出させようとしたが、ついに間に合わなかった。治験中に亡くなった三十人の患者、そのひとりひとりが治療法を見つける手がかりになってくれることを願っていた。しかし、もう時間切れだ。おまえの父親が行方不明になった八七年の五月二十九日からずっと、私は起きている時間のすべてをおまえを護ることに費やしてきた。私が失敗したことは、もはや否定のしようもない。

私の最後の願いを聞いてほしい。自分の身を護り、私のことは放っておけ。それだけが私の望みだ。

おまえがいまのような女性に育ったことを誇りに思っている。

マーティン

ケイトは手帳を閉じ、また開いてメッセージを読み返した。マーティンが伝えたいことははっきりしていた。胸がつまる思いだった。だが、ほかにもまだ何かあった。バックパックから鉛筆を出し、数字にまるをつけていった。並べるとこうなった。

404308７529

これは電話番号だ。ケイトはからだを起こした。

「何をしてるの?」ルームメイトが訊いた。

考え事に夢中になっていたせいで、気づくのが遅れてしまった。「ああ……ええと……

クロスワードパズルよ」

急に興味が湧いたらしく、ルームメイトが本を置いてこちらにからだを向けた。「終わったら貸してもらえる？」

ケイトは肩をすくめた。「悪いわね、書き込んじゃったのよ」

彼女はむっとした顔でベッドから起き上がり、無言のまま足音を荒くしてバスルームに入っていった。ロックがかかる音がした。

荷物から衛星電話を探し出し、番号を押した。

呼び出し音が一度鳴ってからカチリと音がし、すぐに声が聞こえはじめた。どうやら録音された音声のようだ。女性の声で、アメリカ人の発音だった。

「こちらは〈コンティニュイティ〉。状況は以下のとおり。記録日時、疫病発生後七十九日目、アトランタ時間午後十時十五分。治験番号四九八、被験者死亡」

治験番号四九八。自分が最後に行った治験は何番だったろう？　マリア・ロメロが亡くなった治験。マーティンが血液サンプルを取りにきて、そのデータを魔法瓶のような筒に入れてアップロードした。たしか、四九三番では？　明らかにことは違う場所で、あれ以降も五回の治験が行われたということだ。

「通信ネットワークは現在ダウンしています。オペレーターに繋ぐ場合はゼロを押して下さい」そこでいったん音声が切れ、声が変わった。「〈コンティニュイティ〉。ウンザレ・

ズィトゥアツィオーン・イスト――」

ドイツ語で同じメッセージが流れはじめたので、ゼロを押した。バスルームでごそごそと物音がした。

もしルームメイトに衛星電話を見られたら、すぐに報告されて取り調べを受けることになるだろう。イマリ兵からはホテルでの〝遵守事項〟を説明されていた。〝メンバー〟は全員、武器や電子機器を提出しなければならないのだ。ただ、所持品検査はされなかった。それもイマリの洗脳手法なのだろう。囚人ではなく、あくまで自発的なメンバーとして扱っている、という印象を与えたいのだ。強制的な検査などすれば、あっという間に化けの皮が剝がれてしまう。とはいえイマリは、もし少しでも楯突くようなら厳しい結果が待っている、ということも明言していた。何か不審なもの――光るものや尖ったもの、スウィッチがあるものならどんなものでも――を所持していたら、直ちにほかのホテルへ入れられるのだ。誓いを立てなかった者たちといっしょに。

ケイトは、バスルームを出たルームメイトにすぐに見られることがないよう、枕の背後に電話機を差し入れた。そして自分の頭を下げ、顔半分が枕で隠れるような格好で電話機に耳を寄せた。

女性が応答し、口早に言った。「アクセスコードを」

その意味を理解するまで、一秒ほどかかった。

ない。

「私は……」

「アクセスコードをどうぞ」

「知らないんです」ケイトはドアから目を離さずにささやいた。

「お名前を」女性の声にかすかに困惑の響きが混じった。いや、怪しんでいるのかもしれない。

「私は……マーティン・グレイと働いている者です」

「では、彼を電話に」

一瞬、どうするべきか迷った。事情を明かさずにもっと相手のことを探りたい気もしたが、方法が思いつかなかった。もう時間がないし——選択肢もない。すべてを打ち明けて助けを求める以外に、いったい何ができるだろう。

バスルームのドアがカチリと鳴った。

とっさに電話機を枕の背後に落とし、そこで気がついて終了ボタンを押した。

視線を上げると、ルームメイトがじっとこちらを見つめていた。

片手にあった手帳を見ているふりをし、さりげない口調で訊いた。「どうかした?」

「誰かと話してなかった?」

「独り言よ」ケイトは手帳を持ち上げてみせた。「スペルの勉強になるから。私って、綴《つづ》りがすごく苦手なの」心のなかで付け足した。〝それに、嘘つきだわ〟

ルームメイトは釈然としないようだったが、そのままベッドに戻って読書を再開した。それから三時間ほどはどちらも口を開かなかった。ケイトはベッドに寝転び、どうすればマーティンを助けられるか考えつづけていた。ルームメイトも、ときおり笑い声を漏らしながら本を読んでいた。

朝食の時間だという電話が入ると、ルームメイトはすぐに起き上がってドアへ向かった。彼女がふと足を止めた。「来ないの？」

「人が減ったころに行くわ」ケイトは答えた。

ドアが閉まったところで、急いでまたあの番号に電話した。

「アクセスコードを」

「先ほど電話した者です。マーティン・グレイと働いている」

「ドクタ・グレイを電話に――」

「無理なんです。引き離されてしまったので。私たちはイマリに捕まっています」

「あなたのアクセスコードは？」

「だから、それは知らないんです。とにかく助けが必要です。彼は私に何も教えないようにしていたので、私自身は詳しいことをひとつも知りません。でも、助けてもらえないと、数時間以内にマーティンは殺されてしまいます」

「お名前を教えて下さい」

ケイトはため息をついた。「ケイト・ワーナーです」

ふいに電話の向こうが静かになった。回線が切れたのかと思い、表示パネルに目をやった。通話時間のカウントは続いている。「もしもし？」応答を待った。「もしもし？」

「切らずにお待ち下さい」

二度の呼び出し音のあと、若い男が電話に出た。きびきびとした、緊張感のある声だった。「ドクタ・ワーナーですか？」

「はい」

「私はポール・ブレンナーといいます。マーティンとはずっといっしょに研究を続けてきました。あなたのことも……あなたの治験報告も、すべて拝見しています、ドクタ・ワーナー。いまはどちらに？」

「マルベーリャです。オーキッド管轄区にいます。ここを含めて、市内はイマリに占領されてしまいました」

「聞いています」

「助けが必要なんです」

「オペレーターの話では、ドクタ・グレイとは引き離されてしまったとか」

「ええ」

「ドクタ・グレイの研究ノートですが、あなたが見ることは可能ですか？」

ケイトは荷物に目をやった。にわかに警戒心が湧いた。「ノートは……見られません。なぜですか？」

「彼の研究成果のなかに、我々が何としても入手したい情報があるはずなんです」

「そうですか。私たちも、何としてもここから脱出したいんです。取引をしましょう」

「我々には救出できません——」

「なぜ？　NATOだっているでしょう？　特殊部隊か何かを来させることはできないの？」

「NATOなどもう存在しません。いいですか、そう簡単な話ではないんで——」

「じゃあ、どんな話なの？」

「オーキッドは、もはやこの疫病を食い止められません。みんなばたばたと死にはじめているんです——世界中で。大統領は数時間まえに息を引き取りましたし、副大統領もその直後に亡くなりました」

「いまは誰が政府を動かしているの——」

「下院議長が大統領の職務を引き継ぎましたが、すぐに暗殺されてしまいました。イマリ支持者だと疑われていたんです。噂では、軍の統合参謀本部が出てきて、本部議長が自分を臨時大統領と呼んでいるそうです。議長の計画では……。ドクタ・ワーナー、マーティンの研究が必要なんですよ」

「オーキッドが効かなくなっているのはなぜ？」

「新たな変異が起きたからです。聞いて下さい、マーティンは何かを研究していましたが、それが何なのか我々にはわかりません。彼と話をする必要があります」

ケイトは手帳をめくって目を通してみた。何が書かれているのか、さっぱりわからなかった。

「ドクタ・ワーナー？」

「聞いてるわ。私たちをここから出せる？」

長い沈黙があった。「オーキッド管轄区に侵入することは不可能ですが、もしあなたたちが外まで出られれば……移動手段は用意できるかもしれません。ですが、内通者から得た情報では、イマリは今夜遅くにスペイン南部から撤退するそうです。少なくとも生存者《サヴァイヴァー》はすべて移動させるでしょう」

ケイトはガラス戸に目をやった。外はすっかり明るくなっていた。長い一日になりそうだ。

「またかけるわ。準備しておいて」

モロッコ北部――セウタのイマリ作戦基地

デヴィッドの眠りは、人生で二番目に大きな目覚まし音で破られた。いちばん大音量だったのは、訓練時代にヴァージニア州のラングレーで聞かされたものだ。頭上で鳴り響くエアホーンの音で飛び起き、半分裸でベッドを飛び出したのを覚えている。あのときCIAの訓練教官たちは、いまだ半分裸でいるデヴィッドを宿舎から引きずり出し、ヴァージニア北部の森へと運んでいった。

「この森にはスナイパーが六人いる。日没までに宿舎に戻ってこい。弾はペイント弾だ。戻ってきたときに染みがひとつでもついていたら、おまえは用済みだ」

彼らは走っているヴァンからデヴィッドを放り出した。ふたたび彼らの姿を目にしたのは、平屋の宿舎に太陽が沈みかけたときだった。

それ以来、デヴィッドは二度と下着姿で眠らなくなった。たった一夜を除いては。わずかに隙が生まれ、警戒を解いて無防備になった、あの、ケイトと過ごしたジブラルタルの夜。

そしていま、ドアの外では大量の足音が鳴り響いていた。部屋の隅に行き、入ってきた者にすぐに飛びかかれるよう、ドアの対角線上で待ち構えた。ルーキンにばれたのだろうか？　部屋に盗聴器でもあったのか？　すべて聞かれてしまったのかもしれない。

ドアがカチリと鳴ったが、大きく開くことはなかった。隙間から黒い手が二本伸び、何もないことを示すように手のひらが広げられた。手の主が、背後の足音に負けじと声を張り上げた。「カマウだ」

「入れ。ドアを閉めろ」しゃがんだ体勢のままそう言うと、裸足でそっと反対の隅に移動して素早くドアの死角に入った。

カマウが入ってきて後ろ手にドアを閉めた。すぐにデヴィッドの声がした方へ顔を向けたが、はっとしたようにからだをまわしてこちらを向いた。

「攻撃されている」彼が言った。

「誰から？」

「わからない。少佐があんたを呼んでいる」

デヴィッドはカマウに連れられ、人でごった返す廊下を進んだ。誰もが自分の配置に就こうと急いでおり、デヴィッドたちには目もくれなかった。

居住区棟の外に出ると、本塁の中庭で兵士たちが慌ただしく動きまわっていた。戦略を練るためにもじっくり観察したかったが、カマウは立ち止まろうとせず、ひたすら駆け足で前方にある高い塔のような建物を目指していた。

がたつくスティールの階段を駆け上がった。最後の踊り場に着く直前に、カマウがデヴィッドの腕を摑んだ。「彼らも何が起きたかわからずにいる。少佐はあんたを試す気だ」

デヴィッドは頷き、カマウのあとについて中央司令室に入った。目を見張るような光景だった。壁が八枚ある。壁面は一枚おきに全面ガラスになっており、この基地の四方がすべて見通せるようになっていた。残りの四枚にはコンピュータ・スクリーンが並び、デヴィッドには理解できない地図やグラフや、何かの数値が映し出されている。

中央では二人の技術兵が制御盤やスクリーンに向かっていた。彼らから離れた位置にも椅子が一脚あり、そこに少佐が坐っていた。「四番、五番の砲を用意。各個に撃て」彼が椅子をまわしてこちらを向いた。

「これはおまえと関係があるんだろう」

「おれには、〝これ〟が何のことかもわからない」

技術兵が声を上げた。「敵機が何か発射しました」

少佐がデヴィッドを睨みつけた。

ガラス窓を見ると、北側の壁に並ぶ銃が素早く向きを変え、まだ暗い空に向かって発砲を開始した。

一瞬で標的を捕らえたらしく、空中で立て続けに爆発が起きた。粉々になった攻撃機の破片が海に落ちていく。

「標的数七、撃墜数七」もう一方の技術兵が言った。

驚くべき防空能力だった。地対空防衛システムに詳しいわけではないが、これほど先進的なシステムは、少なくとも自分は知らない。

この基地を空から攻め落とすことは不可能だろう。

一斉射撃を操作した技術兵が、二、三度キーボードを叩いて頷いた。「レーダーに機影はありません。あの編隊だけだったようです」

少佐が立ち上がって窓に近づいた。「爆発は七回しかなかったぞ。なぜ基地にミサイルが当たっていない？　外れたのか？」

「到達しなかったようです」

ふいに、西側の窓の向こうで水と光の柱が上がった。

「いまのは何だ？」ルーキンが訊いた。

技術兵たちがコンピュータに向かった。ひとりが立ち上がり、一枚のスクリーンを指差した。「どうやら彼らの標的はこの基地ではなかったようです。おそらく海峡に機雷を敷《ふ》設《せっ》しにきたのでしょう。それが、敵機の破片が沈んだ際に爆発したのではないかと思われます」

少佐はしばらくそこに立ち、飛行機の残骸が爆発した海面を見つめていた。「議長の艦隊に繋いでくれ。針路を変える必要がある」そう言うと、デヴィッドとカマウに手を振って出ていくよう合図した。

司令室を出ると、例の、ここへ来るときに物音がしていた囲いが上から見えた。なかには人間が詰め込まれていた。狭い場所に閉じ込められ、窮屈そうに身を寄せ合っている。見たところ、二、三千人はいるだろう。〝賊が渡し守を待っている〟ルーキンはそう言っていた。よくもこんな真似ができるものだ。

居住区棟へ戻るあいだ、カマウもデヴィッドも口を開かなかった。部屋へ入ったところで、カマウに残るよう合図した。「結局、何だったんだ？」

「イギリス空軍の飛行部隊だったようだな。ここしばらくは姿を見せなかったんだが。疫病が流行して間もないころは、よくこの基地を攻めにきていた。イマリが街を焼き払うまえで、防空システムもまだ配備されていないころだ。イギリスにはもうジェット燃料がないんだろうと思っていたが」

「なぜ機雷を落としにきた？」

「ドリアン・スローンがここへ向かっているからだ。イマリの主要艦隊を率いて北上しているらしい。彼らはヨーロッパに侵攻するつもりだ。イギリスは、艦隊が地中海に進入するのを阻止しようとして機雷を沈めたんだろう」

「スローンはいまどの辺にいる？」

「主要艦隊が到着するのは数日後だ。ただ、ついさっき入った報告によると、スローンが小規模な先遣隊を率いていちはやく海岸を上っているらしい。きっと何か狙いがあるんだ。

早ければ今夜にでも着くかもしれない」

デヴィッドは頷いた。スローンがここへ来る。やつが到着するまえに基地を制圧できれば、それだけで想像をはるかに超える数の人命を救えるはずだ——もし、スローンを殺すか捕らえることができれば。そのためには、たったいま目にしたものが鍵になるだろう。

「あの銃は何だ？」

「レールガンだ」カマウが言った。

「まさか」

「イマリ・リサーチが極秘で開発した兵器なんだ」

デヴィッドも、アメリカ軍がかつて、電磁誘導によって弾体を加速させるレールガン技術を研究していたことは知っていた。だが、実用化には至らなかった。そのいちばんの原因は動力だ。レールガンは、弾体を極超音速——時速六千二百キロメートル以上——で発射させるために、膨大な量の電力を消費するのだ。「電力はどうしている？」

「特殊な太陽光収集アンテナを使っているようだ。港のそばに、鏡が組み合わさった装置がいくつかある」

「射程範囲は？」

「はっきりとはわからないが、スペイン南部へ侵攻する際にマルベーリャやマラガの標的を撃っていた。つまり、百キロメートル以上はあるということだ」

驚異的な数字だ。このセウタのレールガンがあれば、近づいてくる艦隊を一隻残らず撃沈できるだろう。スペイン南部にいるイマリ軍だって全滅させられるかもしれない。もしそれが使えれば――。

カマウはこちらの考えを見抜いたようだった。「たとえ司令室を占拠できても、レールガンは基地内には向けられないようになっている」

デヴィッドは頷いた。「あの騎馬隊は何者だ？」

「疫病の生存者《サヴァイヴァー》だ。ベルベル人だよ。文明社会が崩壊したいま、自分たちの原点に戻った生き方を始めたようだ。それ以上のことは、こちらでもよくわかっていない」

「何人ぐらいいる？」

「不明だ」

デヴィッドは作戦を組み立てはじめた。「ルーキン。あいつはどういう人間だ？」

「冷酷だ。それに切れ者だな」

「弱点は？」

「せいぜいタバコと……女ぐらいだ」

デヴィッドはイマリ軍の上着を脱いだ。女と聞いて、この部屋に来たあの娘を思い出した。そして、その姿がたちまちケイトに替わった。頭から彼女を追い払おうとしたが、やはりどうしても知っておきたかった。リスクを承知で、セウタに着いたときからずっと訊きたかった質問を口にした。「ケイト・ワーナーという人物に関する報告を見かけたことは？」

「数え切れないほどある。世界中が血まなこになって捜している人物だからな」

デヴィッドの背筋に冷たいものが走った。予想もしていなかった答えだ。「誰が捜している？」

「誰も彼もだよ。イマリも、オーキッド同盟も」

「どこにいると見られているんだ？」

「イマリはまだ摑んでないようだ。少なくとも、おれたちは聞かされていない」

デヴィッドは頷いた。ケイトはきっとまだ生きているのだ。彼女がどこか遠く、イマリの手の届かないところに隠れていることを願った。この様子では、たとえ自分が捜してもとても彼女を見つけられないだろう。それに、自分はここでやるべきことがある。「わかった。おれに軍服ではない服を用意してくれないか。それから、手に入るなかで最高の馬を調達してくれ」

40

地中海海上——疫病船〝デスティニー〟

船長が二人の男を振り返った。「異常なしだ。始めろ。ドクタ・チャンやドクタ・ヤヌスのところに処分する死体がないかも確認しておけ」

年上の男のほうが頷き、二人はブリッジをあとにした。

甲板を下りると、彼らは毎回身につける防護服のストラップを留めはじめた。

「自分が何をやってるか考えたことはあるか？」若いほうの男が訊いた。

「考えないようにしている」

「間違ったことだと思わないか？」

年上の男は上目遣いに彼を一瞥しただけだった。

「彼らは人間だぞ、病気にかかっているだけじゃないか」

「そう言い切れるか？　おまえは科学者なのか？　おれは違う。作業員の仕事は考えることじゃない」

「そうかもしれないが——」

「やめろ。余計なことは考えるな。作業中はおまえがおれの背後を護ってるんだぞ。おれの命はおまえが握ってるんだ。考えすぎれば、二人とも死ぬことになる。おまえのせいでおれの命まで危うくなるんだよ。甲板の病人どもにやられなくても、操舵室のいかれた連中に始末されてしまうだろう。生き残る道はひとつしかない。自分の仕事をすることだ。わかったら口を閉じて支度をしろ」

若い男は顔を背け、またストラップを留めはじめたが、その間もちらちらと年上の男に目をやっていた。

「疫病が起きるまえは何をしてた？」

「何もしていない」年上の男が答えた。

「失業してたのか？　おれもなんだ。スペインじゃ、おれと同年代のやつらはたいてい職がなかった。でも、おれはやっと臨時教師の口を見つけたところで――」

「ムショにいたんだ」

若者は一瞬黙り、それから訊いた。「何をやったんだ？」

「おれが入っていたのは、何をやったかなんて誰も訊かないような刑務所だ。それに、誰もなれなれしく話しかけたりしない。ここはよく似た場所さ。いいか、ぼうず、おまえにもわかるように言ってやろう。世界は終わったんだ。誰が生き残るか、大事なのはそれだけだ。いまは二つのグループしか残されていない。火を放つやつと、焼かれるやつだ。いまのところおまえは火を放つほうにいる。だから黙って感謝してろ。それに、誰かと親しくなろうとするな。この世界じゃ、いつ誰を焼くことになるかわからないんだからな」

そのとき、狭い船室のドアが開いて科学者のひとりが入ってきた。本名はドクタ・ヤヌスだが、乗組員のあいだではドクタ・ドリトルと呼ばれている人物だ。彼の顔には何の表情もなく、どちらの男とも目を合わせようとしなかった。研究助手の二人が死体袋の入ったカートを押してきて、またすぐに帰っていった。

「これでぜんぶですか？」年上の男が訊いた。

「いまのところは」ドクタは、誰に言うともなく穏やかな口調で答えた。彼は背を向けて立ち去ろうとしたが、戸口を抜ける直前に若い男が声をかけた。

「進展はありましたか？」

ドクタ・ヤヌスはしばし足を止め、やがて答えた。「それは……何をもって進展と言うかによるな」そして、部屋を出ていった。

若者は年上の男に顔を向けた。「あんたはどう考える――」

「いいか、今度〝考える〟ということばを口にしたら、おれの手でおまえを焼いてやるからな。さっさといくぞ」

二人はヘルメットを被り、階段を上った。そして、死にかけた者や、誓いを拒んだ生存者《サヴァイヴァー》が収容されている小屋の扉を開けた。ほどなくして、最初の人々が海に投げ込まれはじめた。

41

スペイン　マルベーリャ――イマリの仕分けキャンプ

　ケイトは六階の窓から眼下のリゾートを眺めた。ケイトたち生存者《サヴァイヴァー》がいるのはいちばん海側の高層ホテルで、兵士たちは真ん中のホテルを使っていた。そして、その先のもっとも内陸に入ったゲート寄りのホテルに、死んだ者や死にかけている者たちがぎゅうぎゅうに詰め込まれていた。マーティンもそのなかにいる。彼はどちらのグループにいるのだろう、とケイトは思った。死んだ者か、死にかけている者か。そのホテルをじっと見つめた。入口の前をうろついている四人の警備兵は、タバコを吸い、喋り、笑い、雑誌を読んでいる。

　ただ待っているのは身を削られるほどつらかったが、それでも耐えるしかなかった。いまはそのときを待つしかない。彼を助け出すチャンスはきっと来る。

　窓に背を向けてベッドに坐った。部屋の反対側では、ルームメイトがベッドに寝転んで古びた本を読んでいた。「何を読んでいるの？」ケイトは訊いてみた。

「〝シー〟よ」

「シー？」

彼女が寝返りを打ってケイトの方に表紙を向けた。「ハガードの〝シー〟シリーズよ。『洞窟の女王』という冒険小説。読み終わったら貸してあげましょうか？」

「いえ、いいわ」ケイトは断わり、小声で言い足した。「いまは目の前の冒険で手一杯だもの」

「え、何て言ったの？」

「何でもないわ」

ゲートの方でトラックが地面を震わせ、重量感のある響きがキャンプに入ってきた。ケイトは弾かれたように立ち上がり、ガラス戸の外を覗いた。期待して見ていると、やはりそうだった――また人を運んできたのだ。イマリはあれからも続々と人を集めてきていた。おそらくマルベーリャ周辺の地方から連れてくるのだろう。このかつてのオーキッド管轄区は、どうやらこの地域一帯の集結地になっているらしかった。二、三時間おきに、新たな車隊が病人や健康な者や、それを見張る兵士たちを運んでくる。騒然とした、混乱のひとときだ。待ちつづけていたチャンスだ。ケイトはドアに突進した。

「どこへ行くの？　あと二十分で点呼よ――」ルームメイトが叫んだが、ケイトは止まらなかった。跳ねるように階段を駆け下りた。一階に着くと、フロントを見つけて館内見取り図を探した。この建物に目当てのものはあるだろうか？　もし警備兵に止められたらどう言えばいい？　部屋にいないことがわかったら？　点呼は一日に二回あるが、全員揃っていない場合にどうなるかは知らなかった――一度もそんなことはなかったからだ。フロントデスクで、ひとつめの目当ての品を見つけた。名札のバッジだ。〝ハビエル・メディナ、バルガス・リゾート〟とある。まあ、これでもかまわない。名札が欲しいだけなのだ。どのみち、名前を確認されるときはすでに捕まっているのだから。

土産物屋を通り過ぎると、ほっとしたことに、フロアの一角がレストランになっていた。暗いダイニングルームを慎重に進み、両開きのステンレスのドアを抜けて厨房に入った。とたんに強烈な悪臭が襲ってきた。鼻をつまみ、さらに奥へと向かった。それにしても暗い、暗すぎる。ドアを開けてスツールで押さえてから、探し物を再開することにした。

求めていたものは厨房の隅にあった。シェフの上着だ。広げてみると染みだらけだった。胸のあたりに緑や赤の筋が垂れている。これを利用するためには、一部を切ってうまく形を整える必要もあった。中央のテーブルから肉切り包丁を取り、やむなく鼻から手を離して作業をした。それから裏返しにし、袖を通した。仕上げに、いま切って作ったばかりの襟にハビエルの名札をつけた。そうして完成した姿を、ケイトはステンレスの冷蔵庫に映してみた。白衣、襟にぶら下がる名札、うしろでひっつめた褐色の髪、こけた頬、青白い顔。ふとこう思った。〝どう見てもうまくいきっこない〟深いため息をつき、束ねた髪を指でといた。〝いったい私は何をする気だろう？〟

だが、ほかにできることは何もなかった。急いで厨房を離れ、フロントデスクに戻った。

ロビーにはガラスの回転ドアを通して日の光が差し込んでいた。その先に、警備兵が二人待ち構えている。〝こんなことは中止して、いますぐ部屋に引き返すべきだ〟ケイトは頭を振った。捕まったらどうなるのだろう？　だが、逃げ出すわけにはいかなかった。何かしなければ。マーティンが、世界中が死にかけているときに、黙ってそれを見過ごすことなどできない。危険は覚悟のうえだ。これしかチャンスはないのだから。

回転ドアに向かって歩きだし、それを押して通り抜けた。警備兵たちがぴたりと会話をやめて振り向いた。そして、急いで立ち去ろうとするケイトを呼び止めた。ケイトは振り返って手を振った。わずかに足を速めた。怪しまれない程度の、ぎりぎりの速さでなければならない。追いかけてきているだろうか？　だが、もう一度振り返ればアウトだ。

視界の隅に何かが映り、ケイトははっとした。海上に光がある。ホテルの部屋からでは海岸は見えなかった。少しだけ立ち止まってそちらに視線を向けた。沖の方で、白い小山のような船がきらきらと光っていた。動きは緩慢だが、向かっている先は明らかだった。このマルベーリャだ。見たところ……そう、クルーズ船のようだ。先端に大きな銃があるクルーズ客船。あれが疫病船だろうか？　生存者《サヴァイヴァー》は――自分も含め――全員まとめてあれに乗せられるのか？　あの船が港に着くまえに、何としてもマーティンのもとへ辿り着かなければ。

前方に目をやると、トラックが人を降ろしている場所に太い行列ができていた。昨日のケイトと同じように、受付テーブルで仕分けされるのを待っているのだ。またあのドリアンの演説が流されるのだろうか？　夜ごと開催される野外上映会のように？　彼のことを考えると怒りが湧き、少しだけ肝が据わった。

ひと組の男女のうしろに並んだ。どちらも咳をし、足を引きずるようにして病人のホテルに向かっている。

警備兵四人は雑談に興じ、建物に入っていく長い病人の列には見向きもしなかった。だが、ケイトが回転ドアに近づいたとたん、ひとりがふいにこちらに目を留めた。彼が眉をひそめて足を踏み出した。「おい、あんたは――」

ケイトはとっさにハビエルの名札をつまみ、即席の襟に留めたまま突き出してみせた。「こ、公用よ」どもりながら言った。

そそくさと回転ドアに滑り込んだ。〝公用よ〟？　信じられない、危うく捕まるところだ。ドアからロビーへと転がり出た。目が暗がりに慣れるにつれ、それが見えてきた。まさかこんな光景が待っているとは、いったい誰が予想できるだろう。

思わずあとずさったが、背後から次々と流れ込んでくる人波がケイトを押し戻した。どこを向いても人が転がっていた。死んでいる者、死にかけている者、泣き叫ぶ者、咳き込む者、その狭間にいるありとあらゆる状態の者。これが、オーキッドのない世界なのだ。そして、ここと同じことがスペイン南部全域で――いや、あのポール・ブレンナーの話が本当なら、世界の至る所で——起きている。わずか一日でどれだけ多くの命が失われたのだろう。百万人？　それとも、さらに十億人が？　しかし、いまは考えている場合ではなかった。集中しなければ。

ホテルへ流れ込む長い行列は目にしていたが、ぜんぶで何人ほど収容されているのかはわからなかった。このロビーだけに限っても、少なくとも百人はいる。建物全体ではどれぐらいの数になるだろう？　数千人だろうか？　ここは三十階もあるホテルだ。マーティンを見つけることなど、とうてい無理なのかもしれない。

振り返ると、あの警備兵が回転ドアから入ってくるのが見えた。気づいたのだ。追いかけてきている。

ケイトは走りだした。ロビーを突っ切って階段室に飛び込んだ。彼らがこのホテルを爆破するつもりなら、それはいつになるのだろう？

無理に頭を空っぽにし、比較的人の少ないその階段を駆け上がった。何階から捜せばいい？　下の方で階段室のドアが勢いよく開いた。

「止まれ！」警備兵が一階から叫んだ。

よすべきだとわかっていながら、ケイトは手すりから下を覗いてしまった。警備兵と目が合った。とたんに彼が猛然と階段を駆け上がってきた。

四階のドアを開けた。そして——。

廊下は人で溢れかえっていた。横たわる者も、坐っている者もいるが、大半はすでに亡くなっている。ケイトの姿を目にするなり、ひとりの女性が白衣を摑んだ。「助けにきてくれたのね」

ケイトは首を振ってその手をほどこうとしたが、まわりにあっという間に人だかりができてしまった。みんな口々に何か言っている。

背後のドアがふたたび開き、戸口に銃を構えた警備兵が現われた。「よし、こっちを向け。その女から離れろ」

周囲の人々が一斉に散った。

「ここで何をしている？」警備兵が訊いた。

「私は……サンプルを採りにきたのよ」

警備兵の顔に戸惑いの色が浮かんだ。彼が一歩前に出て、ケイトの名札に目をやった。偽の名札に。その目が見開かれた。「向こうを向け。両手をうしろにまわせ」

「彼女はおれの連れだ」ふいに誰かの声がし、階段室からまたひとり、ゆったりとした足取りで兵士が現われた。ケイトを追ってきた警備兵より背が高く、体つきもがっちりしている。発音にはわずかにイギリスのアクセントがあった。

「おまえは誰だ？」

「アダム・ショーだ。フエンヒローラから積み荷を運んできたところさ」

体格で負けている警備兵は、迷いを払うように頭を振った。「彼女は偽の名札をつけている」

「当たり前だ。おまえは、ここにいる者に彼女の本名を教えてまわりたいのか？　それに、どのみち彼らには本物のイマリ・リサーチの名札かどうかなんてわからないだろう」

「だが……」警備兵はケイトに顔を向けた。「これは報告する必要がある」

「したけりゃそうしろ」兵士はそう言いながら男の背後に近づき、一瞬で頭と首を掴んでひねり上げた。廊下に骨が折れる大きな音が響いた。警備兵のからだが崩れ落ち、どうにか生きている人々も散り散りに逃げ出して、いつしかケイトは謎の兵士と二人きりになっていた。

彼がこちらを向いた。「ここへ来るなんて無謀すぎるぞ、ドクタ・ワーナー」

42

モロッコ北部――セウタのイマリ作戦基地

アレグザンダー・ルーキン少佐は狙撃銃の照準を合わせた。スコープのレンズの向こうで、あの正体不明の中佐が馬に乗ってベルベル人の野営地に近づいていく。彼は私服姿で出ていった。まるで、そのことが何かの助けになるとでもいうように。

基地を出る理由について、中佐は曖昧な説明しかしなかったが、ルーキンも怪しまれない程度にしか反対しなかった。実のところ、これはルーキンにとって願ってもないチャンスだった。中佐の衣服には追跡装置と盗聴器を仕込んでいる。彼がどこへ行って何を言おうと、すべてこちらに筒抜けになるのだ。それに、もし逃亡を図ったときのために尾行チームもつけていた。その場合も彼の正体が明らかになる。いずれにせよ、〝アレックス・ウェルズ〟が何を企んでいるのか、もうすぐ答えが出るというわけだった。

中佐が馬を止め、鞍から降りて両手を高く上げた。

テントからベルベル人が三人ほど走り出てきた。自動小銃を構えて何やら叫んでいるが、中佐はその場から動かなかった。彼らが中佐を取り囲み、頭を殴りつけてテントへ引きずっていった。

ルーキンは頭を振った。「あきれたな。あの間抜けにも、もう少し何か計画があるのかと思っていたが」彼はライフルをしまってカマウに渡した。「どうやら、あの謎の中佐の姿を見るのもこれが最後になりそうだぞ」

ひとつ頷くと、カマウはもう一度野営地に目をやり、それから少佐を追って屋上の階段を下りていった。

「おれはきみたちに協力しにきたんだ」デヴィッドは訴えた。

ベルベル人の戦士たちはデヴィッドの衣服をすべてはぎ取り、テントの外へ運んでいった。

族長が前へ進み出た。「嘘をつくな。おまえがここへ来たのは何か狙いがあるからだ。おまえは我々と何の関係もない。我々に協力する理由がないだろう」

「おれは——」

「おまえが何者か説明するな。私が確かめる」そう言うと、族長はテントの入口近くに立っている男に合図した。男は短く頷いて外へ出ていき、小さな麻袋を手にして戻ってきた。彼が入口の垂れ幕を下ろすと、テントはすっぽりと闇に閉ざされ、蠟燭の炎だけが周囲の布を照らして妖しく舞った。族長が男から袋を受け取り、それをデヴィッドの膝に放った。

デヴィッドは袋に手を伸ばした。

「私ならやめておく」

デヴィッドは顔を上げ、ふいにそれを感じた。筋肉の動き。前腕を撫でる一本の指。太ももの上に、また一本滑り出てきた。ヘビが這い出してきたのだ。薄暗い明かりに慣れてきた目が、すぐにその正体を見て取った——二匹のアスプコブラだ。これに嚙まれたら人間などひとたまりもない。ものの十分であの世行きになるだろう。

呼吸を整えようとしたが、みるみる敗色が濃くなっていった。自分の筋肉がこわばっていくのがわかる。それにヘビが反応しているようだ。前腕の一匹がいまは速度を上げて腕を這い上り、肩から首へ、そして顔面へと進んでいた。デヴィッドは小さく息を吸った。肺を大きく膨らませてはならない。筋肉の収縮が彼らを警戒させるからだ。静かに鼻から息を逃がし、その呼気が触れている鼻の先端に意識を向けた。その感覚だけに集中し、ほかの一切を忘れるのだ。前方に視線を据え、床の暗い一点を見つめた。鎖骨にぞくりとする感触があったが、呼吸から注意を逸らさず、息を吸ってはまた吐いて、鼻の先端を感じつづけた。もう、ヘビの動きは感じられなかった。

ぼんやりとだが、視界の端にこちらへ向かってくる族長の姿が見えた。

「おまえは怯えているが、自分の恐怖心を制御している。理性のある者なら誰でも、恐れをもたずに世界を歩くことはできない。己の恐怖心を制御できる者のみが、それから解放されて生きることができるのだ。おまえは、ヘビのなかで生きてきて、自分を隠す術を学んだのだろう。おまえは嘘をつける人間だ。おまえ自身が真実だと信じているかのように、嘘を語れることだろう。それは実に危険なことだ。この場合、私よりもおまえ自身にとって危険になる」族長がヘビ使いに頷くと、彼はそっとデヴィッドに近づいてヘビを回収した。

族長が向かいに腰を下ろした。「おまえはここで嘘をつくことも、真実を語ることもできる。賢明な判断をしろ。私はこれまで大勢の嘘つきを見てきた。そして、大勢の嘘つきを葬ってきた」

デヴィッドは、それを聞かせるためにここへ来た話をした。すべてを語り終えると、族長は何か考え込むように宙を見つめた。

このあと何を訊かれるか、デヴィッドは頭のなかであれこれ予想し、答えを用意した。しかし、質問は一切なかった。族長は無言で立ち上がってその場を去っていった。

男が三人、テントに走り込んできた。彼らはいきなりデヴィッドを摑んで外へ引きずり出し、この仮設集落の中央で燃えている焚き火の方へ引いていった。デヴィッドを追って住人たちも集まってきている。焚き火に着く寸前にどうにか立ち上がり、右側にいる男の手を振りほどいた。だが、左腕はまだきつく握られている。その男の顔面を殴ると、彼が手を離してよろよろと砂地に倒れ込んだ。すかさず踵を返したが、さらに三人の戦士が飛びついてきた。デヴィッドを倒し、押さえ込み、腕を摑んだ。傍らに誰かが立った――族長だ。と、ふいにデヴィッドめがけて剣か槍のようなものが下りてきた。真っ赤に焼けて煙をまとっているのが見える。族長はその焼けた鉄をデヴィッドの胸に突き立てた。灼熱の痛みが全身を貫き、肉と毛が焦げる、吐き気を催すような臭いが鼻孔を刺した。デヴィッドは喉にせり上がるものを必死で抑え込み、白目を剝いてそのまま意識を失った。

43

スペイン　マルベーリャ――イマリの仕分けキャンプ

もう安全だ、少なくともケイトにはそう思えた。長身のイギリス人兵士、アダム・ショーは、警備兵を殺したうえに……ケイトの名前を知っていた。

「あなたは？」ケイトは訊いた。

「あんたを迎えにきたＳＡＳチームの五人目だ」

「五人目――」

「作戦上のことで意見が合わなかったのさ。イマリがマルベーリャに侵攻した時点で、おれは計画を変更するべきだと主張したんだが、あとの四人は聞く耳をもたなかった」

ケイトは彼の軍服に目をやった。「どうやって――」

「いまはどこも混乱していて、知らない顔だってたくさんある。それに、おれたちはイマリ軍の組織を徹底的に調べていたからな。やつらを演じるのはわけないことだ。軍服だって簡単に手に入る。誰か殺せばいいのさ。こんなふうに」彼が死んだ警備兵の上に屈み込んだ。「脱がせるのを手伝ってくれ」

ケイトは死んだ男に視線を落とした。「なぜそんなことを？」

「本気で訊いてるのか？　その格好でここから出るつもりかよ？　どんな間抜けが見たって、それが切り裂いたコックの上着だってことは一目瞭然だぞ。それに、たとえ姿が見えなくても一キロ先まで臭ってる。まるで歩く生ゴミだ」

ケイトは肩先を顔に寄せ、さりげなく白衣の臭いを嗅いでみた。なるほど、たしかに清潔感があるとは言いがたい。あの厨房の悪臭が強烈すぎたせいで、少しばかり嗅覚が麻痺したようだ。

ショーが男の上着を寄こし、次にパンツを脱がせてそれもこちらへ突き出した。

ケイトはためらった。「向こうを向いててちょうだい」

彼がにやりと笑った。「当ててみようか、ケイト。形のいいバスト、やたらとぺたんこな腹、すらりとした脚。おれだって見たことぐらいあるんだぜ、お嬢さん。疫病騒ぎのまえはインターネットを使ってたからな」

「でも、私のからだはネット上で見られないわ。だからあっちを向いて」

彼が頭を振ってケイトに背中を向けた。

どうやら〝気取ったアメリカ人だ〟とつぶやいたようだったが、ケイトはそれを無視して軍服に着替えた。少々大きいが、何とかなりそうだ。「それで、次はどうするの？」

「次は、おれが自分の任務を全《まっと》うする——あんたをロンドンに運ぶんだ。あんたは研究を進めて、この悪夢を終わらせる治療法を完成させる。そして、世界はめでたく平穏を取り戻す。そのあとおれは、女王陛下と写真を撮ったりなんだりで忙しくなるだろう。とにかく、あんたがこれ以上ばかな真似をしなければ、万事うまくいくということだ」

ケイトは警備兵の死体をまわり込み、ショーと向き合った。「ある男性がここにいるの――ドクタ・マーティン・グレイよ。彼は私の養父で、彼があなたの国の政府と取引したの。彼を見つけていっしょに連れていく必要があるわ」

ショーが廊下から階段室へとケイトを連れていった。「ここにいるなら、彼は死んでいるか死にかけているかのどっちかだ。助けることはできない。おれの任務はあんたを運ぶことで、彼を救うことじゃない」

「私たちが次にするのは、彼を救い出すことよ。彼といっしょじゃなければここを離れないわ」

「それじゃあ、あんたはここに残ることになるな」

「あなたも、自分の任務を果たせないことになるわね。女王陛下と会うことだってできないわ」

彼が鼻を鳴らした。「それはただの冗談だ。いまは真剣な話をしてる」

ケイトは頷いた。「そのとおりよ。ひとりの人間の命がかかっているんですもの」

「だめだ、ケイト。こっちは何十億人の命に関わる話をしてるんだ」

「でも、そのなかに私を育ててくれた人はいないわ」

ショーは深々とため息を漏らし、廊下の警備兵の死体を指し示した。「もうすぐほかの三人が彼を捜しにくるだろう。いますぐここから出なくちゃならないんだ」

その意見についてしばし考えてみた。「あなたがやるべきことが見えてきたわね」ケイトはさらに考えを巡らせた。この建物内をすべて捜しまわるのは不可能だ。目星をつける必要がある。マーティンならどこへ行くだろう？　彼はここの施設についてよく知っているし、イマリの侵攻後の動き方も知っていた。ふと、ホテルの大型金庫が頭に浮かんだ。金庫ならビルの倒壊にも耐えられるだろうか？　いや、そんなところに入っても閉じ込められてしまうだけだ。それに、助けが来るまで食糧がもつとも思えない――そもそも、いったい誰が瓦礫を掘り返すのかという問題がある。食糧……。そうか。「警備兵たちをどうにかしたら、厨房に来てちょうだい」

「厨房？」

「そこにマーティンがいるの」ケイトは階段を下りはじめた。

「ちょっと待て」ショーが警備兵の銃とガンベルトを拾い、それをケイトの腰に巻きつけた。「着けていろ。だが、なるべく使うなよ」

「なぜ？」

「注意を惹いてしまうというのがひとつ。それに、もしこの辺で銃をもってるやつと撃ち合うなら、まず間違いなく相手のほうが腕はいいからだ」

「なぜ私が狙撃の名手じゃないと決めつけるの？」

「あんたの調査記録を読んだからさ、ケイト。気をつけろよ」そう言い残すと、彼は踊り場から踊り場へとジャンプし、まさに一足飛びに階段を下りていった。そして、ケイトが返事をする間もなく一階のドアから出ていった。

ケイトも自分のペースであとを追った。ロビーに出ると、収容者たちが逃げるように離れていき、ケイトのまわりに広い空間ができた。

回転ドアの先に警備兵たちと話しているショーの姿が見えた。彼が身振りを交えて口を動かし、あとの三人は声を立てて笑っている。

レストランに向かった。ケイトがいたホテルのものとよく似ていたが、内装のテーマは変えているようだった。もっとも、すっかり荒れ果ててしまったいまは、何をイメージしていたのか想像することさえ難しかったが。ここにも人の姿は見受けられたが、思っていたよりはるかに少数だった。ケイトがダイニングに足音を響かせて進むと、彼らもやはり床を這って彼女から離れていった。

厨房のドアを押したが、開かなかった。もう一度試してみても結果は同じだった。楕円形のガラス窓からなかを覗いた。

床に、マーティンが坐っていた。ぐったりした姿勢で調理台のステンレスの戸棚に寄りかかっている。足元には空になった水のボトルがいくつも散らばっていた。彼が生きているのか死んでいるのか、ケイトにはまるでわからなかった。

44

モロッコ北部――セウタのイマリ作戦基地

警備兵は馬上の人間をもっとよく見ようと双眼鏡を調整した。馬はこの基地のもので、あの中佐が乗っていった一頭だった。鞍にいるのは、頭にベドウィンの布を巻いた男だ。彼は警報を鳴らした。

五分後、彼は境界線の監視にあたるほかの兵士とともに立っていた。馬が基地のゲートの前で止まり、騎手がゆっくりと両手を上げげた。警備兵は頭部を覆う赤い布に手を伸ばし、それを外した。

彼がほかの隊員を振り返った。「誤認警報。中佐だ」そう言って、またその男に目を向けた。どこか印象が変わったように思えた。

デヴィッドは将校用のラウンジに足を踏み入れ、まっすぐ少佐に近づいていった。

少佐はカードを置き、椅子にふんぞり返って薄笑いを浮かべた。「勇ましい馬上の戦士のご帰還だ！　てっきり、賊の夕飯になったものと思っていたがな」

デヴィッドはひと言も断わらずに隣のテーブルから椅子を取り、無言のまま少佐のテーブルにそれを加えてまわりの男たちを押しのけた。シャツの前を開き、真っ赤な火傷痕をさらしてみせた。「一度はなりかけた。きっと不味《まず》そうだったんだろ」そして、テーブルを囲む男たちに視線を向けた。「ちょっと外してもらえるか？」

少佐が頷くと、男たちはしぶしぶといった様子で腰を上げた。最後にもう一度手札を眺め、誰もが自分の勝ちを確信していたようにぶつぶつ言ってカードを放った。

「ベルベル人の問題を解決してやる」

「続けてくれ」ルーキンが言った。

「族長の娘を彼らに返せ。それで攻撃は止まるはずだ」

少佐が小さく首を傾げた。「誰のことだ？」

「おれの部屋に寄こしたあの娘だ」

「でたらめを言うな」

「本当だ」

「何かの罠だろう」

「彼はあの娘を返してほしいだけだ。それで彼の怒りは静まるし、攻撃もなくなる。それどころか、ほかの部族を一斉に片付けさせてくれる気だ。攻撃する時間と場所を打ち合わせてきた。彼がまとめて敵を差し出してくれるのさ。ただし、先に娘と女たちを返せばの話だ」

「無理だ。返せない」

「なぜ無理なんだ?」

「第一に……」ルーキンは、何とかもっともらしい理由をひねり出そうとしているようだった。「女たちを解放すれば、やつらに自信をつけさせるだけだからだ。族長は女たちを連れてパレードし、自分の力と我々の弱さを喧伝するだろう。我々が降伏したことになる。彼は勢いづくはずだ。それだけじゃない。こっちにも女たちは必要なんだ……士気を保つためにな。この陰気な地獄で兵士たちに与えられる愉しみといえば、それぐらいしかない。女を壁の外に出したとたんに反乱が起きるだろう」

「女なしでもやっていけるはずだ。以前はそうしていたんだろう。それで族長は攻撃をやめるんだぞ。いいか、おれには任務がある――スローン議長が着くまえに、セウタを安全にしておくという務めだ。おれはおまえにチャンスを与えた。それを無視するのは勝手だが、スローンが到着するときにもし騎馬隊が彼のヘリコプター部隊を撃ちまくったら、釈明させられるのはおまえだからな」

スローンに対する恐れと、そんな重要な場面で失態を演じることへの不安が、にわかにルーキンを苦しめはじめたようだった。彼の口調が変わった。「本当に攻撃は止まるのか？」

「たしかだ」

「なぜだ？　つまり、何カ月もあんなに攻撃してきたのは、本当に娘を取り返すためだったのか？」

「ああ。もっと言えば、これまでの攻撃はただの前哨戦だ。おまえたちの力や壁の強さを試していたんだよ。おまえはまだ、彼らの戦力の十分の一しか目にしていない。野営地はほかにもある。いままでは基地を攻め落とす最良の方法を探っていただけなのさ。やるとなれば、彼らは決死の覚悟で攻めてくるだろう」

「娘ひとりのために、すべてを危険にさらすというのか？」

「親の思いを侮《あなど》らないほうがいい。我が子の命を救うためなら何だってやるもんさ」

ルーキンが、ことばを探すように視線を逸らした。

デヴィッドはたたみかけた。「こっちが娘を返せば、彼らはほかの部族を片付けさせてくれる。そうなれば基地を攻められる不安は消えて、この先の任務に集中することができるだろう。イマリの大きな計画のなかでしっかり役割を果たせるんだ。だが、もしその準備ができていず、ひたすら自分たちの壁を護るために戦っていたら……誰かの首が飛ぶことになる。その誰かはおれじゃない。おれは自分の務めを果たしたし、おまえにセウタを護る手段も与えたんだからな」そう言うと、デヴィッドは立ち上がってその場を離れはじめた。将校用ラウンジは静まり返り、どのテーブルの目もじっとデヴィッドと少佐を見守っていた。

少佐が口を開いた。「女たちを……娘を解放したとしよう。族長は娘がどんな真似をされたか知るだろう。それでもあんたは、族長が直ちに攻撃をやめると本気で思うのか」

「ああ、彼はやめる――」

「そんなはずは――」

「おれに約束したんだ。部族民全員のまえでな。名誉がかかっている。たとえ敵に対してでも、約束を破れば彼の信用は失われるだろう。彼は約束を守るしかないのさ。それに、おまえは思い違いをしている。彼は何カ月も祈りつづけてきたんだ。生きている娘と再会できる日が来ることをな。もし娘に会えれば、彼はほかのすべてを忘れるぐらい大よろこびするはずだ」デヴィッドはまた前を向いて歩きはじめた。「判断はお任せするよ、少佐」

45

スペイン　マルベーリャ——イマリの仕分けキャンプ

ケイトがもう一度銃の台尻を叩きつけると、ようやくガラスが割れ、厨房の床に破片が散った。その音に怯えて人々が逃げていき、気づくとダイニングにはケイトだけが残されていた。

窓の縁に残ったギザギザのガラスを銃で払い、マーティンがドアの把手に渡した金属の棒に腕を伸ばした。指先までめいっぱい伸ばしたが、残ったガラスが腕に刺さっていったん手を引いた。銃を握ってもう一度試した。今度はどうにか届いた。思い切り押してやると、大きな音を立てて棒が床に落下した。

ドアを押し開けてマーティンに駆け寄った。息はあったが、焼けるように熱かった。彼の顔を両手で包んだ。頬に黒っぽい斑点が現われている。肌が茹《ゆ》だっているかのようだ。まぶたを押し開けた。白目を剝いていて、白であるはずの部分が黄色く濁っていた。黄《おう》疸《だん》が出ている。肝機能が低下しているのだ。ほかにどの臓器がやられているのだろう。

「マーティン？」彼を揺すってみると、呼吸の回数が増えてきた。

彼がうっすらと目を開け、ケイトを見るなり身を引いた。そして激しく咳き込んだ。

ケイトは彼の服を軽く叩き、オーキッドの錠剤が入っているケースを探した。できることはそれしかなかったが、ポケットにはないようだった。マーティンがまた咳き込んで背中を丸めた。彼が戸棚からずり落ちて床に倒れ込むと、ケースが見つかった――彼と戸棚のあいだに転がっていたのだ。

急いでそれを開けた。残りは一錠だ。ケイトは、床で静かに咳をしているマーティンを見つめた。きっと服用量をぎりぎりまで抑え、できるだけ長持ちさせようとしていたのだろう。

いきなり厨房のドアが大きく開き、ケイトはぎょっとして振り返った。ショーが袋をもって立っていた。彼はケイトとマーティンをまじまじと見つめた。「こいつはひどいな」

「彼を起こすのを手伝って」ケイトはマーティンを戸棚に寄りかからせようとした。

「彼はもうだめだ、ケイト。こんな状態じゃ連れ出せない」

水のボトルを摑み、マーティンに最後の薬を呑ませた。「どういう計画だったの?」

彼がケイトの足元に袋を放った。なかにイマリの軍服が入っているのが見えた。

ショーが頭を振った。「ここから歩いて出るつもりだったんだ。彼がもう少し元気だったらな。イマリ兵にそんなふらふらの人間はいない、ケイト。彼がいっしょじゃ、注目してくれと言ってるようなもんだ」

マーティンが顔を振り向けて何か言おうとしたが、ことばがもつれて意味をなさなかった。熱に浮かされているのだろう。軍服を拾って彼の汗を拭った。「もし彼が元気だったら、このホテルを出たあとはどうする気だったの？　その後の計画は？」

「人込みに紛れる予定だった。生存者《サヴァイヴァー》たちについていくのさ。疫病船に乗り込んで、イマリの主要選別場があるセウタに――」

「何ですって？　私たちはイマリから逃げたいのよ」

「それは不可能なんだ。ここから逃げる方法はない。やつらはオーキッド管轄区のまわりを焼き払っている。周囲五百メートルにわたってだ」

ケイトはすぐに少年たちのことを思った。あの旧市街地にいた夫婦のことを。「オールド・タウンも焼いてるの？」

ショーはその質問に面食らったようだった。「いや。この周囲の防衛線上を焼いているだけだ。そこに新たな仕分け場を作るつもりらしい。とにかく、日没までには、火はここを囲むフェンスまで到達する。そのころ疫病船も到着するだろう。それに乗るしかここから出る道はないんだ」

ケイトは覚悟を決めた。「それじゃあ、私たちもそれに乗るわ」

ショーが口を開きかけたが、それを遮るように言った。「これはお願いじゃないわ。ところで、私の部屋に荷物があるの。どの部屋かわかる？」

彼が頷いた。

「荷物を取ってきてちょうだい。研究データが入っているのよ。それから……」病気の進行を遅らせるものが必要だった。一般的なウイルスの場合、鍵になるのは抗ウイルス薬と体力だ。だが、もしこの病気が一九一八年当時と同じ形で作用しているなら、マーティンはいま、免疫システムが過剰に反応しているはずだった。彼自身のからだが彼を攻撃しているのだ。「ステロイド剤を見つけてきてほしいの」

「ステロイド剤？」

「錠剤よ」ケイトはヨーロッパでの呼び名を思い出そうとした。「プレドニゾロン、コーチゾン、メチルプレドニゾロン――」

「わかった、なんとなくイメージはできた」

「それと、食べ物もいるわね。乗船が始まったら彼を運び出しましょう。酔っ払った兵士だと説明すればいいわ」

ショーが天を仰いだ。「無茶だとしか言いようがないな」そう言ってこちらに顔を向けたが、ケイトが真剣そのものだということを悟ったらしく、黙って踵を返して歩きだした。

彼がドアの前で足を止め、かんぬきとして使われていた、あの金属の棒を指差した。「おれが帰ってくるまでこれをドアに戻しておけ。大人しくしてろよ」

46

カーボヴェルデ共和国近海――イマリ先遣艦隊〝アルファ〟

　ドリアンは艦のブリッジに上がり、とたんにうんざりした気分になった。艦長を含めたすべての船員が、一斉に作業の手を止めて敬礼したからだ。

「おい、おれに敬礼するのはやめろ。今度やったやつはゼロ等水兵に格下げするからな」

　そんな階級があるのかどうか知らなかったが、室内に並んだ表情を見る限り、言いたいことは伝わったようだった。ドリアンは艦長を脇へ連れていった。「ジェネシス作戦に関して、何か新しい情報は？」

「ありません」

　この場合、何もないのは悪い報せだった。工作員から新たな情報が入らないということは、ケイト・ワーナーを捕らえる計画が何ひとつ進展していないということなのだ。方針を変えるべきかどうか、ドリアンはじっと考え込んだ。

　アトランティス人ははっきりこう言っていた。〝彼女が暗号を手に入れるまで待て〟

「何か指示はありますか？」

　ドリアンは彼に背を向けた。「いや……このまま進め、艦長」

「実は、まだご報告があります」

艦長の方を振り返った。

「セウタから情報が入りました。イギリスがジブラルタル海峡に機雷を敷設したようです。あの海峡を越えることはできないでしょう」

ドリアンはため息をついて目を閉じた。「それは確かなのか？」

「はい。彼らが船を出して調べたのです。我々を先導するために抜け道を探したのですが、イギリスは隙間なく並べていったようです。ですが、これはいい報せだとも考えられます」

「いい報せ？」

「海峡に機雷を沈めたということは、スペイン沖で我々を迎え撃つつもりはないということでしょう」

もっともな理屈だった。ドリアンのなかで方針は固まりつつあったが、先に艦長の意見を聞きたくなった。「どう対応する？」

「選択肢は二つあります。ひとつは北に向かうという方法。イギリス諸島をまわり込んでドイツ北部の港に入るのです。そこから南へ進軍することは可能でしょう。ですが、これはおすすめできません。イギリスの思うつぼだからです。たしかに彼らのジェット燃料は底をつく寸前でしょう。しかし、潜水艦や、駆逐艦の半数は原子力を使っています。もし操縦できる生存者《サヴァイヴァー》がある程度いて、その一部でも出動させられれば、小規模艦隊を編制できます。イギリス沖で海と空から挟み撃ちにされれば、我々はひとたまりもありません」

「それで、二つめの選択肢は？」

「モロッコ沖に停泊して、ヘリコプターでセウタに移動します。それからセウタにある船で地中海を渡るのです」

「リスクは？」

「艦隊はいまより小規模になります。戦艦も、訓練を積んだ兵士も少なくなります――四機のヘリであなたといっしょに運べる人数に限られますから。しかし、その先はイタリア北部に入港してドイツへ進むだけです。陸からの報告によれば、ヨーロッパ中のオーキッド管轄区が閉鎖されはじめているとか。完全な無秩序状態に陥っているようです。ですから、イタリアにさえ着ければあとは問題ないでしょう」

「なぜ目的地まで一気に飛ばないんだ？　ジェット機ぐらい調達できるだろう」

艦長は首を振った。「ヨーロッパ大陸にはまだ防空能力があります。予備の電源も数年ぶんは確保していますから。いまも正体不明の航空機はすべて撃ち落とされています――一日に数機の勢いで」

「なるほど、ではセウタにしよう」

ドリアンが自分の特別室に戻ると、ヨハンナは目を覚ましており、裸で寝転んだまま飽きもせずに古いゴシップ雑誌を読んでいた。

ドリアンもベッドに腰を下ろしてブーツを脱いだ。「もう二十回以上は読んだだろ？　おれが最新情報を教えてやる。そいつらはみんな死んだんだ。どんなゴシップか知らないが、すべては疫病以前の話さ」

「これを読んでると、疫病が起きるまえの世界を思い出すの。普通の世界に戻った気分になれるのよ」

「あの世界が普通だったと言うのか？　そこまでおかしなやつだったとはな」

彼女が雑誌を脇に放ってドリアンにからだを寄せ、たったいまシャツの下から現われた彼の肋骨に優しくキスをした。「気難しい悩み屋さん、仕事で嫌なことでもあったの？」

ドリアンは彼女を押しのけた。「おれのことをもう少し知っていたら、そんな口の利き方はできないはずだ」

彼女が無邪気に微笑んだ。その笑顔は、冷たく残忍なドリアンの顔とはまるで対照的だった。「それじゃあ、あなたのことをよく知らなくてよかったわ。でも……あなたを元気にする方法なら知ってるわよ」

47

モロッコ北部――セウタのイマリ作戦基地

デヴィッドは監視塔の上で双眼鏡を調整し、戦闘が始まるのを待っていた。イマリ軍の各師団は、三時間近くかけて徐々にベルベル人を追い詰めていた。デヴィッドがいる位置からは、イマリ軍が仕掛けた罠が見えた――小さい谷を見下ろす稜線に、重砲が並ぶ要塞線が築かれているのだ。間もなくベルベル人は、その向かい側にある稜線を越えて谷へ下りることになるだろう。そこで激しい戦闘が繰り広げられるはずだ。だが、その戦いに勝つのはイマリで、谷底のベルベル人はすべて捕らえられるか殺されてしまうだろう。

「ベルベル人はどうだ？」

振り返ると、カマウが立っていた。

「劣勢だ。イマリの罠にはまりかけている。おれたちのほうはどうなった？」

「十一人だ」

デヴィッドは頷いた。

「もっと網を広げることはできるが、そのぶんリスクも高くなる」

「その必要はない。十一人で何とかしよう」

それから数時間後、かつてセウタの街だった焦土に重砲の音が響き渡った。デヴィッドは立ち上がって監視塔の端に行き、双眼鏡を持ち上げた。谷間は修羅場と化していた。いちばん遠くの稜線を見ると、馬に乗った一群が大砲を目指して斜面を駆け上がっていた。だが、イマリ軍はすぐさま下方から馬を撃ち抜き、さらに自動小銃を掃射した。部族の戦士が次々と倒れていった。デヴィッドは双眼鏡を下ろし、ベンチに引き返して待った。

日が暮れかけたころ、イマリ軍の隊列が外側のゲートに到着した。デヴィッドは監視塔からそれを見下ろしていた。真っ先にゲートに着いたのはルーキン少佐で、彼のジープが通り過ぎる瞬間、彼とデヴィッドの視線がぶつかった。少佐はわずかに唇の端を上げたが、デヴィッドは黙って見つめ返しただけだった。

48

デヴィッドは自分の部屋に坐っていた。決戦のときをまえに最後の仮眠をとるつもりだった。これから数時間が、自分自身と、何百万人もの人々の運命を決することになるだろう。

スペイン　マルベーリャ――イマリの仕分けキャンプ

ケイトはマーティンに、もう少しだけチョコレート・バーを――ショーが集めてきたささやかな〝ビュッフェ〟から選んだものだ――食べさせた。水のボトルを口にあてがってやると、彼は喉を鳴らして勢いよく飲んだ。きっと水分さえまともに摂れていなかったのだろう。

ショーは隅の方に立っていたが、その顔にはこう書いてあった。〝こんなことは時間の無駄だし、全員の命を危険にさらす〟それを読み取れるぐらいには、彼をわかってきたということだ。

ケイトは顎をしゃくって銀色の両開きのドアを示した。ショーが一度目玉を上に向け、ぶらぶらと外へ出ていった。

「マーティン、あの手帳について訊きたいの。私には何が書いてあるのかわからないわ」

彼が戸棚にもたせかけた頭をゆっくり振った。「答えは……死んでいる。死んで埋められている。生きている者を見てもわからない……」

ケイトは彼の額にまた滲んできた汗を拭いた。「死んで埋められている？　どこに？　よくわからないわ」

「転換点を見つけろ。ゲノムが変化したときを。ずっと調べてきたが……生きている者じゃなかったんだ。我々は失敗した。私の失敗だ」

ケイトは目を閉じて目頭を揉んだ。もっとステロイドを呑ませるべきだろうか。答えは聞かせてもらいたい。だが、危険もある。プレドニゾロンの瓶を摑んだ。

厨房のドアが開き、ショーが顔を突き出した。「始まったぞ。行かないと」

ケイトは、わかったと彼に頷いた。ショーを手伝ってマーティンを立たせ、ホテルの外へ連れていった。回転ドアを抜けると、キャンプの様子が一気に視界に飛び込んできた。ケイトは思わず足を止めそうになった。生存者《サヴァイヴァー》のホテルから、次から次へと途切れなく人が流れ出してくる。葉を揺らすヤシの木々の下でも、姿の見えない群衆が動きつづけているのがわかった。警備兵たちが懐中電灯を振って人々を誘導しているからだ。海岸に視線をやると、巨大なクルーズ船が港を見下ろすように高くそびえていた。大きな二本のタラップが、あたかもノアの箱舟へと導くように人々を船内へ通している。

「遠いほうのタラップだ」小声でそう言うと、ショーはマーティンを抱えてそちらへ向かいはじめた。

そのタラップには四人の警備兵が見張りについていた。おそらく、こちらがイマリの忠臣用の乗船口なのだろう。

船の姿がはっきりと見えた。かつて真っ白な豪華客船だったそれは、いまでは難破船のように傷んでおり、本当に浮くのかと疑いたくなるほどだった。

ショーが警備兵と口早にことばを交わし、〝咳止めシロップを飲みすぎた〟とか〝ひと晩経てばすっかりよくなる〟というようなことを言った。

ほっとしたことに、ケイトたちはやすやすと検問を通過し、タラップを上る人波に潜り込むことができた。上りきると、両側面に壁が続いている月明かりに照らされた廊下に出た。よくロデオ祭りなどで見かける、牛を閉じ込めておく細長い檻を連想させる眺めだった。ひたすらその廊下を進んだ。ショーの先導で、船の中心部を目指して。途中、マーティンを休ませるために二度ほど立ち止まらねばならなかった。壁に張りつくように立っていると、人の流れが彼らのまわりで蛇行し、またすぐに廊下いっぱいに広がった。両側の壁にはドアが並んでいた。それぞれが正方形の小部屋の入口で、気が向いた者から順に部屋を埋めていっている。

「下に降りたほうがいい。甲板の部屋は、朝が来たら灼熱地獄になるからな」ショーがマーティンを指し示した。「彼には耐えられないだろう」

廊下の突き当たりまで行くと、今度は階段を下りて踊り場をいくつか通過した。それからまた廊下を進み、どうにか空いている部屋を見つけた。「ここで静かにしていろ。ドアは開けるなよ。おれが戻ってきたら、三回のノックを三セット叩く」ショーが言った。

「どこへ行くの？」

「物資を集めてくる」そう言うと、彼はケイトの返事も待たずにドアを閉めた。ケイトは掛け金をかけてドアをロックした。

室内は真っ暗だった。手探りで照明のスウィッチを探したが、見つからなかった。バックパックからスティックライトを出し、その狭い空間を照らした。マーティンは呼吸を荒くして壁際に横たわっていた。彼を起こして二段ベッドの下段に寝かせた。一見して乗組員用だとわかる部屋だった。二段ベッドが二つあり、部屋の中央に小さな戸棚が置いてある。

衛星電話を出して表示パネルを確かめた。〝圏外〟になっている。彼らと連絡をとるためには甲板へ上らなければならないのだ。答えが必要だった。マーティンから聞いた話は、ほとんど役立ちそうにない。〝ゲノムの転換点。答えは……死んで埋められている〟

疲れきっていた。マーティンの向かいのベッドにからだを横たえた。少しだけ目を閉じて休もう。頭が働くように。

ときおり、マーティンの咳が聞こえていた。どれぐらい経ったかわからないが、巨大な船が動いたような気がした。そして、いつしかケイトは眠りに落ちていた。

ケイトは裸足で歩いており、大理石の床を踏んでも足音はほとんどしなかった。前を見ると、長い廊下の先にアーチ形の木のドアが立っていた。ケイトの右側に、同じ見た目のドアが二枚、ぼんやりと現われた。一枚目のドアは開いていた。デヴィッドがベッドにいたあの部屋のドアだ。なかを覗いてみたが、空っぽだった。右隣の二枚目のドアに近づき、それを押し開けた。そこは円形の部屋で、大きく開け放たれた窓やテラスのガラス戸から日の光が差し込んでいた。眼下には青い海が広がっていたが、船は一艘も見当たらなかった。あるのは緑の山が連なる半島と、どこまでも続く海だけだ。

室内はがらんとしていて、スティールとオーク材の天板でできた製図台だけが置かれていた。そして、製図台の奥の、古い鉄のスツールにデヴィッドが坐っていた。

「何を描いているの？」ケイトは訊いた。

「計画だ」彼は顔を上げずに答えた。

「何の計画？」

「街を占領するんだ。命を救うための計画さ」そう言うと、彼は緻密に描かれた木製の馬の絵を持ち上げた。

「木馬で街を占領できるの？」

デヴィッドは絵を下ろし、また作業を始めた。「前例がある……」

ケイトは微笑んだ。「ええ、そうね」

「トロイアで起きたことだ」

「そうだったわね。あの映画のブラッド・ピットはよかったわ」

彼が頭を振り、絵の線を何本か消した。「壮大な伝説というのは、科学的な証拠が見つかるまではただの作り話だと思われがちなんだ」最後に何度か鉛筆を走らせると、彼は背筋を伸ばしてじっくりと絵を眺めた。「ところで、おれはきみに怒っているんだ」

「私に？」

「おれを置いていっただろう。ジブラルタルで。きみはおれを信用していなかったんだ。おれならきっときみを助けられたのに」

「仕方なかったのよ。あなたは怪我をしていたし――」

「おれを信用するべきだった。きみはおれを見くびっていたんだ」

49

モロッコ北部――セウタのイマリ作戦基地

ルーキン少佐はグラスになみなみと注いだウィスキーをひと息に飲み、ベッド脇の円卓の椅子に腰を落とした。ゆっくり上着のボタンを外し、前がはだけたところでまたグラスいっぱいにウィスキーを注いだ。長い一日だった。だが、これでもう、壁の外のいまいましい部族民どもに手を焼かされることはないだろう。うまくいった。全員皆殺しにするのが理想だが、一部を殺して残りを捕虜にするという結果も悪くない。基地は慢性的に使用人が不足しているのだ。捕虜と言えば……女はどうした？　まったく、今日はストレスのかかる大変な一日だった。

汗が染みた上着を剝ぎ、肩を揺すって袖から腕を引き抜くと、裏返った上着が椅子の背もたれに落ちた。三杯目のウィスキーを注いだ。今回は茶色の液体が飛び散るのもかまわず乱暴に注ぎ、一気に喉に流し込んだ。それから背を丸めてブーツの紐を解いた。足がずきずきと痛んだが、アルコールがまわるにつれてその痛みも和らいでいくようだった。

ノックの音が響いた。

「誰だ？」

「カマウです」

「入れ」

カマウがドアを開けたが、部屋には入ってこなかった。彼の隣に、ルーキンが見たことのない、長身の痩せた女が立っていた。新顔か。歓迎だ。カマウはなかなかの上物を見つけていた。ルーキンの好みの年代より歳をとっているが、いまはいつもと違うものを試したい気分だった。変化は人生のスパイスになる。それに、彼女には魅力があった。その立ち姿。そのまなざし――力強いが、反抗的な目つきではない。自信に満ちているのだ。恐れを知らないのだろう。すぐに教えられることになるだろうが。

ルーキンは立ち上がった。「いいだろう」

小さく頷くと、カマウは女の腰を押して部屋へ入れ、そっとドアを閉めていった。女は少佐の広い居室を見まわすこともなく、ただじっと彼を見つめていた。

「英語はわかるか？」

彼女がかすかに眉根を寄せ、小さく首を振った。

「ふん、おまえたちにわかるわけがないか。かまわないさ。原始的なスタイルでいこう」

ルーキンは手を上げてじっとしているよう合図し、彼女の背後にまわった。肩から服を引き下ろし、ウェストの結び目をほどいた。

布がはらりと足元に落ちた。女のからだをまわしてこちらを向かせ、じっくりと――。

想像していたものとはまるで違っていた。筋肉質なからだをしている。筋肉質すぎるし、脚や腹部のあちこちに傷痕がある――ナイフの傷、銃創、それに……矢の痕か？　これはだめだ。こういうときに、戦闘を思い出させるものはいらない。彼は頭を振り、テーブルの方へ向かいはじめた。無線でこう告げるためだった。〝女を囲いに戻せ〟

ふいに力強い手に腕を掴まれ、振り返ったところではっとした。眼前に、怒気をあらわにした女の目があったのだ。自信に満ちていたそれが、いまは怒りの炎を燃やしている。自分が拒絶されたことに気づいたのだろうか？　女の方へ向き直り、改めて彼女を観察した。

ルーキンの顔に薄笑いが浮かんだ瞬間だった。女のもう一方の腕が飛んできて、彼のみぞおちに拳を打ち込んだ。たちまち呼吸ができなくなり、ルーキンは口をぱくぱくさせて膝から崩れ落ちた。必死に息を吸い込んでいると、今度は左から飛んできた足が肋骨を蹴り上げた。床に転がったとたん、喉からせり上がってきたウィスキーが鼻や口から溢れ出た。激しく咳き込むたびにアルコールが粘膜を焼き、息を呑み込んでは嘔吐した。全身が火に包まれているようだった。打たれた衝撃と激しい呼吸のせいで、腹筋が焼けるように痛んだ。

女は、ゆっくりとした注意深い足取りで彼のまわりを歩いていた。視線はけっしてこちらから離そうとしない。彼女の口の端に小さな笑みが浮かび、目が細められた。

〝この女は楽しんでいる。おれをなぶり殺しにする気なのだ〟ルーキンは悟った。寝返りを打ってドアの方へ這った。呼吸が戻れば大声を出せる。ドアにさえ辿り着ければ――。

女が彼の背中に思い切り足を踏み下ろし、硬い床に叩きつけられて鼻が折れた。ルーキンは気を失いそうになった。

両手首を掴まれ、腕をうしろに引かれるのを感じた。女の足はまだ背中を踏んでいる。からだを真っ二つに引きちぎろうというのだ。叫びたかったが、肺から出てくるのは獣のようなうめき声だけだった。右肩がぼきりと鳴り、一撃を食らったような痛みが頭の芯をしびれさせた。失神してもおかしくなかったが、アルコールが痛覚を鈍らせているせいか、意識はまだ残っていた。左肩も同じ音を立て、女に引かれた両腕が不自然なほどうしろに長く伸びた。

女が離れていくのが聞こえた。ルーキンは、銃を取ってきてくれることを願った。ひと思いに殺してもらいたい。だが、聞こえてきたのはテープをちぎる音だった。両手首を後ろ手に縛られた。動かされるたびに激痛が走る。

呼吸が戻りはじめていた。急いで叫ぼうとしたが、とたんに女が口をテープで塞ぎ、そのまま何度かテープを頭に巻きつけた。そして、足首から膝まで両脚もぐるぐる巻きにすると、彼を持ち上げ、文字通り顔面から壁に投げつけた。激痛が襲いかかってきた。鼻で呼吸を繰り返し、壁に打ちつけられた両肩の痛みをこらえるうちに、過呼吸になってくるのがわかった。

女はしばらくこちらを見すえていたが、やがてゆったりとテーブルの方へ歩いていった。悠然と一歩を踏み出すたびに、彼女の引き締まった裸体の筋肉がわずかに収縮した。彼女はウィスキーのボトルに目をやり、それからルーキンのガンベルトの拳銃を抜き取った。

〝やってくれ〟ルーキンは願った。

女が弾倉を抜いてスライドを引いた。弾は出てこなかった。ルーキンは常に、一発目は薬室に入れないようにしているからだ。彼女が弾倉を戻し、薬室に弾を送り込んだ。

〝撃て〟

だが、女は銃をテーブルに置いた。腰を下ろし、脚を組んでじっとこちらを見つめている。

テープで塞がれた口でわめいてみたが、彼女はまるで気にしなかった。

彼女が無線を摑み、上部のダイアルをまわしてチャンネルを変えた。そして、それを口元にもっていった。「炎はすべてを清める」

それから数分が過ぎた。ルーキンの耳に、遠くで響く爆音が聞こえた。一発、また一発と、雷鳴のように轟いている。彼らが壁を攻撃しているのだ。

50

地中海海上――疫病船〝デスティニー〟

ショーはいつまで待っても戻ってこなかった。ケイトはベッドを抜け出した。電話をするには上に行く必要があった。マーティンに目を向けた。彼を残していくわけにはいかない。マーティンを引いて立たせ、戸口へ連れていった。ドアを開けて外を覗くと、廊下に人影は見当たらなかった。

二人で小さなエレヴェータの前まで行った。上階行きのボタンを押すと、がたんと鳴って数秒してからドアが開き、狭苦しい箱が現われた。何階に行けばいいだろう？　一階のボタンを押し、到着を待った。

ドアが開いた。白衣姿の男が二人――たぶんドクタだろう――目の前に立っており、クリップボードを手に何か話し合っていた。

ひとりは中国人で、もうひとりはヨーロッパ人だった。中国人のドクタがこちらに足を踏み出し、首を傾げて言った。「ドクタ・グレイ？」

ケイトは凍りついた。エレヴェータから出かけていたが、このまま引き返すことを考えた。だが、中国人ドクタはあっという間に距離を縮めていた。ヨーロッパ人のドクタもすぐうしろに立っている。「この男性を知ってるのか？」彼が訊いた。

ぐったりしていたマーティンが、そこで顔を上げた。「チャン……」弱々しい、小さな声だった。

ケイトの鼓動が速くなった。

「私は……」チャンが口を開き、同僚を振り返った。「この人といっしょに働いていたことがあるんだ。彼は……イマリの特別研究員だよ」彼は少しのあいだケイトを見つめ、こう言った。「いっしょに来てくれ」

ケイトは左右の廊下に目を走らせた。どちらの端にも警備兵の姿があった。

逃げ道はない。チャンはまっすぐ前方に延びる細い廊下を進みはじめており、ヨーロッパ人の科学者は首を傾げてこちらを眺めていた。ケイトはチャンのあとを追った。

廊下の先には、かつての厨房を利用した広い研究室があった。スティールの調理台を施術台として使っているようだ。その部屋を眺めていると、ケイトはオーキッド管轄区の厨房を思い出した。あの厨房の裏にあるオフィスで、マーティンからこの疫病の実態を聞かされたのだった。

「彼を施術台に乗せるのを手伝ってくれ」チャンが言った。

ヨーロッパ人が、マーティンを診察しようと近づいてきた。

マーティンがゆっくりとケイトに顔を向けた。その表情からは何も読み取れなかったし、彼が何かを口にすることもなかった。

チャンが、ケイトたちと同僚の科学者のあいだに立った。「すまないが……少し外してくれないか。彼らと話をしたいんだ」

同僚が立ち去ると、チャンはケイトの方に向き直った。「きみはケイト・ワーナーだね?」

ケイトはひるんだ。しかし、正体に勘づきながらもケイトを突き出さなかったところをみると……彼を信用してもいいのかもしれない。「ええ」そう答えると、頷いてマーティンを示した。「彼を助けられる?」

「難しいな」チャンがスティールの戸棚を開け、注射器を取り出した。「だが、やるだけやってみよう」

「それは何？」

「我々が開発中の薬だ。イマリ版のオーキッドだと思えばいい。まだ実験段階で、誰にでも効果があるわけではない」彼がケイトを見つめた。「これを打てば彼は死ぬかもしれないし、もう数日生き延びられるかもしれない。どうする？　投与するかね？」

ケイトはマーティンに視線を落とした。瀕死のその姿に。首を縦に振った。

チャンが前に進み出て注射を打った。そして、ちらりとドアに目をやった。

「どうかしたの？」ケイトは訊いた。

「いや、何でもない……」チャンはつぶやくように答え、マーティンを見下ろした。

51

モロッコ北部——セウタのイマリ作戦基地

デヴィッドは武器室に並んだ十一人の男を見まわした。「諸君、おれたちは無謀な志(こころざし)を抱いている。だが、正しい志だ。この基地は地獄への門であり、イマリが築こうとしている世界への門なのだ。これを打ち倒すことができれば、ヨーロッパの人々に戦うチャンスを与えることができるだろう。たしかに……おれたちは数でも武器でも圧倒されているし、敵陣のど真ん中にいる。だが、おれたちにも三つの強みがある。不意打ちできる立場、戦う意志、それに正義だ。もしその目で朝日を見ることができたら、それはおれたちが勝利したということだ。おれたちの、そして何百万の人々の運命が、今夜にかかっている。死を恐れずに戦い抜こう。人生には、死よりもはるかに忌わしきものがある――誇りをもてない人生を生きることだ」

デヴィッドがカマウに頷くと、彼が前に出てひとりひとりに指示を与えていった。

長身のアフリカ人が話を終え、それから少し経ったころ、静まり返った室内に無線の音が響いた。「炎はすべてを清める」

「時間だ」デヴィッドは言った。

デヴィッドとカマウは三人の男たちと外階段を上っていた。基地の中央司令室は、本塁の中心部に建つ塔の最上階にあった。つまり、壁から遠く離れているので攻撃を受けた際に安全だし、高所にあるため、周囲の様子を肉眼で正確に――双眼鏡を使えばさらにはっきりと――確認できるというわけだった。賢い選択だ。この基地の司令官たちは、カメラや監視兵や現場からの報告といったものだけに頼りたくないのだろう――そうしたものには、常に故障やミスなどの危険がつきまとうからだ。自分の目でしっかりと戦いを見守りたいということだろう。

デヴィッドは踊り場で立ち止まって懐中電灯を点け、壁の外で待機しているベルベル人の戦闘部隊に合図を送った。

その光を消すと、また移動を開始し、背後に続く男たちとともに階段を上りきった。塔の頂上にあるその部屋は、言ってみれば、航空管制塔と戦艦のブリッジを合わせたような空間だった。いまは四人の技術兵が制御盤に向かい、壁に並ぶスクリーンを見たり、ときどきキーボードを打ったりしている。部屋の隅でコーヒーが淹れられていた。

手前の技術兵がデヴィッドに気づき、椅子をまわして立ち上がった。敬礼はしたものの、この予想外の訪問者にどう対処すべきかわからない、という不安そうな表情を浮かべている。ほかの三人も、気づいた順からやはり同じ反応をした。

「諸君、きみたちもそうだろうが」デヴィッドは言った。「今日は大変な一日だった。それに、すでに聞いていると思うが、ルーキン少佐が山中で見事な勝利を収めた。彼は下で戦勝祝いをしている。やることをやれば、必ず報いがあるというわけだな」デヴィッドは、心の底から微笑んだ。「きみたちもひと休みしてくれ。彼は食堂にいる。食事も酒もあるし……戦利品もあるぞ。入荷したばかりのな」そして、いっしょに来た男たちを指し示した。

技術兵たちは、戸惑いながらも口々に礼を言って席を離れた。何はどうあれ中佐に指示されたのだから、仕事をさぼるうえでこれ以上の口実はないのだ。

彼らが出ていくと、仲間の兵士たちが制御盤に向かった。デヴィッドは疑わしい思いでスクリーンを眺めた。「本当にこんなものの使い方がわかるのか？」

「はい。ここに来てから数カ月は、毎日これを扱っていましたから」

カマウは室内を一周し、兵士たちにコーヒーを配った。それからデヴィッドの隣に来て、しばらく二人で外の暗闇を見つめた。カマウの沈黙が、彼の気持ちを雄弁に物語っているようだった。それから二、三分後、カマウが黙って腕時計を見せた。二十二時〇〇分。デヴィッドは無線のボタンを押した。「各員、報告せよ」次々と応答があり、デヴィッドのイアフォンに男たちの割れた声が響いた。デヴィッドは、パズルの最後のピースから報告が届くのを待った。彼らはトロイア戦争にちなんだコードネームを使っていた。デヴィッドには、全員一致で英雄アキレウスの名が与えられた。

「アキレウス、アイアスだ。トロイア人たちは食堂にいる。祝宴が始まった」

〝祝宴が始まった〟とは、彼らを閉じ込めてガスを放ったことを意味する符丁だった。

「了解、アイアス」デヴィッドは言った。司令室を出て踊り場まで下り、ふたたび懐中電灯を掲げて光を送った。部屋に戻ったときには、境界線に沿って爆音が響きはじめていた。

外側の壁に炎と煙が上がっているのが見える。制御盤の三人が無線やコンピュータを操作した。

スクリーンに現場が映し出された。馬上の戦闘部隊がなだれを打って壁に襲いかかっていた。監視塔の自動小銃が下方の騎手たちに銃弾を浴びせたが、彼らはけっして止まらず、すぐに次のうねりが押し寄せてきた。

技術兵がデヴィッドを振り返った。「第二監視塔がレールガンの使用許可を求めています」

カマウがちらりとこちらに視線を向けた。

レールガンが使われれば、ベルベル人側に大量の犠牲者が出てしまう。しかし、使用許可を出せば、兵士たちは否が応でも納得するはずだった。それだけ基地が危険にさらされているのだと。

デヴィッドはカマウが肩に下げている狙撃銃を指差した。「一発だけ撃たせたら、すぐに始末してくれ」

司令官の席に行き、マイクのスウィッチを入れた。「第二監視塔、こちらウェルズ中佐。少佐から指揮権を引き継いだ。レールガン・デルタを用意、任意に撃て」マイクを切って待った。レールガンから夜空に光が放たれた瞬間だった。大地が土砂と血の柱を噴き上げ、たったいま馬や戦士で溢れていた場所に巨大な黒雲が広がった。それからしばらくは、一切のものが動きを止めたように感じられた。デヴィッドはベルベル人が退却しないことを願った。彼らが必要なのだ。

下の踊り場で、立て続けに三発の銃声が響いた。レールガンが暗くなった。

デヴィッドはふたたび制御盤のマイクをオンにした。「第一大隊、第二大隊、第三大隊、第一エリアに出動せよ。繰り返す、第一大隊、第二大隊、第三大隊。こちらはセウタ司令部。外壁が突破される危険がある。第一エリアに出動、配置につけ」

本塁とそれを囲む環状の敷地ですぐさま動きがあった。兵士たちの足音が一斉に響き、内壁のゲートが開けられ、次々とトラックが走り出ていく。ベルベル人は一歩も退かずに猛攻を続けており、戦闘は激しさを増していた。

「司令部、こちら第一監視塔。第二監視塔がやられました。繰り返します、第二監視塔がやられました」

「了解、第一監視塔」デヴィッドの仲間のひとりが答えた。「こちらでも確認した。援軍が向かっている」

デヴィッドの指令からわずか一分ほどで、外壁と内壁に挟まれた中間エリアはイマリの兵士で埋め尽くされた。およそ四千人の軍勢。デヴィッドは、まさにこの瞬間を手にするために計画を練ったのだった。この基地を制圧できる、唯一のチャンスが訪れたのだ。かすかに手が震えるのを感じ、そのときふいに、自分にできるのかという疑念が湧いた。できなければどうなる？　もう後戻りはきかない。

　技術兵たちがデヴィッドを振り返った。次に何が起きるか、全員わかっているのだ。やがて、ひとりが静かに言った。「あなたの指令を待っています」

　大量虐殺。四千人の――兵士の死。敵の兵士だ。やつらは怪物なのだ。デヴィッドは自分に言い聞かせた。だが、あそこにいる誰もが怪物であるはずはない。彼らは単に、この戦いで相手側にいるというだけだ。たまたま運悪くこちらの敵だったというだけなのだ。

　デヴィッドはそのことばを口にするだけでよかった。そうすれば、技術兵がボタンを押して中間エリアの地雷を作動させるだろう。その瞬間、例の即席爆弾も炸裂し、現場は阿鼻叫喚の巷《ちまた》と化すのだ。そして、何千人もの兵士が――人間が――死を迎えるのだ。

「指令は出さない」デヴィッドは言った。

　男たちの顔に衝撃の色が走ったが、カマウだけは違った。彼の顔は仮面のように一切の感情を消していた。

　デヴィッドは第一技術兵の持ち場に歩み寄った。「どれを押せばいいか教えてくれ」これは、自分が負うべき重荷だった。自分ひとりの責任として引き受けなければならないし、その覚悟もできている。技術兵が一連のボタンを示し、デヴィッドはそれを記憶した。そして、ボタンを押した。壁に挟まれたエリアが爆発し、その環状の空間に地獄が広がった。濠《ほり》を満たす水のように大量の血が溢れ出す。一斉に無線がわめきだし、技術兵がすぐさま音量を下げた。

デヴィッドは自分の無線のボタンを押した。「アイアス、アキレウスだ。外壁は破れた。木馬を開けろ」

「了解、アキレウス」兵士が答えた。

スクリーンに監禁棟が映し出された。仲間の兵士三人が廊下を走り抜けていく。彼らは監房の扉を次々に開け、ベルベル人捕虜を解放して武器を与えていった。いよいよ、この本塁を制圧し、セウタを打ち倒す戦いが始まる。

「ゲートを開けろ」デヴィッドは言った。「それから、無線を繋いでくれ」

デヴィッドは司令官の椅子に深く腰を下ろし、じっと待った。技術兵が振り向いて叫んだ。「繋がりました」

「イマリ艦隊アルファ、こちらはセウタ司令部。基地が攻撃を受けている。繰り返す、基地が攻撃を受けている。外壁が突破された。至急、航空支援を要請する」

「了解、セウタ司令部。待機しろ」

またひとしきり待った。スローンはこの艦隊にいる。デヴィッドは彼のことをよく知っていた――やつは必ず自分で空爆を指揮するはずだ。救いようのない人間だが、前線から逃げ出したことはない。

「セウタ司令部、こちら艦隊アルファ。報告。応援機を緊急発進させる。到着予定は十五分後」

「了解、艦隊アルファ。到着予定は十五分後。セウタ司令部、通信を終了する」

無線が切れたことを確認すると、デヴィッドは技術兵たちに最後の指示を出した。「やつらが充分に射程範囲に入るまでは撃たないでくれ。確実に仕留めたい」

「もし向こうが先に――」

「向こうがどれだけ攻撃してきてもだ。じっくり待て。それから、撃つ直前までレールガンを動かすな。地上から警告が行くとまずいからな。おまえたちがヘリを撃ち落としてくれれば、おれたちは歴史の流れを変えられるだろう」デヴィッドはドアで待っているカマウのもとへ行った。「諸君、ともに働けて光栄だった。おれたちが時間を稼いでくる」

だが、そう告げてドアに手を伸ばしたとたん、技術兵が叫んだ。「待って下さい。この基地へ向かってくる――」

「ヘリか？」

「いいえ、疫病船です。ここから一マイル強の地点まで来ています。マルベーリャからの船ですね。たったいま入港許可を求めて積荷目録を送ってきました」

デヴィッドは素早くカマウの方へ向き直った。「こんなことが、なぜ事前にわからなかったんだ？」

カマウが首を振った。「船は船長の判断で動いているからな。こちらでは予測できないんだ。接岸させずに何日か港内で待たせることもできる。問題はないだろう」そう言うと、部屋を横切ってキーボードを打ちはじめた。大きなスクリーンに積荷目録が表示された。デヴィッドは室内を見まわした。「何を積んできたんだ？　戦闘能力は？　だいたい、その疫病船ってのは何なんだ？」

カマウがコンピュータをいじりながら言った。「こいつは古いクルーズ船だ。最小限の武器しか搭載していない。船首と船尾に五十四口径砲が一基ずつあるだけだ。だが……どうやら、兵士の一部が戻ってくるらしいな。スペイン南部の侵攻が一段落したんだろう」彼が立ち上がった。「兵士の数はおよそ一万人——それに、イマリに忠誠を誓った新メンバーがいる。何人乗っているのか見当もつかない。もしかすると、二万人の敵兵が運ばれてきた可能性もある。乗船時には退化した者も交じっていたはずだが、到着間近ということを考えれば……すでに捨てられているだろう」

デヴィッドは額をさすった。「あとどれぐらいで到着する？」

「五分から十分だろう」

選択肢はなかった。このままでは二万の軍勢が港からなだれ込んできて、本塁の護りを固めてしまうのだ。「撃て」デヴィッドは言った。「何としても仕留めろ。海に沈めるんだ」デヴィッドが銃を摑んでドアを走り出ると、カマウもすぐに追ってきた。

港のレールガンが——イマリの船に向けて——発射されれば、その時点で、本塁に残っているイマリ兵も自分たちが欺《あざむ》かれていたことに気づくだろう。あと数秒で、セウタをかけた最後の戦いが始まるのだ。
デヴィッドとカマウが踊り場まで下りたとき、港に並んだ砲が弾を放った。海上にそびえる船が爆発し、崩れ、火を噴いた。それは、さながら死者を焼く大きな薪の山が海に浮かんでいるような光景だった。

コスタはまた部屋に駆け込んだが、今回はベッドにいる裸のドリアンと女を見ても踵を返さなかった。「議長、セウタが攻撃を受けている模様です。基地から航空支援を要請する連絡が入りました」
ドリアンは跳ね起きて服を身につけ、女がまだ目も覚まさぬうちに部屋を飛び出した。

52

モロッコ　タンジール近海——イマリ先遣艦隊〝アルファ〟

ドリアンは足早に狭い通路を進んだ。ハッチは開いており、その先に暗い甲板が見えていた。発着台で四機のヘリコプターがエンジン音を響かせている。傍らには兵士が並び、直ちに戦場へ飛び立とうと彼を待っていた。

南極のチューブで目覚めてから初めて、ドリアンは日常が戻ったと感じていた。ようやく自分が自分になったという感覚。兵士が戦場へ行くというのは、我が家へ帰るようなものではないか。

水兵たちが、ドリアンの姿をひと目見ようと脇の通路から顔を覗かせていた。人類史上最後の帝国の議長を、死から蘇った男を、人間を超えた、神か悪魔のごとき存在を目に焼き付けようとして。

そのとき、裸足が金属の床を踏むぴたぴたという足音が聞こえてきた。振り返ると、ヨハンナが全力で駆け寄ってくるところだった。こちらにジャンプした彼女をとっさに受け止めた。

ヨハンナが抱きついてきてキスをした。初めは啞然として立ち尽くしていたものの、そのうちドリアンも、一本、また一本と彼女に腕をまわし、きつく抱き締めてキスを返した。

通路がどっと沸き、そこらじゅうで二人をはやす声や口笛が響いた。

ドリアンは、ヨハンナにまわした腕を解きながら、自分が微笑んでいることに気づいた。すぐさま顔からそれを消すと、彼女に背を向けて兵士やヘリコプターが待つ甲板へと向かった。

マーティンは目を開けた。頭の霧が晴れており、思考力が戻っていた。ケイトがいる。ここはどこかの研究所か病院らしい。男が覆い被さるようにしてこちらを見ていた。知っている男だ。記憶が蘇ってきた。この男とはビデオ通話で話したことがある。中国で研究していたドクタで、ベルの実験を指揮していた。たしか、ドクタ……「チャンか」マーティンはかすれた声を絞り出した。

「気分はどうですか？」

「ひどい」

ケイトが笑い声を立て、こちらに近づいてきた。「少なくとも自分の気分はわかるようになったのね。改善してる証拠だわ」

マーティンはケイトに微笑みかけた。私を救うために、ケイトはいったい何をしたのだろう。命を危険にさらしたのだろうか？　そうでないことを願った。そんなことをしても無駄になるだけだ。彼女に教えるべきことが、彼女が知っておくべきことがたくさんあった。「ケイト――」

船が大きく揺れ、マーティンは部屋の隅へ投げ出された。スティールの冷蔵庫にぶつかったとたん、視界が黒い点に覆われた。

53

モロッコ北部――セウタ近郊

ドリアンは眼下を飛び去っていく広い森を眺めていた。ヘリの風防ガラスに視線をやると、遠くの夜空でホタルのような光が瞬いていた。この編隊も間もなく戦闘に参加する。そうなれば勝利はすぐに訪れるだろう。

ヘルメットを被った。「音声確認。攻撃班デルタ、将軍のスローンだ」

ヘリコプター四機が応答した。

スローンはシートのクッションにゆったりとからだを預けた。遠くの光を見つめながら、ふと、ヨハンナはいま何をしているだろうと思った。何を着て、何を読んでいるだろうと。いったい自分はどうしてしまったのか。何かに愛情を抱き、感傷的になる。弱さ以外の何ものでもない。艦に戻ったら彼女を追い出さなくては。

金属の踏み段に最初の銃弾が飛んできたのは、デヴィッドとカマウが階段を下りきったときだった。

二人はすぐさま背中合わせに立ち、互いの位置がわかる程度に押し合いながら発砲を開始した。銃身を左右に振る彼らの足元に、空の薬莢がばらばらと落ちた。

司令塔を囲む兵舎からイマリの歩兵部隊が溢れ出し、デヴィッドとカマウは波のように攻め寄せてくるその兵士たちを次々に撃った。だが、敵はあとからあとから溢れてきた。中庭の向こうで兵士の一団が狙撃態勢を整え、こちらに銃弾を放ちはじめた。

遮蔽物が必要だった。デヴィッドは司令塔の向かいにある建物へじりじりと近づいた。カマウもそれに合わせて移動した。

デヴィッドのイアフォンが音を立てた。「アキレウス、こちらアイアス。ミュルミドンといっしょだ。そちらに向かっている」

「了解、アイアス。なるべく急いでくれ」そう答えると、デヴィッドは弾倉が空になるまで自動小銃の引き金を引いた。そして素早く弾倉を替え、ふたたび銃を連射した。


巨大な爆発がみたび夜空を照らし、海上に赤々と炎が上がった。いまではドリアンの目にも、セウタの基地の外郭が見えていた。

「いまのはいったい何だ?」ドリアンは訊いた。

「たぶん、また防壁のレールガンを撃ったのでしょう」操縦士が言った。

「ばかめ、そんなわけがないだろう。海上が燃えてるんだぞ。誰がそっちを狙うというんだ？」

「敵の部族民でしょうか？」操縦士は、答えているのか訊いているのかわからない口調で言った。

ドリアンの頭が回転しはじめた。敵は馬に乗った部族民だ。彼らが港に近づく疫病船を攻撃するだろうか？　とてもそうは思えない。様子がおかしい。

「攻撃班デルタ、その場で待機しろ。繰り返す、セウタの攻撃を中止しろ」

ヘリコプターの編隊は夜空を突っ切り、海上の謎の炎や燃えさかる基地を目指して高速で飛びつづけていた。

ドリアンは操縦士の肩を摑んだ。「降下しろ。急げ」操縦士が指示に従い、ヘリコプターが眼下の森を目指してまっすぐ降下しはじめた。

「攻撃班——」

先頭のヘリコプターが吹き飛び、両側を飛んでいた二機も一瞬で火だるまになった。破片がばらばらとドリアンのヘリに降ってくる。翼が失速し、機体が回転しはじめた。煙が充満する機内で、ドリアンは燃えるヘリの天井から熱が伝わってくるのを感じた。眼前にみるみる森が迫り、枝が機体を突き破った瞬間、ドリアンは外へ投げ出されて宙を舞っていた。

自動小銃の弾を撃ち尽くし、デヴィッドは拳銃を抜いた。だが、攻め寄せる敵の動きは速かった。カマウが素早く身を反転させて横につき、新たに兵舎から出てきた兵の一群を撃ちまくった。いったいどれだけ撃てば終わりが見えるのか。

デヴィッドの拳銃が空になった。もう替えの弾倉もなかった。カマウがデヴィッドの前に立って掃射を続けた。

デヴィッドは無線のボタンを押した。「アイアス、こちらアキレウス。ここはトロイア人に突破されそうだ」

いきなりカマウがうしろに飛ばされ、その勢いでデヴィッドも地面に叩きつけられた。イアフォンの向こうでアイアスが応答していたが、もはや何を言っているのか聞き取れなかった。カマウの小銃を掴み、応戦しながら片膝を突いてからだを起こした。彼の銃にはあと何発残っているだろう。

カマウに目をやった。苦しそうに転げまわっている。デヴィッドは傷口を確かめようと彼に腕を伸ばした。

ケイトはどうにか立ち上がろうともがいたが、船の揺れはあまりに激しかった。折れ曲がる金属の悲鳴が耳を聾《ろう》さんばかりに響いている。背中に手をやり、バックパックがあることを確かめた。マーティンのもとへ這っていき、彼を膝の上に引き寄せた。

またもや船が震えて大きく傾き、とたんにケイトのからだが投げ飛ばされた。滑り落ちるケイトを捕まえたのは、あのチャンという科学者だった。「大丈夫か？」彼が叫んだ。

スプリンクラーが作動し、船内にアラームが鳴り渡った。

ドアが勢いよく開いてショーが飛び込んできた。「来い。救命ボートに乗るんだ」

彼のすぐうしろには、例のヨーロッパ人科学者が立っていた。彼は慄然として部屋を見まわし、「私たちの研究が！」とチャンに叫んだ。

「諦めろ！」チャンが怒鳴った。

チャンとショーがマーティンを運び、ケイトも彼らのあとを追った。

背後から飛来した銃弾がデヴィッドをかすめた。すぐさま身を翻して銃を構えたが、そこにいたのは、アイアスとベルベル人の戦闘部隊だった。彼らは猛然とデヴィッドの脇を走り抜け、瞬く間にイマリの兵士を呑み込んだ。

デヴィッドは壁際までカマウを引いていき、そのからだを仰向けにした。血は出ていないようだ。カマウがこちらを見上げて頭を振った。「防弾ヴェストに当たったんだ、デヴィッド。息ができなくなっただけだ」

アイアスとベルベル人の隊長がやって来た。「どうなってる？」デヴィッドは訊いた。

「もうすぐ本塁を制圧できそうだ」アイアスが答えた。「続々と投降しはじめている。抵舎に入った。

「よし、いっしょに来てくれ」そう声をかけると、デヴィッドはカマウを助け起こして兵抗を続けている部隊はほんの数えるほどだ」

外の銃声は徐々にやみはじめていた。叫び声に混じってときおり手榴弾の音が響いている。大きなドアの前まで来ると、デヴィッドは静かにノックした。「アキレウスだ」

ドアが開き、戸口にベルベル人の族長が現われた。彼女は青いドレスをまとい、手に拳銃をもっていた。彼女がなかへ入るよう合図した。

ルーキン少佐は猿ぐつわをはめられ、両手両足を縛られた姿で床に転がっていた。デヴィッドは皮肉を込めた笑いを浮かべた。少佐がぐるぐる巻きにされたからだをよじり、塞がれた口で何やらわめいた。

デヴィッドは族長の方へ向き直った。「あのことばに嘘はないか？」

「もちろんだ。おまえのことばに嘘がなかったようにな。降伏する者は傷つけない」族長は、その手で焼き印を押したデヴィッドの胸に視線を向けた。「真の族長たる者は、自分の民と交わした約束をけっして破ってはならないのだ」

デヴィッドは少佐のもとへ行き、口元のテープを引き下ろした。

「こんな真似をして――」

「黙れ」デヴィッドは言った。「セウタはおれたちが制圧した。残る問題は、今夜何人のイマリ兵が死ぬかということだ。もしおまえが、ここにいる族長と司令室へ行って――」デヴィッドはそこでことばを区切り、少佐の顔に広がった驚きの表情を楽しんだ。「そうだとも。彼女が族長だ。ちなみにあれは彼女の娘さ。ベルベル人はな、むかしから女性を部族の長に据えてきたんだ。歴史や文化を知っておくと何かと役に立つんだぞ。戦争のときでさえな。もしおまえが彼女と司令室に行って、抵抗を続けている兵士にも投降を命じるなら、彼らの命は助かる。だが、もし断われば彼女やその民を大いによろこばせることになるだろう。これは脅しじゃない」

「おまえは誰なんだ？」ルーキンが怒りを含んだ声で訊いた。

「それはどうでもいい」デヴィッドは答えた。

ルーキンの顔にあざけるような笑いが浮かんだ。「おまえたちのような人間はこの戦いには勝てないぞ。この世界には、〝ナイスガイ〟の居場所はないんだ」

54

地中海海上――疫病船〝デスティニー〟

ケイトはまたひとつショーがドアを開けるのを見守っていた。彼が戸口を抜けようとしたとたん、前方の廊下に炎が噴き出した。

「戻れ！」ドアを閉めながらショーが叫んだ。

背後に目をやると、廊下の先に煙が流れ込んでいるのが見えた。あっという間に視界が埋まっていく。もうすぐ火は一面に燃え広がり、船体を焼き崩し、酸素を奪うだろう。

閉じ込められてしまった。

頭上から何か降ってくる音がした。天井が熱を放っているのがわかる。このままでは、瓦礫に押し潰されるか焼け死ぬか、そうでなくとも煙で窒息してしまう。だが、逃げ道はなかった——ここは船内でもだいぶ奥に入り込んだ場所なのだ。

ショーがケイトの腕を摑み、ドアを開けて船のさらに奥へと進みはじめた。

「そっちに行っても——」

「黙ってろ」ショーは素早く船室のドアを開け、ケイトをその部屋へ文字通り放り込んだ。うしろからチャンがマーティンを支えて入ってくると、もうひとりの科学者もあとに続いた。

「ここにいても——」反対しようとしたが、ショーはその隙も与えずにドアを閉めて去っていった。

ドアの把手に飛びついたが、動かなかった。ショーに閉じ込められてしまったのだ。

本塁の中庭はだいぶ静かになっていた。まだそこかしこで、イマリ兵とベルベル人戦士が戦う銃声は聞こえているが。デヴィッドは、族長とその部下である三人の男たちのうしろを歩いていた。部下のひとりはルーキン少佐の腕を摑んでおり、一歩進むたびに少佐に激痛を味わわせていた。

右側に、海上で燃える巨大な疫病船が見えた。ときどき爆発も起きている。戦争に犠牲はつきものだ、デヴィッドは自分に言い聞かせた。カマウから聞いた話では、あれに乗っているのは敵の戦闘員ばかりだという。イマリの兵士と、忠誠を誓った新メンバー。誰もがイマリの忠臣なのだ。ほかに方法はなかった。

ケイトは、続けざまに三発の爆音が響くのを聞いた。あたりは真っ暗で、室内にある音といえば、マーティンやチャンや、ヨーロッパ人科学者がときどき漏らすうめき声や咳だけだった。

と、ふいに把手をいじる音がし、そちらへ駆け寄ったところでドアが開いた。ショーがケイトの腕を摑んで引っぱりはじめた。

マーティンも来ているだろうかと振り返ったが、濃い煙のせいで何も見えなかった。目がひりひりと痛み、肺が煙で埋まった。

ショーは咳き込むケイトを引っぱりつづけた。腕を引きちぎらんばかりの勢いだった。

前方の廊下の交差点で、暗闇と煙が薄くなっていた。その音と熱だけで、近づくまえから曲がった先に燃えさかる火があることはわかっていた。

火は廊下の片側の壁を焼き、天井を這って向かいの壁まで赤い舌を伸ばしていた。炎の先に、外が見えていた。隔壁が吹き飛んでいるのだ。ショーが手榴弾を使って脱出口を開いたのだろう。それは、まるで巨大な生き物に横腹を食い破られたかのような、ギザギザと尖った穴だった。

ショーがケイトの腕を引き、炎に突っ込んでいった。

デヴィッドは塔の最上階にある司令室の戸口に寄りかかっていた。

ベルベル人のひとりがルーキンの口のテープを剥がし、彼をマイクの方へ突き飛ばした。

ルーキンは族長に目をやり、次にデヴィッドを睨んでから、ようやくマイクに向かって話しはじめた。「イマリ軍に告ぐ。少佐のアレグザンダー・ルーキンだ。全員直ちに降伏せよ。武器を置け。セウタ基地は占拠され――」

だが、デヴィッドの耳にはもうルーキンの声は届いていなかった。スクリーンに映し出された惨状に目を奪われていたのだ。基地にも壁の外にも、海上にも、大虐殺の光景が広がっている。

おれは何をしたのだ？　デヴィッドは思った。やるしかなかったのだ、と自分に言い聞かせた。カマウが部屋の向こうからこちらを見ていた。彼が一度だけ小さく頷いた。

ケイトは目をつぶったままショーに引かれて炎をくぐり抜けた。そして、穴の縁に着いたと思う間もなく、両側の壁が消えて落下が始まった。

足から着地したとたん、膝の力が抜けて甲板に転がった。ショーはすでに立ち上がりかけていた。まるで超人のような兵士だ。顔を上げると、マーティンとチャンと、もうひとりが燃える穴から飛び下りるところだった。彼らは慌ててよけたケイトの脇に墜落した。三人とも生きているようだが、骨ぐらい折れていても不思議はない。急いでバックパックを下ろし、そちらへにじり寄ろうとした。と、今度は頭上で爆発が起き、船の破片が空一面に飛び散った。瓦礫がばらばらと雨のように降ってくる。ケイトは身を護ろうと頭を抱えて丸くなった。

ショーに引っぱり起こされた。「飛び込め！」彼は眼下の海を指差していた。

ケイトは目を見開いた。ここから海面までは六メートル以上もの落差がある。おまけに、海には船をぐるりと囲むように炎の輪ができているのだ。「そんな、まさか。冗談でしょう」

バックパックを拾って放り投げると、ショーは有無を言わせずケイトを摑んで端まで引きずっていった。ケイトは目をつぶって思い切り息を吸い込んだ。

デヴィッドは発泡スチロールのカップに入ったコーヒーを受け取り、兵士に礼を言った。それに口をつけ、室内のスクリーンに視線を巡らせた。武装解除したイマリ兵が列をなして本塁に戻りはじめていた。今度は彼らが、あの囲いの住人になるのだろう。

技術兵の二人が炎上する疫病船をアップにした。損傷の度合いや崩壊速度を確かめ、再度攻撃する必要があるかどうかを検討するためだ。

画面上で爆発が起き、船の側面が吹き飛んだ。やがて、ひとりのイマリ兵が女の腕を引いて炎をくぐり抜け、彼女を下の甲板に投げ落とした。女はからだを丸めてうずくまったが、兵士がすぐに彼女を引っぱり起こした。

デヴィッドは凍りついた。髪は黒っぽいが……その顔は知っていた。まさか。だが、どう見てもあれはケイトだ。それとも、とうとう自分はおかしくなったのか？　戦闘のプレッシャーや過酷な選択。そのせいで現実が歪み、見たいものが見えるようになったのだろうか？

デヴィッドが見つめるなか、ケイトはイマリ兵に抵抗していたが、ついには海に投げ込まれてしまった。溺れ死んでもおかしくない状況だ。

デヴィッドは技術兵のもとへ駆け寄った。「いまの場面をもう一度見せてくれ」

映像が巻き戻された。

「そこだ」

身を乗り出して確かめた。やはり間違いない、これはケイトだ。それにイマリ兵。彼女を人形のように引きずりまわし、船から投げ落とした男。生かしてはおかない。

画面に背を向けて族長に言った。「おれが戻るまで指揮を任せる。疫病船は撃たないでくれ。ぜったいに」

司令室を飛び出し、全速力で階段を下りた。

カマウが上から叫んだ。「デヴィッド！　助けはいらないか？」

55

モロッコ北部――セウタの元イマリ作戦基地

港に着くと、デヴィッドは並んでいる船に目を走らせた。釣り用ボートは山ほどあるが、クルーザーは数えるほどしかなかった。懸命に頭を働かせた。優先すべき条件は？　航続距離かスピードか？　どちらも必要だが、その比率をどうするかだろう。〝サンシーカー

80〟があった。仕様を思い出そうとした。二年ほどまえに自分でも購入を検討したことがあるのだ。たしか、全長が二十四・五メートル、巡航速度二十四ノット、最高速度三十ノットのはずだ。航続距離は三百五十海里ほどだっただろうか。しかし、いちばん端にはクルーザーの化け物、全長四十メートルのサンシーカーも停泊していた。あれなら、運がよければ船尾に潜水艇を積んでいるかもしれない。デヴィッドはそちらに顎をしゃくり、カマウに言った。「あの大型クルーザーにしよう」

その数分後、全長四十メートルのクルーザーは地中海に向けて出港し、夜の海上で燃えさかるクルーズ客船を目指していた。

ケイトの腕や脚は限界に近づいていた。水面に顔を出すのが精いっぱいだ。船は依然として激しい煙を噴き上げ、焼け落ちた船体の破片を絶えず降らせて、数秒おきにケイトを沈めようとした。

だが、そこから逃げることはできなかった。海面に炎の壁が厚く立ちはだかっているせいで、その環状の炎と船に挟まれた空間にいるしかなかったのだ。

全身が痛み、肺は息をするだけでひりひりした。

ショーが何かに向かって泳いでいった――船の破片のようだ。彼はそれを引いてケイトや三人の男のもとへ戻ってきた。「これに摑まれ。鎮火するまで待って、それから岸まで泳ごう」

デヴィッドはかろうじて浮いているクルーズ船を見やった。まるで、海上で山が燃えているかのようだった。次から次へと船体が焼け崩れ、ほうぼうで爆発が起きている。ある時点でタービンエンジンの燃料タンクが破裂したらしく、漏れ出した燃料が船の周囲にすさまじい炎の輪を描いていた。どの甲板にも海に飛び込む人々がいたが、その者たちが全員浮かんでくるとはとても思えなかった。彼らの姿が火の壁の向こうで海中へと消えていく。どうすればあの場所から逃げ出せるのか、デヴィッドにはわからなかった。炎のなかを泳いで通れるわけがないし、潜水して抜けるには、燃えている範囲があまりに広いのだ。とにかく、願いはただひとつ。ケイトが落下を生き延びて無事に待っていてくれることだった。

階下へ下りて潜水艇を点検した。ハッチを開けて計器盤を確かめると、酸素切れだった。どうすればいい？　火が鎮まるのを待つか？　だが、もしケイトが怪我でもしていたら？

「デヴィッド、手伝えることはあるか？」

「ああ、酸素が欲しい」

ケイトの目が海中にいる何かを捉えた。と、次の瞬間にはそれがショーを摑んで海に引きずり込んだ。

初めはサメか何かの海洋生物だと思った。ショーがふたたび海面に現われ、必死で腕を振りまわした。彼はうしろに手を伸ばして浮き輪代わりの破片を探り、それにしがみついてからだを引き上げた。すぐに海中の生き物も姿を現わした。ショーを何度も殴りつけ、破片に叩きつけている。いまではケイトにも、それが人間であることが見て取れた。信じられないほど力が強い男だった。筋肉も大きく盛り上がっている。彼は潜水用の装具を身につけ、ボンベを二本背負っていた。ショーが勇敢にも反撃を試み、力を振り絞ってパンチを繰り出した。が、相手の怪物のほうが圧倒的に強かった。顔を殴り飛ばされ、ショーの頭が硬い金属片に激突した。彼のからだから力が抜けると、すかさず男が破片に乗ったショーを海中へ引き込みはじめた。

ケイトはそちらに飛びつき、彼らの格闘に割って入った。水中マスクをしたダイヴァーの顔を押し、二人を引き離そうともう一方の手でショーを摑んだ。

怪物が顔のマスクを引き剝がした。「いったい何の真似だ？」

デヴィッド。

ケイトは動けなくなった。一気に噴き出した感情で息が止まりそうだった。手足の力が抜け、海水が口いっぱいに入ってきた。

デヴィッドがショーを放してこちらに手を伸ばした。彼の目がケイトを見つめ、何かを言うように口が開かれたときだった。ショーの拳がまともに顔面に入り、デヴィッドが海中に沈んだ。ショーがそれを追って潜ろうとしている。ようやく我に返ったケイトは、必死で二人のあいだに入った。

「ちょっと待って！」彼らを割って離し、隙間にからだを差し入れた。

「こいつをかばうのか？」デヴィッドが嚙みつくように言った。

「彼は命の恩人なの」ケイトは教えた。

「きみを船から投げ落としたじゃないか」

「あれは、その……ややこしい話なのよ」

デヴィッドがじっとこちらを見すえた。「勝手にしろ。とにかく、ここから脱出するぞ」そう言うと、背中のボンベを一本下ろし、ケイトの方へ押した。「これを使え」

ケイトは、マーティンとチャンと、もうひとりの科学者を指し示した。「みんなはどうするの？」

「どうするとは？」

「彼らも連れていって」ケイトははっきりと言った。

デヴィッドが頭を振った。そして、ボンベのストラップをケイトの肩にかけはじめた。

彼の手を振り払い、三人の方へ泳いだ。「マーティンやほかのみんなを置いてはいかないわ」

「わかったよ。あんたたち三人は」デヴィッドが冷たい目でショーを振り返った。「四人は、ボンベをいっしょに使えばいい」

「ケイト、おまえに話しておきたいことがある。急ぐ話だ」マーティンが言った。彼は水面に顔を出すのがやっとという状態だった。

ヨーロッパ人科学者が口を開いた。「私には酸素は必要ない。何もなしで泳ぎきれる」

全員が彼を振り返った。

「私は抜群に泳ぎが得意なんだ」彼が説明した。

デヴィッドはボンベの一本をショーの方へ放った。「そうか。じゃあ、おまえたちでどうするかよく話し合ってくれ。おれたちは行くからな」彼がケイトの腕を摑んだ。

「待って」ケイトは言った。「マーティンは具合がよくないの。病気なのよ。あなたが彼を連れていって、デヴィッド」

「だめだ」彼が近寄ってきた。「おれはきみから目を離さない。もう二度とな」

うしろでショーがうんざりした声を漏らしたが、ケイトは一瞬にして時間が止まったように感じていた。気がつくと、黙って頷いていた。

「勘弁してくれ」ショーが言った。「いいさ、マーティンはおれが連れていく。科学者連中はそっちに任せるぞ。まあ、彼はあまり酸素を使わないそうだし」彼はヨーロッパ人科学者を示した。「おまえなら……泳ぐ体力も充分あるだろう」

ヨーロッパ人がひょいと頭を水に沈めた。マーティンは抵抗していたが、ショーが彼を抱え、やはり海に潜っていった。デヴィッドがケイトに水中マスクをつけた。だが、潜りはじめてすぐにケイトはまた浮上した。

「どうした？」デヴィッドが訊いた。

「チャンが」

デヴィッドが首を伸ばした。

ドクタ・チャンは立ち泳ぎをしながら浮かんでいた。「私を置き去りにするつもりかと思ったよ」

この人がマーティンの命を救ってくれたのだ、ケイトは改めて思った。「あなたを置き去りになんてしないわ」そう言うと、デヴィッドを指し示した。「彼と手を繋いで」

「おれの我慢にも限界はあるんだぞ」

「そんな、お願いよ！」ケイトはチャンの手を取り、続いてデヴィッドの手をしっかり握った。そして、三人で海に潜った。

最初にケイトが酸素を吸い、次にチャンに渡した。デヴィッドは、ケイトたちほど酸素は必要ないようだった。

ショーやマーティンや、ヨーロッパ人の姿は見えなかった。海を覆う炎はどこまでも続いていた。マスク越しに目を上げた。水上で燃える火には、独特の美しさがあった。水の面《おも》にオレンジと赤の花が咲き、コマ撮りの映像のようにみるみる花弁を開いてはまたしぼんでいく。

チャンはケイトの隣でひたすら水を掻いていた。目はずっと閉じたままだ。おそらく海水に燃料が混じっているのだろう。

デヴィッドが二人を引きつづけた。足にフィンを着けており、力強い両脚でぐんぐん水中を進んでいく。

燃える海原をついに抜けたようで、水の上に真っ黒な夜空が見えた。デヴィッドが浮上を始め、三人の頭が海面を突き破ると、彼もチャンも空気を求めて息を弾ませた。

ケイトは手を上げてこちらを照らす眩しい光を遮った。炎を越えてすぐのところに、一隻の船が浮かんでいた。暗い窓が並ぶ白いクルーザーで、三階建てだった。もちろん船舶用語では〝三階建て〟とは言わないのだろうが、ケイトにはまさにそう見えるのだった――前とうしろに見晴らし台がある、三階建ての白いコンドミニアム。

デヴィッドがケイトとチャンをそちらへ引いていった。船尾には背の高い黒人男性が立っていた。彼が海面に手を伸ばし、ケイトの両腕を摑んで軽々と船に引き上げた。

ケイトがバックパックを下ろすあいだに、アフリカ人はチャンの片腕も摑んでケイトの隣に引っぱり上げた。

デヴィッドが梯子《はしご》を登ってきた。「おれたちが先か?」

アフリカ人が頷いた。

デヴィッドは足を止め、ケイトの水中マスクを摑み取った。海面に頭が飛び出したのは、彼が海へ戻ろうと半分ほど梯子を下りたときだった。

あのヨーロッパ人科学者だった。

「あとの二人を見かけたか？」デヴィッドが彼に叫んだ。

「いや」彼が顔の水を拭った。「ずっと目を閉じていたんだ。水に燃料が混じっていたからな」

見たところ、彼は息切れさえしていなかった。デヴィッドに言わなければならないことがあったが、彼はすでに暗い海のなかへ引き返していた。

数秒が何時間にも感じられた。

「おれはカマウだ」

ケイトは彼を振り返った。「ケイト・ワーナーよ」

彼の眉が大きく上がった。

「ええ、よくわかってるわ」そう言うと、また海に目を向けた。

またひとつ頭が現われた。ショーだ。マーティンの姿は見当たらない。ケイトは手すりに近づいた。「マーティンは？」

「まだ着いてないのか？」ショーがぐるりとからだを一周させた。「彼がパニックを起こしたんだ。混乱していたんだろう。おれより先に泳いでいったと思ったんだが。事故が起きたような形跡もなかったし」彼はまた海に潜っていった。

ケイトは炎の壁を見つめた。もしマーティンがあの海面に出てしまったら……。ひたすら待った。誰かが肩に毛布をかけてくれたが、振り返って相手を確かめることもせず、ただ口のなかで小さく礼を言った。

水を押し分けて二つの頭が上がってきた。ひとりが船を目指してもうひとりを引いている。デヴィッド――彼がマーティンを連れてきたのだ。

マーティンの頭部にはひどい火傷があり、意識も朦朧としているようだった。デヴィッドが船にマーティンを運び込み、リヴィングの白い革張りのカウチに寝かせた。チャンがマーティンに駆け寄って傷を調べ、ケイトもカマウがもってきてくれた救急箱をあさった。

海面にまた頭が出た。「見つかったか?」ショーが叫んだ。

「ええ!」ケイトも声を張り上げた。

ショーが梯子を握ったところで、デヴィッドがカマウに大声で言った。「ここを離れるぞ」

ケイトとチャンはマーティンの手当てを続け、彼の頭を包帯で覆い、呼吸が落ち着くのを見届けた。

「もう大丈夫だろう」チャンが言った。「あとは私に任せてくれ、ケイト」

デヴィッドがケイトの腕を摑み、船室へ連れていった。彼の指がケイトの二の腕にきつく巻きついていた。ずぶ濡れで疲れ果ててはいたが、こうして彼を目にし、彼が生きていたという事実を嚙みしめると、ケイトは感情の昂《たかぶ》りとともに力が湧くのを感じた。

彼がドアを閉めて掛け金をかけた。「ちょっと話をしよう」デヴィッドは、ドアに顔を向けたまま言った。

56

モロッコ北部

意識を取り戻したとたん、ドリアンは脇腹に燃えるような痛みを感じた。寝返りを打ち、その激痛に思わず悲鳴を上げた。体勢を変えても痛みは増しただけだった。何が刺さったにせよ、それはまだ体内にあり、熱いナイフのように彼の脇腹をえぐって掻きまわしているのだ。

ヘルメットをむしり取り、からだを起こして痛みの原因を確かめた。

骨盤の上あたり、防弾ヴェストのすぐ下に、深々と太い枝が刺さっていた。そっとヴェストのストラップを外した。その動作で新たな痛みの波に襲われ、いったん手を休めなければならなかった。ヴェストを脇に放り、アンダーシャツを引き上げた。

枝は脇腹からほんの数センチ臍《へそ》寄りに刺さっていた。これがもう少し内側だったら、肝臓をやられていたところだ。

歯を食いしばり、慎重にその棒切れを引き抜いた。

傷口を調べてみた。出血はあるが、何とか持ち堪えられそうだ。いまはそれ以上に一刻を争う問題がある。

空は暗かったが、それでも森の上空に四本の煙が立ちのぼっているのが見えた。ヘリコプター編隊の残骸が燃えているのだ。

セウタに航空機はないはずだった——すべてスペイン南部に配備されたからだ。だが、基地を襲った敵は明らかに大規模な地上部隊を有している。ここまで来るだろうか？

ドリアンは立ち上がった。

ふいに叫び声がした——墜落現場からだ。本能的にからだが動いた。ヘルメットと防弾ヴェストを掴み、残骸が燃えている方向へ走りだした。

森にはヘリコプターの火が燃え移り、激しく渦を巻く炎が視界を遮っていた。声は近くなったものの、何を言っているのかは聞き取れない。

防弾ヴェストを着てヘルメットを被ると、火の周辺を走って通り抜けられそうな場所を探した。反対側はまだ火の勢いが弱かったが、やはりヘリを見通すことはできなかった。だが、ここなら突破できるかもしれない。

拳銃を抜き、予備の弾倉とともに脇へ放った。衛星電話も地面に置いた。両手を防弾ヴェストに差し込み、灼熱の炎へ足を踏み出す。ブーツや防弾服、ヘルメットはすべて耐火性だが、耐えられる温度には限界がある。それに、防弾服で覆われていない部分もあった。

ひとつ深呼吸をすると、火に向かって走りだした。足が地面を叩き、巨大な炎が迫ってくる。息を止め……火の壁を破って狭い空き地に飛び出した。見えた。ヘリコプター四機が接近して墜ち、それぞれの火が燃え広がって炎の輪を作っている。どの機体も猛火に包まれていた。とうてい何かを運び出せるような状況ではないし、叫び声の主も機内にいるはずがなかった。

また叫び声が響いた。素早くそちらに向き直ると、出どころがわかった。操縦士だ。真っ黒なイマリの防弾服を着て、闇夜の黒々とした地面に転がっている。いくら火明かりがあっても、あれではなかなか見つからない。

彼に駆け寄った。男の脚は不自然な方向に曲がっており、その側面には深い切り傷が走っていた。自分で太ももを縛ったらしく、おかげで失血死は免れていたが、それをよろこんでいいのかどうかは疑問だった。燃える機体から這い出すことはできても、この状態では走ることはもちろん、立ち上がることさえままならないだろう。

「助けてくれ！」彼が叫んだ。

「静かにしろ」ドリアンはヘルメットを被ったまま冷ややかに言った。どうするべきだ？すでにかなりの量の血を失ったはずだし、応急処置の道具もない。手が自然に腰の拳銃へ伸びたが、火に飛び込むまえに置いてきたことを思い出した。〝彼をひと思いに殺して先へ進むべきだ。もうすぐ敵がここを捜索しにくるだろう。見つかれば殺されてしまう〟だが、ドリアンにはできなかった。自分の兵士を炎のなかに置き去りにし、ひとりだけ逃げるような真似は。しゃがみ込んで彼の腕を摑んだ。

「ありがとうございます」操縦士があえぎながら言った。

ドリアンはふと動きを止め、立ち上がって彼のヘルメットを取りにいった。「被っておけ。火をくぐるからな」

痛みを覚悟し、彼を担ぎ上げた。とたんに脇腹の傷が暴れだし、激痛が全身を刺して切り刻んだ。からだがばらばらに引き裂かれるようだ。

炎めがけて走りだし、大きく息を吸って飛び込んだ。先ほどよりスピードは出なかったが、残った力をすべて振り絞って前へ進んだ。

炎を抜けるとすぐに男を放り、自分も地面に倒れ込んだ。風向きとともに火の進路が変わり、彼らとは反対の方向へ進んでいった。とりあえず、ひと安心だ。

息が苦しく、痛みのせいで吐き気がした。からだじゅうに苦痛を感じ、もはやどこが痛いのかさえわからなかった。目の端に銃と弾倉と、衛星電話が見えた。あれに手が届けば、男の苦しみを終わらせることができる……。だが、起きようとしても痛みと疲労に押さえつけられ、地面からからだを離すことができなかった。

操縦士が這ってきてドリアンに何かしはじめた。突き飛ばそうとすると、彼がその手を払った。ふいに猛烈な痛みが両脚を駆け上がってきた。この男の仕業だ。脚を蹴り上げようとしたが、男がのしかかってきてそれを押さえ込んだ。膨れあがった痛みが波のように押し寄せてくる。ドリアンは溺れかけていた。もうすぐ痛みの波に呑み込まれてしまうだろう。視界に映る森が次第にかすんでいった。

ドリアンはふたたび意識を取り戻した。まだ暗かったが、火は鎮まったようで、墜落現場に残っているのは煙だけだった。それに痛みも。とはいえ、からだはまた動くようになっていた。隣で操縦士が眠っていた。

顔をしかめながら少しずつ上体を起こした。自分の足が目に入った。焼け焦げてまだらになっている。傍らには、紐をほどいた状態の溶けたブーツが転がっていた。ゴム底は凹凸が消えてのっぺりしており、どろどろになったそのゴムの一部が、ドリアンの足にも貼りついていた。きっと操縦士が足を守ろうとして脱がせてくれたのだ。溶けたゴムが冷えるまで、どれぐらい時間がかかるものなのだろう？　いずれにせよ、あのままブーツを履いていたら二度と歩けなくなっていたはずだ。

黒焦げになったドリアンのブーツの横に、無傷のブーツがあった。

いびきをかいている操縦士に視線を向けた。靴を履いていない。彼のブーツを拾って自分の足に合わせてみた。少し小さいが何とか使えそうだ。むろん、どれぐらい歩くかによるし、それをはっきりさせる必要もあるのだが。

拳銃と衛星電話のもとへ這っていった。いま一度操縦士に目をやり、どうするべきか考えた。彼の脚は、傷口を中心にしてすでに感染症の徴候が現われていた。

電話のボタンを押した。

「艦隊司令部」

「スローンだ」

「将軍、ずっと――」

「いいからウィリアムズ艦長を出せ」

「将軍――」

「艦長、なぜこのおれが、敵陣の山中でいつまでも立ち往生させられてるんだ？」

「我々も救出部隊を二度派遣したのです。しかし、どちらも撃墜されてしまいまして。そこは完全に敵の射程範囲内なのです」

「おまえが何度失敗したかはどうでもいい、艦長。おれの電話に地形図と射程範囲の図面を送れ」

「いますぐに。おそらく、セウタからそちらに地上部隊が――」

艦長の話は無視し、電話を耳から離して地図を確かめた。現在位置からだと、セウタの射程範囲を外れた最寄りの合流ポイントまでは、三時間ほどで着けそうだった。ドリアンは火傷を負った足に目を向けた。四時間と見ておくほうが現実的かもしれない。けっして楽な行程ではないが、何とか辿り着けるだろう。

操縦士のいびきが耳に入った。苛立ちを感じてそちらを睨んだ。どうする？　自分の隣にある銃と弾倉が、無言で解決策を示しているように思えた。

ドリアンは視線をさまよわせた。ほかに道はないのか。だが、どの選択肢を探っていっても、必ずひとつの考えにぶつかった。すべてを否定する、冷酷な声。〝愚かな真似はやめろ。何をするべきかわかっているはずだ〟これまでの人生で初めて、ドリアンはその声が誰のものであるかを認識していた。アレスだ。いまならそれがわかる。そして初めて、自分自身の考えを、本当の思いを感じ取れるようになっていた。一度目の大流行が起きるまえ、父親にチューブに入れられる以前の自分なら、何を思ったかを。いまという瞬間は、これまで経験した数々の難しい決断を象徴しているようなものだった。人間である自分の心が望むことと、冷たく残酷な声のあいだでの葛藤。アレス。ずっとアレスが背後にいて、見えないところでドリアンを動かし、その思考までも操っていたのだ。いまのいままで、自分の内なる葛藤をこれほどはっきりと自覚したことはなかった。アレスがまた叫んだ。

〝弱き者になるな。おまえにかかっている。おまえは特別な存在だ。生き延びねばならない。おまえの種族の運命は、おまえにかかっている。兵士がまたひとり我々の大義のために失われるだけではないか。ひとりの犠牲にこだわって判断を誤るな〟

ドリアンは電話を耳元に戻した。「艦長、いま座標を送った」

操縦士に目をやり、その視線を自分の火傷した足に向けた——まだ歩ける足に。

「将軍？」

ドリアンの心は、荒波に浮かぶ小舟のように激しく揺れていた。いまや声には有無を言わせぬ響きがあった。〝この世界に弱き者の居場所はない。ドリアン、おまえは歴史上もっとも重要なチェスの試合をしているのだ。ポーンを助けるためにキングを危険にさらしてはならない〟

「聞いている」ドリアンは言った。「その合流ポイントに……」

〝だめだ——〟

「八時間後に到着する。連絡事項がある。こちらにはもうひとり生存者がいる。我々がその座標に現われないときは、救出部隊に森を捜索させろ。四十七度の方向に進むんだ」

それからは、〝声〟はぷっつりと聞こえなくなった。ドリアンの思考は彼自身のものだった。解放されたのだ。自分は……生まれ変わったのだろう。あるいは、本来の自分に戻ったということか。耳元の声で我に返った。

「了解しました、将軍。幸運を祈ります」

「艦長」

「何でしょうか」

「おれの部屋にいる女だが」ドリアンは言った。

「はい。彼女なら――」

「彼女に伝えてくれ……おれは無事だと」

「わかりました。私が責任をもって――」

通話を終了した。

また地面に寝転んだ。空腹を感じた。何か食べなければ。食べて力をつける必要がある。何しろ、これから重い荷物を運ばなければならないのだ。狩りをすることになるだろう。

遠くの方から低い轟きが聞こえてきた。雷だろうか？　いや、そうではない。あれは、山中を駆け抜ける馬の蹄《ひづめ》の音だ。

57

地中海海上——セウタ沖

この一時間というもの、ケイトとデヴィッドはほとんどことばを交わさなかった。それはケイトにとって、この上なく幸せな時間だった。ウッドパネルが張り巡らされた主船室のキングサイズのベッドで、二人は裸でシーツにくるまれていた。

現実とは思えないぐらいだ。ここは豪華なホテルの一室で、外の世界で起きていることなど、すべてただの悪い夢だと思えてくる。これほど安心し、解放感を味わったのは……いったいいつ以来のことだろう。

ケイトはデヴィッドの胸に顔を乗せていた。彼の鼓動を聞きながら、彼の胸が呼吸に合わせて上下するのを眺めているのが好きだった。そこにある赤い火傷痕を指でなぞった。焼き印を押されたように見える。「まだ新しいわね」ささやくように言った。

「このめちゃくちゃな世界では、これが木馬の代価なんだ」真剣な口ぶりだった。

それとも冗談だろうか？　からだを起こし、答えを探ろうと目を覗き込んだが、彼がこちらを見つめ返すことはなかった。

デヴィッドはどこか様子が変わっていた。態度が硬いし、よそよそしい雰囲気もある。抱き合っているときからそれは感じていた。ジブラルタルのときのような優しさがないのだ。

少し乱暴に胸に顔を戻した。「木馬の夢を見たわ。あなたが木馬の絵を――」

デヴィッドがケイトの肩を摑んで離した。「おれが製図台に向かっていて――」

ケイトはぎょっとし、ためらいがちに頷いた。「ええ……テラスから青い湾と木の茂った半島が見える――」

「あり得ない……」デヴィッドがつぶやいた。「どうしたらそんなことが？」

マーティンから聞いた話が蘇った。〝アトランティス遺伝子は量子生物学的な作用を及ぼすと考えられる。素粒子が光より速い速度で移動し……〟

ケイトはデヴィッドに自分の血を輸血したが、それで彼のゲノムが変わったり、彼にアトランティス遺伝子が与えられたりするはずはない。それでも、二人のあいだには何らかの繫がりがあるようだ。「たぶん、アトランティス遺伝子と関係があるんだと思うわ――それが量子生物学的な通信機能のようなものを活性化させて――」

「わかった、そこでやめてくれ。ややこしい科学の説明はもういい。それより、おれたちは話をするべきだ」

ケイトは戸惑って身を引いた。「だったら話せばいいわ。いちいち許可をとる必要なんてないわよ」

「きみはおれを置いていったな」

「え？」

「ジブラルタルの話だ。きみを信じていたのに――」

「忘れているかもしれないけど、あなたは撃たれていたのよ――二カ所もね。それに、キーガンはあなたを殺すつもりだったの」

「殺さなかったぞ」

「それは、私が取引したから――」

「違うな。彼にはおれが必要だったんだ。おれにスローンを殺させたかったのさ。彼は、おれたち両方を利用しようとしたんだ。きみがおれのところに来ていれば――」

「本気で言ってるの？　デヴィッド、あなたは歩くのもやっとの状態だったじゃない。キーガンに言われたの。あの家には彼の手下がうようよしてるって。イマリの工作員がね。そのとおりだったでしょ、違う？」

「やつらは――」

「じゃあ、あなたならどうしていたの？　まわりには――」

「おれならきみに嘘をついたりはしなかった。きみと寝たあと、夜中にひとりで出ていったりもしない」

怒りがこみ上げ、必死で気持ちを落ち着かせた。「私は嘘なんて――」

「きみはおれを信用していなかったんだ。おれに話さなかったのは――」

「私はあなたの命を救ったのよ」ケイトは立ち上がって頭を振った。「自分がしたことを否定するつもりはないわ。もう済んだことよ」

「また同じことをするつもりか?」

答えたい衝動を抑え込んだ。

「答えろよ!」

デヴィッドを見つめると、彼が睨み返してきた。本当に変わってしまった。それでも、やはり彼は……。

「そうよ、デヴィッド。また同じことをするわ。あなたはいまここにいる。私もいる。二人とも生きているじゃない」もっとほかに言いたいことがあったが、無理だった。こんなふうに、頑《かたく》なな冷たい視線を向けられているうちは。

「おれを信用しない人間は、おれの指揮下には置いておけない」

ついに怒りが爆発した。「あなたの指揮下ですって?」

「そのとおりだ」

「そう、それは願ってもない話だわ。私は軍隊に入る気なんてないし、あなたがこの辺で何を仕切っていようと、まったく興味がないもの」

ノックの音がした。ケイトにとっては、まさに助け船が来たようなものだった。返事をしようと口を開けたが、デヴィッドがそれを遮った。

「あとにしてくれ――」

「カマウだ。緊急事態なんだ、デヴィッド」

デヴィッドもケイトも、シーツから服に着替えることにした。互いに背を向けて衣服を身につけた。紳士的なことに、デヴィッドが冷たい目つきでこちらの様子を確認した。そして、ケイトが頷くのを見てからドアを開けた。

「デヴィッド――」カマウが言った。

「いったい何が――」

「あの初老の男性が」

「彼がどうかしたのか？」

「亡くなった」

デヴィッドがケイトを振り返った。彼の顔つきが変わり、険しさが見る間に消えていった。思いやりに満ちた、ケイトが愛した男の顔に戻ったのだ。ケイトのなかで、そのよろこびと、報せを聞いて感じた痛みとがせめぎ合った。そして、ショックがやって来た。たしかにマーティンは頭に火傷を負っていたが、そこまでの重傷ではなかったはずだ。チャンの疫病の薬が急に効かなくなったのだろうか？　彼なしでこの先どうすればいいのだろう？　彼に感謝のことばを伝えていない。自分が最後に彼に言ったことばは何だったろう？